「本は人生のおやつです!!」店主

坂上友紀

文士《ぶんし》が、好きだーっ!!

或《あ》る書店主の文学偏愛ノオト

晶文社

もくじ

＊引用文において、原則として小説・詩歌においては旧字体や歴史的仮名遣いは原文通りに、随筆、評論、書簡集などにおいては新字体、現代仮名遣いに置き換えています。また、読みやすさを考慮して、原文にないルビを補ったところがあります。
＊引用文中の〔　〕内は引用者による補足です。また、〔…〕は中略を意味します。
＊作品の出典が、章題となっている作家の全集の場合、全集の書名を省略しています。各章で参照している全集は次の通りです。

第1章：『井伏鱒二全集』（全二十八巻＋別巻二冊）、筑摩書房、一九九六～二〇〇〇年
第2章：『室生犀星全集』（全十二巻＋別巻二冊）、新潮社、一九六四～六八年
第3章：『芥川龍之介全集』（全二十四巻）、岩波書店、一九九五～九八年
第4章：『堀辰雄全集』（全八巻九冊＋別巻二冊）、筑摩書房、一九七七～八〇年
第5章・第6章：『神西清全集』（全六巻）、文治堂書店、一九六一～七六年
第7章：『立原道造全集』（全六巻）、角川書店、一九七一～七三年

はじめに

I♡BUNSHI！

「文士《ぶんし》」……それは、なんと心ときめく言葉なのでしょうか☆★☆

文士と聞けばもちろんまずは、「物書き」だなと思うでしょうし、あるいは「気難しそう」で「なんか着物」な認識が、漠然ながらもわれらのなかに生じてくるやもしれません。が、その漠然とした「文士のイメージ」に、できればもひとつ、入れ込みタイ！

文士は断然、「かっこいい」!!

ところでそもそも文士という言葉を聞いたとき、人びとは心のなかに、一体どのような姿を思い浮かべるものなのでしょうか？

井伏鱒二《いぶせますじ》が大・大・大好きなわたしの場合、文士という言葉からすぐさま思い浮かぶのは、「頰《ほお》に手を添えてはにかむ特別キュートな鱒二の笑顔（キュン♡）」です！　すでにほろ酔い☆だったのかしらん!?　写真、お嫌いだったのにー！

が、ひとによってはノーベル文学賞を受賞したときの「和装で、おでこ全開な川端康成《かわばたやすなり》（川端の髪型は、このときに限らず大体いつでもおでこは全開☆）」の姿が思い浮かぶのやもしれず、あるいは教科書の常連も常連な「片手をあごに添え、ほろ苦く微笑む芥川龍之介《あくたがわりゅうのすけ》」の姿こそが、すぐに想起されるのやもしれません！

　さまざまな文士の姿がそれぞれの胸のうちに浮かんでくるのではなかろうかと思われますが、モノクロ写真の効果もあってか有名な文士たちが、たいがい実年齢よりも年上に見えてしまうぜ問題や、写真やテレビが一般的になった昭和の時代には女の文士よりも男の文士のほうが多く、結果メディアにも男文士のほうが頻繁に登場していたことや、あるいは若くして亡くなった文士以上に長生きした文士のほうが全体的に見て多数であったこと等々の理由から、「文士」という言葉によって連想される姿かたちは、概《おおむ》ね「和服のおじいちゃん」といってよいのではないかしらん☆　しかし、それでもいいたーい！　文士はかっこよいのです！

と、初《しょ》っ端《ぱな》から興奮しておりますが、実際のところ「文士」とは、いつ頃から使われていた言葉なのかを調べてみれば、その由来は存外古かった！

　小学館の『日本国語大辞典』（第二版）によれば、「文士」の項目に記される意味は、大きく分けて次の三つ！

①文筆に従事する人。文人。文章家。

②文官。

③小説家。作家。

……なるほどな！

①の意味においては、古くは平安時代初期に編纂《へんさん》された『続日本紀』のなかにすでに「文士」の記載があり、また中国の前漢時代（紀元前二〇六～後八年）に劉向《りゅうきょう》が編纂した『戦国策』の「秦策」のなかにも記載あり、という衝撃の事実です！

「文士」って明治・大正あたりから使われはじめた言葉かな？と勝手に思っていたのですが、わたしの推察、ガッツリ間違っていたではないかーいっ!!

ただし、③の意味となると、平安時代や戦国時代に比べれば比較的「最近」といってよい時代になってから使われはじめているっぽい……。なぜならば『日本国語大辞典』で、③の意味の「文士」の使用例として載っているのは、明治期に日本語版が刊行されたサミュエル・スマイルズの『西国立志編』の訳文だったり、やはり明治期に内田魯庵《ろあん》が物《もの》した『文学者となる法』や、夏目漱石の『それから』に記された文章だったりするからです（辞書の例文は、通常最古の例が用いられる）。明治だらけやで！

さて、それではいま挙げた三つの項目のうち「③小説家。作家」な「文士」の話にまいりましょう！

「③小説家。作家」のなかでもわたしが日々胸をときめかせているところの「文士」とは、つまりは剣一本で勝負する剣士のように、「文の腕一本で勝負している！」感が、その生きざまからも作品からも、バッシンバッシンに伝わってくるようなひとたちのことでございます！

もちろんそれらはすべて個人の見解ではありますが、しかし本を読み、なにかを感じるということは個人の見解以外のなにものでもないわけで、だからわたしの憧れの対象である文士たちは、別に着物を着ていなくてもよいし、お年を召していなくてもよいし、男でも女でも関係なくて、また小説を書いていても詩を書いていてもよいし、なんなら日本人ではなくともよいのです！

ただし、辞書がいうところの③の意味における「文士」のパブリックイメージとなると、まずはやっぱり「物書きでちょい頑固めな和服姿のおじいちゃん」であるかと思われます。というのも最初に述べた通りで、写真やテレビが一般にも普及していく昭和の時代に、雑誌の口絵《くちえ》、あるいはテレビコマーシャルなどにおいて、「文化的なるもの」のシンボルとして、または多少「頑固一徹であること」のシンボルとして、主に男性で着物を着ているひとの姿を目にする機会が増えていったことで、そういった「文士のイメージ」が定着していったのではないかしらん。

今回、わたしが「好きだ！」といいたいのはそういった「パブリックな文士」のことでもなければ、「文官であるところの文士」についてでもなく、「文筆に従事するところの文士」のことでもありません！　作家のなかでも「文章に対する姿勢がかっこよく思われ、そして『文の腕一本で勝負している！』」とわたしが思うところのひとたちのことを、この本では「文士」と定義づけ、また「好きだ！」といいまくりたい！と考えているのでございます☆★☆

I♡BUNSHI！のことはじめ

……と、鼻息もあらくここまで語ってまいりましたが、子どもの頃から本を読むことは大好きでも、文の腕一本で勝負するところの「文士」（以下に出てくる「文士」もすべて、この意味に統一します☆）の書いた作品となると、国語の教科書で触れた程度のものでした。幼少期に住んでいた家のごく近くには新刊書店があり、また長じて働いたことがあるのも古書店ではなく新刊書店だったので、「普段自分が読む本の著者」として親しんでいたのは、当たり前に「いま生きているひとたち」だったのです。

それにもかかわらず、いまや「文士とはこういうものである！」とすすんで一席打《ぶ》っちゃう上に、「好きな文士は？」なんて質問をされようものならば、「井伏鱒二に室生《むろお》犀星《さいせい》！　そしてその理由はね☆」とエンドレスにしゃべり続ける始末です！

一体、いつからこんなにも文士が好きになったのか？と来しかたを振り返ってみれば、自分で本屋をはじめた二〇一〇年あたりが、一つのターニングポイントだったような気がします。新刊書籍だけではなくて古本も商《あきな》う本屋としたのが、そもそもの始まりだったのではないかしらん？

と、やたらに連発しているこの「かしらん」は小沼丹《おぬまたん》の口癖（書き癖？）で、素敵に記憶に残るため、最初は「真似るぞ！」と意識しているうちに、気づけば日常で普通に使い続けている言葉なのですが、そのことと同じように、最初はあまり馴染《なじ》みのなかった明治・大正・昭和の日本人作家たちの作品を自分の店で買い取っているうちに、それらがみるみる身近なものになっていったではないかーい！　加えて業者さんからではなくてお客さまから直接古本を買わせてもらうタイプの本屋にしたために、本を手ばなされる際にその本や作家に纏《まつ》わる興味深い話をしてくださるかたも多々！

そうなるとちょっと読んでみたくなるのが人情で、店頭に並べる前に買い取った本をささっと抜いて（！）、いざ読んでみたらば意外や意外、びっくりするほど読みやすく、かつ面白い作品ばかりではないですかーっ！

むかしに書かれたというだけで、なんだか小難しそうな気がしていたよ。でもそんなことは全然なかったです。もちろん、作家によりけりで小難しい文章のひともいましたが、いっそフレンドリーといいたい文章のひとも結構いる！という事実は、実に嬉しいことでした☆

なにが読みやすくてなにが読みにくいのかは自分の感性との相性みたいなところもあるかと思うのですが、そんなあれこれにもとりあえず読んでみないことには気づけなかった！　あと、やっぱり函本《はこほん》が圧倒的にカッコよい！　蒐《あつ》めたい!!

といった新たな感動を、数々の「古本」というか、それまであまり読んでこなかった「近代文学」から感じたのが運命の分かれ道だったのかどうかはわかりませんが、いつのまにやらすっかり文士たちの魅力にハマり、最近では「文士が好きだー！」と全力で叫ぶことすら、やぶ

さかではありません☆

加えて、昭和以前の文士たちが書いたものには、身近に材をとった随筆や（私）小説がそこそこあるため、「作品を知る・好きになる」＝「書いたひとへの興味」へと自然に繫《つな》がっていくのです。ゆえに作品から好きになったハズなのに、気づけば文士そのひとについての随筆や評論などを読み漁ってしまうようなこともしばしばです。さらには、文士のブロマイドや日常写真が載った本や雑誌が昭和の時代にはたくさん刊行されているために、作品と著者とが近しい場合、それらのブツがこれまた心憎いくらいに、さらに文士そのひとへの興味に拍車をかけていくという……！

そんなん、好きになるしかないやんかーっ!!

なんて雄叫《おたけ》びを上げげつつ、林忠彦さんや田沼武能《たけよし》さんといった「文士撮らせたらこのひと！」な写真家の書く「文士のこぼれ話」にも触手が伸びていくのでした☆

基本は作品ありきですが、たまに文士の写真から「きっとこんな小説を書くに違いない！」という偏見のもとにその著書を紐解けば、当たることも微妙にハズれることもあったりで、それがどちらであっても楽しくて……！

邪道な楽しみかたやもしれませんが、しかし、こんなに魅力たっぷりな文士たちのことを知らないままでいるのはもったいなさすぎるし、彼らのことを知ったからこそより深く、その作品が味わえる場合もあるのはまぎれもない事実です！　だからこそ文士の文学にアプローチしたいとき、文士たち自身を知ることはとても大事！とわたしは思うのです。

そんなこんなで、気になったひとたちとその周辺のひとたち（井伏鱒二に河盛好蔵《かわもりよしぞう》に小沼丹……や、室生犀星に堀辰雄《ほりたつお》に神西清《じんざいきよし》に立原道造《たちはらみちぞう》……等々！）をどんどん読み進めていくうちに、「好きかも？」→「好きかも！」→「間違いなく、好きだーっ!!」と、文士自身とその文学に、ハマりにハマっていまにいたります。

たとえば犀星の自伝的長篇小説「杏っ子《あんず》」をみてみれば、主人公の名前は「平山平四郎」ですが、作中には「芥川龍之介」や「堀辰雄」といった登場人物たちが普通に出てくるし、きっと実際にあった出来事に近いことが書かれているのではないかと思われる箇所が散見されます。こういう趣向は当時の文芸作品ではわりとある話なのですが、そうなってくると事実を知っているからこそ小説がなお一層楽しめる、ということにも繋がってくるのです。また、さらにいいたいのは、「事実は小説より奇なり」はやはり正しくて、「マジですか!?」と突っ込みたくなるような出来事が、文士の周りでは頻繁に起こっていたりして！

そんなこんなで、「文士そのひとを知れば、さらにその作品が深く楽しめそう！」という結論にいたったわけで、だからこそ声を大にして伝えたい気持ちでいっぱいです☆

そうです！　わたしは叫びたい!!

I ♡ BUNSHIーっ!!!

というわけで、いざ、めくるめく素敵文士の世界へ突入していきたいと思いますっ☆★☆

「〇〇系文士」のススメ

といいながら「はじめに」が終わりませんが、もうちょっとだけわたしが思うところの「文士」について、詳しく語らせていただきます！

大きな枠組みとしての「文士」をさらに、「かわいい系文士」や「かっこいい系文士」、はたまた「シティーボーイ系文士」……等々に細分化していけば、そこからさらにさらに楽しめる!!と思っています。

「かわいい系文士」とは、「青春とは、心の若さである（byサミュエル・ウルマン）」の語句が表すような、いくつになっても心のトキメキを忘れないかわいらしい文士たちに差し上げたい呼び名で、たとえば鱒二や犀星がそれにあたるのではないかと考えています。ちなみに長生きした文士に多い！　&個人的な意見ですが、長生きは最強だし、「かわいい」も最強☆

「かっこいい系文士」とは、かわいいところがあってもそれを隠して格好をつけているような文士のことを指します！　かわいいといわれることに対してまだ羞恥《しゅうち》心《しん》がある文士たちに差し上げたい呼び名です。龍之介や織田作之助とかに使いたい！　実際、「かっこいい系文士」のなかには「かわいい系文士」になる可能性もあったのに、そうなる前に亡くなってしまったなぁ……みたいなひともいます。(齢《よわい》を重ねた「かわいい系文士」は、もはや他人の「かわいい」やら「かっこいい」やらの評価にまるで動じないので、かわいいといわれたところで羞恥心などないところが、ある意味において「かっこいい」より強い!)

ところで、長生きしてもかわいい系には走らず「お色気系文士」とでも名づけましょうか、ご老体になっても色気を失わないような文士たちもいて、たとえば永井荷風や谷崎潤一郎などがそうで(「かわいい系」の犀星も色気をうしなっていないのですが)、また谷崎のウェッティ感をほんのり軽めにしたあたりには福永武彦も控えています!

そんな福永には色気もあるけれど、むしろ「シティボーイ系文士」という名を贈りたい! ときにカントリーに住まいながらも、「シティを知らないと書けないような文学だな!」と読むだにになんだか思うのです。あと「モテなければ辿り着けない方向の文学」ですね! ああ、偏見の嵐です!

が、まだまだ偏見を開示します! その福永に影響を与えた堀辰雄は、病気療養のために長野・追分《おいわけ》に家を持ち、そのあたりを主な舞台とした作品が代表作と見なされたためにサナトリウム文学の第一人者みたいに捉えられておりますが、出生地や初期作品などを鑑《かんが》みるに、もとを糺《ただ》せば福永以上に生粋の「シティボーイ系文士」といえるような文士です。(しかし辰雄の章で彼に差し上げた呼び名は「シティボーイ系文士」にはあらず!!)

……と細かく分類していけばキリがなく、またひとりの文士がいくつもの系統に属することもままあるわけですが、なんだかんだで最も惹かれている幾人かの「○○系文士」たちについて、一体どのようなところに惹かれ、なぜに「○○系」と思うにいたったかなどについて、これから思う存分述べさせていただく所存です！

そんなこんなで普段からこの本で取り上げた文士たちの作品やその周辺の作品を読みつつも、ときによりけりで「今日はこんな気持ち！」といった心の動きに合わせて、さまざまな「○○系文士」の作品にアプローチすれば、新たな文士の世界が広がることもあって楽しいし、楽しいからこそなんとも幸せー！な気持ちになるのです☆★☆

WHY、いま、文士?

というか、令和のいまになってなぜあえて明治・大正・昭和……の「文士」の話なの?と問われれば、それはもう、たまたま読むきっかけがあって、読んでみたらば思っていた以上に面白くって、すっかりハマっちゃったから☆以外に理由はありません！

それはなんとも狭い世界だと思われるやもしれないですが、結局のところは、自分の手足が届く範囲で起こる出来事こそが自分にとってのリアルであるわけで、だとすれば一見狭い世界の話のようでいて、その狭い範囲を探っていけば、広い世界との共通点がいくらでも見つかってくるのです。

いまから本書で語っていく文士たちも、仮に狭い範囲であったとしても、たとえばある出来事から目を逸らさずにひたすら見続けることで作品を生み出していたり、また同じ題材を違う方向から幾度も書いていたりと、書くべきこと、伝えるべきことを、部屋にこもってコツコツコツコツ、ひたすら書き続けていたりします。しかし、その「非常に狭いところ」――題材として、また実際に肉体が置かれた場所という意味においても――から生まれた文学が、現代を生きるわたしの心に、半世紀以上の時を軽々と超え、真実、ズドンと響いてきたし、いまも響き続けているのです。本当にすごいことです！

そしてその事実を前にすると、たくさんのことを見ることと、ひとつのことを見続けることとは、結局のところ同じなのではないかな、と感じたりもします。

だからこそいま、叫びたい！　令和現在であったとしても、文の腕一本で世を渡っていた在《あ》りし日の文士たちへのリスペクトとともに叫びたい!!

I♡BUNSHIーっ!!!

というわけで、「はじめに」だけで随分長くなってしまいましたが、次の章からはいよいよ大好きな素敵文士たちの一人ひとりについて、語っていきたく思います☆★☆

ひとりめ

第1章 かわいい系文士 井伏鱒二

井伏鱒二《いぶせ・ますじ》

一八九八～一九九三年。広島県現福山市生まれの小説家で随筆家、また詩人。代表作は「山椒魚」、「ジョン万次郎漂流記」、『厄除け詩集』他。直木賞、読売文学賞他受賞多数。弟子に太宰治など。荻窪・阿佐ヶ谷周辺に住んだ文士らの会合「阿佐ヶ谷会」の中心メンバーで、長く荻窪に住んだ。趣味は将棋と魚釣り。酒豪。

「ウフフ」の鱒二と申しますっ☆

とにかく鱒二はかわいい！　井伏鱒二《いぶせますじ》は、かわいいのだっ!!

ということを、声高らかに宣言することからはじめたいと思いますっ☆★☆

「井伏鱒二」と聞いて最初に連想されるのは、「山椒魚」★1や「黒い雨」★2の作者であること。そして太宰治★3の師匠であること……といったあたりやもしれません！　もちろんそれはその通りで、そうなると「どうかわいいの？」な疑問が生じるやもしれぬため、まずは彼が一体どんな文士だったのか、その作品やお人柄や見た目について、語っていきたく思います！

井伏鱒二のかわいさは、イエス！　一目瞭然です☆　それはなにかというと、ずばり、フォルム（見た目）で、「文士・文豪」というと厳《いか》めしく感じるかもしれないですが、そのずんぐりむっくりとした外見は、よくよく見ればまことにキュート！　もともと写真嫌いの鱒二さんではありながら、ときに、見ているこっちがなんとも「ウフフ」になっちゃうような、とびきりのハニカミ笑顔の肖像写真が見つかったりもするのです。

わたしのお気に入りの鱒二スナップは、『井伏さんの横顔』★4（彌生書房刊）のカバー写真（本書23ページ）！　まさに「ウフフ」としかいいようのない笑顔をされておられるので、何度見返したところで、こちらまで「ニコーッ！」と笑顔になっちゃいます☆

そんなこんなでさらなる「ウフフ」を求めてたくさんの鱒二写真を集めているうちに、「ウフフ」な笑顔以外にもお気に入りのスナップが見つかっていくわけですが、『文士の風貌』（福武書店刊）の口絵写真の鱒二もこれまたすんごいです！　それは、なんとなく心頭滅却して「無」状態になっていらっしゃるかのように、しっかと目をつぶった鱒二（しかし、さらによくよく見ると、笑いを堪《こら》えているようにも見える！）の頭の上に猫が乗っている、という摩訶不思議な衝撃の一枚です。（ちなみに鱒二は猫を飼っていました☆）

★1　「山椒魚」…もとは「幽閉」という題で同人誌『世紀』に掲載した作品を書き直し、やはり同人誌である『文芸都市』にて発表した、悲哀とユーモアとが同居する、なんとも井伏鱒二らしい短篇小説で、生涯にわたり改稿し続けた。

★2　「黒い雨」…主人公のモデルとなった被爆者・重松静馬から井伏鱒二に「読んでほしい」と送られた「被爆日誌」や、その他多くの被爆者に取材して書かれた長篇小説。フィクションにこだわる普段の鱒二の小説とは一線を画す。

★3　太宰治…一九〇九〜四八年。青森県現五所川原市生まれの小説家。青森中学校時代に同人誌『世紀』に掲載された井伏鱒二の「幽閉」を読んで興奮し、弘前高校時代から鱒二に手紙を送っていた。上京後は「会ってくれなければ自殺する」という意味の手紙を送り、万一を警戒した鱒二は、太宰治と作品社にて初めて会った。以降、太宰は鱒二に生涯師事するも、遺書には「井伏さんは悪人です」と書き残す。同時代から現在にいたるまで、その言葉の意図をめぐる文章多々。代表作に「走れメロス」、「人間失格」他多数。

★4　『井伏さんの横顔』…井伏鱒二の生前に企画されたが、惜しくも没後に刊行。交流のあった二十六人の友人や知己からうかがわれる、鱒二の姿が愛おしい。

ああ、そんなさまざまな鱒二のスナップが頭のなかに去来するため、いまでは写真を見ずとも「井伏鱒二」という字を見ただけで、なんだかとっても幸せな気持ちになってきてしまいます。それは、笑い声にたとえるのならば、「ウフフ」であり「ヘヘヘ」。「ウフフ」であり、「ヘヘヘ」なのですっ☆★☆

ところでこの「ウフフ、ヘヘヘ」感は、実は鱒二のよさを伝えるときには非常に大事なエレメンツのひとつで、見た目だけではなく、彼の小説、随筆、詩、そしてエピソードと、そのどれもに共通している素敵なところでもあります！　大袈裟すぎず、ちょっとイイ、のが鱒二の最大の魅力なのーっ☆

「私は四十すぎたおやぢである」

そんな鱒二は一八九八（明治三十一）年、広島県現福山市にあった旧家「井伏《いぶし》」家に、次男として爆誕☆　父を幼少期に亡くしていますが、骨董好きの祖父に可愛がられて育ち、中学生の頃には画家を志すようになりました。しかし、日本画家の橋本関雪《かんせつ》に入門を請うも断られ、画家への道はあえなく断念！　その後、兄にすすめられて文学の道へと進み、早稲田大学の予科に入学するも大学は中退したのですが、同人誌に作品を発表し続けるうちに小説家として認められるようになっていった、という経歴の持ち主です。
兄にすすめられて、小説家……。なれるほうもすごいのですが、時代背景やらなんやらを鑑みると、すすめるほうもすごいです！　と、いろいろに「すごい！　すごいぞ！」となるわけですが、それに加えて鱒二はなんと、明治・大正・昭和・平成と四つの時代を生きた、「長生き文士」（没年は一九九三年）でもあります☆

そんなこんなな長生き鱒二は小説を多く物しましたが、随筆や詩も書けば翻訳もでき、全体マルチに活躍です。が、そのいずれをとってもみても、大袈裟すぎないところがイイ！

河盛好蔵編『井伏さんの横顔』
（彌生書房刊）書影上部

なんとなれば鱒二の詩のひとつに「寒夜《かんや》母を思ふ」という作品があるのですが、冒頭は「今日ふるさとの母者《ははじゃ》から／ちよつといいものを送つて来た／百両のカハセを送つて来た／ひといきつけるといふものだらう」から始まります。

「ちよつといいもの」が大事なひとから思いがけず届いて、「ひといきつける」だなんて、ちょっとシアワセではないかーっ！　と、こちらまで、よいではないかー！となっているところに、「ところが母者は手紙で申さるる／お前このごろ横着に候／これをしみじみ御覧ありたしと／私の六つのときの写真を送つて来た」。

「お前最近横着になってへんかー？　六つのときのお前のかわいさを見てみい！」と母はいう。

しかし、次に続くのは「私は四十すぎたおやぢである／古ぼけた写真に用はない」。

もう、ププーッ！となってしまいます。たしかにね！　たしかに四十すぎのおやぢが六つの自分を見て初心にかえるのは難しい。……といった事実以上に、このあたりの書きかたとかお母さんとのユーモラスなやり取りが、わたしにはもう、そのまま鱒二のよさや魅力を表しているような気がして仕方がありません！

ちなみに肝心の詩はそのあと、この寒い中、写真よりドテラをくれよ、おいら夜に原稿書いてんだ、となって、母は母で、小説など書いているよりさっさと田舎に帰ってきて土地や祖先を愛し、そして積立貯金をしなさい（まさかの！）、と展開していきます。

現実的な、鱒二ズ・マザー！　しかし実をいえば、この頃にはすでに鱒二は小説家として名を成しているのですが、故郷の母にとっては、いつまで経っても頼りない子どもでしかないのです。そういう自分と母との関係を「寒夜母を思ふ」という題で書き、「悲しいかなや母者びと」で締めくくっている。なんともいえない悲しさと愛おしさとが余韻としてともにあるのも好きなのですが、とりあえず最初の入りかたがオモロすぎるやないかーい！

大袈裟すぎず面白い詩は他にもあります！　たとえば顎《あご》が外れたひとを見てしまったときのことを書いた「顎」にもジワジワと込み上げるものがあり、また「逸題」のなかには「春さん蛸《たこ》のぶつ切りをくれえ／それも塩でくれえ／酒はあついのがよい／それから枝豆を一皿」というくだりがあるのですが、「春さん蛸のぶつ切りをくれえ」「それも塩でくれえ」な「くれえ」の二重奏によって笑いが止まらなくなってしまうのです！　もちろん、ジーンとくる詩も本当にたくさんあるのですが、ツボに入ると笑いが止まらない詩もてんこ盛りです☆

クスクス笑いが止まらないッ！

ところで井伏鱒二は、本名・井伏「満壽二《ますじ》」であるところをわざわざ「鱒二《ますじ》」にしたくらいの釣り好きで、随筆メインで小説も収録されている『川釣り』（岩波書店刊）にはそんな彼が魚釣りに出かけたときの小話が満載なのですが、本来釣り上手であるはずなのに、誰かと行くとどうも釣果があげられぬ。読んでいるこちらもびっくりするくらいに、いつも魚が掛からない。えっ、なんでなん……？と思わず突っ込みたくなるほど、なにも起こらないままに物事が進んでいくのですが、釣れないことを恥ずかしがるでもなく茶化すでもなく、ただただ淡々と書き綴られる、見せ場なき見せ場を読み進めるうちに、「鱒二さん、平気そうでいて内心恥ずかしがったりしてるんかな？」とか想像しだせば、クスクス笑いが止まらなくなるのです。

実際、鱒二の特に随筆やエピソードにはそういったクスクス感の強いものがかなりあります。

もちろん真面目なのだってありますが根本的にユーモラスなので、想像すれば随分ヒドイ状況のときですら、なんだかププッと笑ってしまうのです！

『井伏鱒二対談集』★5（新潮社刊）も同じくで（というか、対談における笑いはユーモラス感がさらに強くなる）、収録されているトップバッターが深沢七郎★6であるところからしてもはやオモロイニオイしかしませんが、そのうちの永井龍男（文士ノオト▮）との対談のなかで、当時文壇の大御所であったところの志賀直哉★7の家に永井が行った際、「青年だった永井龍男が志賀直哉のニオイを嗅ぐ」というエピソードが出てきます。

教科書に出てくる偉人のような雲の上の存在である文士って、一体どんなニオイをしているんだろう、という（知的……？）好奇心が永井青年をそのような行動に走らせたわけですが、もっと面白おかしく伝えようとすればできるエピソードも、類友《るいとも》な鱒二と永井の手にかかれば「ちょっとこんなことがありましたよ」的な出来事になってしまいます。

引用してみましょう！

永井　志賀〔直哉〕さんには、あなたは何度か会ってるんでしょう。

井伏　うん、戦後、河盛〔好蔵〕★8さんに誘われて訪ねて行った。大洞台《おおぼらだい》というところのころ、あのころ初めて……。志賀さんは偽物と本物とを見分ける人だから、はじめ僕はよすと言ったのだが……（笑）。

永井　なにか、そういう話を聞いた記憶がある。
井伏　ちょっと恐いような気がしてね。
永井　僕は二度ですね。最初は「文藝春秋」に入社して何年目か社内の関西旅行に行った

★5　『井伏鱒二対談集』…深沢七郎、神保光太郎、永井龍男、開高健、尾崎一雄、河上徹太郎、河盛好蔵、安岡章太郎、三浦哲郎との対談を収めた本。井伏鱒二のファン、必読の書。

★6　深沢七郎…一九一四～八七年。山梨県現笛吹市生まれの小説家。四十二歳のときに姥捨を題材にとった「楢山節考」で第一回中央公論新人賞を受賞。選考委員には三島由紀夫や伊藤整らがいた。以降次々に作品を発表するも、一九六〇年『中央公論』に「風流夢譚」が掲載された事で「嶋中事件」が起こり、記者会見を開いて謝罪。一時期は筆を折り、各地を放浪。一九六五年に埼玉県にラブミー農場を開設。終の住処とする。一九八一年に「みちのくの人形たち」で谷崎潤一郎賞を受賞。デビュー当時から正宗白鳥が目を掛けていた。

★7　志賀直哉…一八八三～一九七一年。宮城県現石巻市生まれの小説家。学習院中等科時代に無二の親友となる武者小路実篤と出会う。東京帝国大学に入学。夏目漱石の講義を受ける。大学中退後、武者小路らと『白樺』を創刊。同誌上で「城の崎にて」や「小僧の神様」を発表。芥川龍之介や小林秀雄をはじめ多くの作家に大きな影響を与えた。一九四九年、文化勲章を受章。自作から「小説の神様」とも称される。学生時代は棒高跳びで有名だった程にスポーツも万能。

★8　河盛好蔵…一九〇二～二〇〇〇年。大阪府堺市生まれのフランス文学者。京都帝国大学仏文科卒業後、関西大学に勤める。一九二八年に離職し、フランスのソルボンヌ大学に学んだ。帰国後はプレヴォの「マノン・レスコー」やコクトーの「山師トマ」の翻訳を皮切りに、ファーブルの「昆虫記」（三好達治らとの共訳）や「キュリー夫人伝」（杉捷夫らとの共訳）、ヴァレリー、ジッド、モロワの訳など、フランス文学の紹介に貢献した。人生論や女性論、また『エスプリとユーモア』といったエッセイも多数。フランスから戻って上京した頃に『夜ふけと梅の花』を読んで以来、井伏鱒二の愛読者となり、生涯にわたり深く交流した。

時だから二十代です。〔…〕

井伏　そのとき、あんたがこっそりうしろへ行って、志賀さんの匂いを嗅いだとか……。

永井　志賀さんが座敷を通るたびに、志賀さんってどんな匂いがするのかと思って……そういうもんだったなあ、志賀さんって。

井伏　はたち代だね、そういうことをするのは……。

――「文学・閑話休題」

「そういうもんだったなあ、志賀さんって」という永井の言葉に「はたち代だね」と返す鱒二も鱒二ですが、しかし、さりげなく伝えられれば伝えられるほど想像するだに面白くなってきて、この対談を聞いていた編集者やカメラマンといったスタッフさんたちも、きっと忍び笑いが止まらなかったんじゃないかなー？なんて、容易に想像できてしまうのです。お茶目なおじいちゃんたちの手腕がすごすぎる！

そんなこんなでわたしが鱒二にハマったのは、落とし穴に落ちるように一度にドスン！とではなくて、一速ずつギアをチェンジしていくかのごとくドンドンと好きが加速していって最終的にはトップギアとなり、そのままフルスピードでいまも鱒二街道を駆け抜けている感じなのですが、最初にギアが入ったのは、先ほどちらりと述べた『川釣り』のなかの、とある一篇がきっかけでした。

滅法気になる、鱒二です☆

『川釣り』について語り出す前に話をちょっぴり戻します！　わたしと鱒二とのファーストコンタクトはおそらく「山椒魚」でした。しかし、それこそ教科書で読んだぐらいに遥かむかしのことで、初読時に作品を読んで衝撃が走ったりしたような記憶はありません。子どもの頃から井伏鱒二が好きだったわけではなくて、長じてからたまたま『ものがたりのお菓子箱』（飛鳥新社刊）という日本人作家十五人の短篇アンソロジーに収録された「白毛《しらが》」を読んだことがきっかけで、突然、滅法気になる存在になったのです！

『川釣り』にも収録されている「白毛」というタイトルの、随筆の味わいを醸し出すようなこの短篇小説が一体どんな話なのかといえば……。

戦後のある日、釣りに出かけた鱒二っぽい主人公は、途中チンピラのような若者ふたりに取っつかまって因縁をつけられてしまいます。彼らも釣りに来たものの、どうやらテグスを忘れた模様。「ちょうどいい、このじいさんの白毛を抜いて、繋げてテグスにしようぜ！」ってなことで、ふたりに取っつかまった主人公は、一本、二本と最終的には三十五本の毛を抜かれ、「これでテグスを作るには十分だ！」と満足した若者たちに解放されて終わる、という話。

えーっ！　ありえへん!!

チンピラっぽいのに釣りに来てるところからしてなんでやねんですが、「白毛抜くかー！ そんな抜くかーっ！ そしてそれを繋げたとて絶対テグスにはなるまいよ」と、誰もが思うでしょうし、抜かれた白毛の本数を数え続ける主人公も主人公……。と、その一幕を想像してつい笑ってしまったのですが、笑った直後に、ものすごい怖さも感じたのです。いわずもがな主人公だってその状況に甘んじていたわけではないのですが、如何せん若者ふたりにかたや老人ひとり。力では到底及ばない！

ということは、もしこの若者たちにその気さえあれば、老人は殺されていたやもしれません。だって、三十五本も毛を抜く時間って相当です。あわや一大事！となりそうな気配を十分はらんでいるのに読み終えた感想はなぜかユーモラス。なんだこの味わい⁉と気になりだしたのが、ギアが入った最初でした。

ちなみにこの短篇だけではなくて、鱒二の私小説っぽい小説はどれも、私小説ではないのです。主人公の雰囲気がいかにも鱒二な小説もあるので、ずっとどっち寄りかといわれたら私小説寄りのひとだと思っていたのですが、たとえば永井龍男や河盛好蔵などとの対談でも、「小説のつもりのときには嘘を書くが、随筆としたときは事実を書くの」（『井伏鱒二対談集』）とか「僕は随筆はみな本当を書くんです。小説はうそを書くんです（笑）」（『井伏鱒二随聞』）とおっしゃられている通りで、いかにノンフィクションっぽくともフィクションを書くのが鱒二なのです！

しかし、フィクションなのに「え、あるかも」という日常続きの非日常（「やっぱり、ないかも？」）が描かれているので、そういったありそでなさそな架空のリアリティ感にハマってしまって、読むのをやめられへんのやろなーとも思うわけですが、「多甚古村《たじんこ》」★9「本日休診」★10「駅前旅館」★11「珍品堂主人」★12等々、どれを読んでも概ねそういう印象を受けるのでした。

言語センスがすごいでがす！

本題に戻りまして、「白毛」を読んでむくむくと興味がわいたことにより、新潮文庫の『山椒魚』を改めて紐解いてみると、収録された小説のすべてから感銘を受けるわ、解説もべらぼうにいいわで「あれー、めちゃすごい!!」となり、勢いのままに鱒二の作品について調べれば、幼

★9　「多甚古村」…多甚古村に赴任している駐在・甲田巡査の「日記」の体裁をとった連作小説。発表当時に映画化もされ、「没後30年　井伏鱒二展」の展覧会図録によれば、井伏鱒二の作品のなかでは戦前唯一のベストセラー。

★10　「本日休診」…老医師・三雲八春の経営する医院に訪れるさまざまな町の人たちを描いた小説。第一回読売文学賞受賞作。

★11　「駅前旅館」…昭和三十年代の上野駅前を舞台に、駅前旅館の番頭を語り手として描かれた人情小説。

★12　「珍品堂主人」…骨董屋「珍品堂」の主人が、鞍替えして高級料亭の経営を始めたことで巻き起こる騒動を描いた小説。

少時の愛読書のひとつであった「ドリトル先生[★13]」シリーズも、井伏鱒二が訳しているではないかーい（下訳は石井桃子[★14]）！「ドリトル先生」といえば両頭動物「オシツオサレツ」ですよ！オシツオサレツ!! 名訳でしか、ナイやつーッ!!

読み返すにつれて、鱒二の言語センスに感銘を受けるわけですが、知らず知らずのうちに子どもの頃にも井伏鱒二の文章が身近にあったんだなぁとびっくりです。ちなみに、翻訳文に見られるような鱒二の卓抜した言語センスは、小説にももちろん明白に表れています！

いくつか並べてみます☆

悲歎にくれているものを、いつまでもその状態に置いとくのは、よしわるしである。山椒魚はよくない性質を帯びて来たらしかった。

——井伏鱒二「山椒魚」

「よしわるし」がひらがなであること。また、悪者になった、と直接的に書くのではなく、「よくない性質を帯びて来たらしかった」と書くことによって、内容からも字面《じづら》からもなんだか優しさを感じるし、また読者に想像の余白を残してくれているしで、この短い文章においてですら、そういった気遣いがいくつもみられます！

初夏の水や温度は、岩屋の囚人達をして鉱物から生物に蘇《よみがえ》らせた。

——井伏鱒二「山椒魚」

岩屋のなかでじっと動かなかった山椒魚と蛙《かえる》がまたぞろ活動を再開したことを意味する一文なのですが、「鉱物から生物に」という言葉がすごい！　動かない彼らはたしかにちょっと鉱物っぽいです☆

「私らはなんぼうにもつらいでがす！」

——井伏鱒二「朽助《くちすけ》のいる谷間」

★13　「ドリトル先生」シリーズ…イギリス出身の作家ヒュー・ロフティングの児童小説。動物の言葉がわかるドリトル先生が主人公のシリーズで、作中登場する胴体の両側に頭がある動物「オシツオサレツ」の原文は"Pushmi-Pullyu"。

★14　石井桃子…一九〇七〜二〇〇八年。埼玉県現さいたま市生まれの翻訳家で児童文学作家。また編集者。文藝春秋社に入社し永井龍男のもとで編集を担当。その後は新潮社に勤めた。退職後に友人と白林少年館を創業し、井伏鱒二訳の『ドリトル先生「アフリカ行き」』を一九四一年に刊行。戦後は『ノンちゃん雲に乗る』など児童文学作家としても活躍。一九五〇年には岩波書店にて「岩波少年文庫」の創刊に携わった。一九五八年、児童図書室「かつら文庫」を自宅に開設。鱒二と、石井桃子にほのかに心を寄せていた太宰治とが、ある日突然石井の家まで遊びに来たことがある。

「〇〇でがす！」は、なんなら藤子不二雄Ⓐの『怪物くん』（がんす）っぽいなー、とうっすら思う程度にわたしにとってはまるで馴染みのない方言でありながら、田舎者の切々としたつらさと、しかしつらさ以上にふつふつとしたおかしみが醸し出されてくる最高のフレーズです。

しゃべり言葉の言語センスに関連した話となりますが、鱒二の小説における登場人物たちは、それぞれ本当にキャラ立ちが見事です！　セリフも同様で、この「つらいでがす！」に限らず、お笑いでいう「テンドン」的な感じで、リズムを伴いながら畳みかけてくる面白さがあるのです。先ほど述べた「春さん蛸のぶつ切りをくれえ／それも塩でくれえ」の「くれえ」×2のような！

そんなこんなで架空のリアリティ感が気になるわ、鱒二の言語センスやらセリフやらにハッと心を掴まれるわしていたところに、ついに鱒二の訳詩の一節「ハナニアラシノタトヘモアルゾ／『サヨナラ』ダケガ人生ダ」に出会ったことで、ギアはトップに……どころか、完全に「鱒二落ち」してしまったわけなのでございますーっ☆★☆

詩人としての鱒二

鱒二の詩は、訳詩も含めてどれもとても心に響くのですが、鱒二そのひとも「詩人」と呼ばれることを一番うれしく思っていたようです。数こそ多くはない（『井伏鱒二全詩集』という薄い文庫本に、発表した詩のすべてが収録されるくらいの量）ものの、どれも「ヨッ！　名詩ダネ!!」と一声かけたくなるようなものばかり☆

加えて、神保光太郎（文士ノオト**2**）の「井伏さんは、詩も小説も、自分の作品として、愛する点では同じですか」という質問に「それは詩のほうが、思い出して気持がいい。小説は、やにっこいね」なんて答えているくらいです（『井伏鱒二対談集』）。

鱒二的に小説は「嘘を書く」ゆえに「やにっこく」なるのでしょうか!?　詩のほうが思い出して気持ちがいいというのは、なにもご本人に限った話ではなく、読者も同じかもしれません。わたしにしたところで鱒二のいくつかの詩は暗唱できるほどに繰り返し読んでいるのですが、何度読んでも素敵によいし、さらにまた何度だって繰り返し読みたい気持ちに自然となるのでした。

急な思い出話で恐縮ですが、かつて大阪市北区の天五中崎通《てんごなかざきどおり》商店街にあった古本屋・青空書房の坂本健一さんがご存命の折には月に何度か店に立ち寄り、文学の話をさせていただいたものですが、鱒二に関して一番話が盛り上がったのも、やはりその詩についてのことでした。互いに「ハナニアラシノ……」という語句をまず知り、「これは一体、なんの詩の一節なんだーっ!?」と探して「勧酒《かんしゅ》」に辿り着いた、という共通の経験があったのです☆　ちなみにその話をしたとき、わたしは三十代で青空書房さんはなんと九十代。井伏鱒二の文学が、いかに長く愛読さ

れているかという証《あか》しでもあります☆★☆

と、青空書房さんとの大切な思い出を噛みしめつつ！　次には鱒二の詩集のなかで一番有名かと思われる、「厄除けのお守りのように持っていてほしい」という気持ちから書かれた『厄除け詩集』[★15]に収録の「勧酒」について、説明させていただきます！　こちらは唐の詩人・于武陵《うぶりょう》の詩を、鱒二が和訳したものです。

四行のみの短い詩ですが、その四行こそが、素晴らしい！

コノサカヅキヲ受ケテクレ
ドウゾナミナミツガシテオクレ
ハナニアラシノタトヘモアルゾ
「サヨナラ」ダケガ人生ダ

……すごいでがす!!

ひとは、生まれたからには当然死ぬわけで、「サヨナラ」するために出会っているといっても過言ではありません。どんなに仲が良くても悪くても、否応なく誰もに絶対来る「サヨナラ」までの時間を、いかにしてともに過ごすのか。

こんなにも心の底から共感できる言葉ってそうそうありません！　「サヨナラ」ダケガ人生ダ

ーっ!!　ちなみに原文では「人生足別離」であるこの最後の行を「『サヨナラ』ダケガ人生ダ」と和訳した背景には、林芙美子（文士ノオト3）と一緒に旅行した際に林がいった「人生は左様ならだけね」を意識した、と鱒二自身が「因島半歳記」に書いています。

この言葉を口にするたびに、別れがいかに悲しくとも、それでもひとは生きていくんだな、という強い気持ちをもらえます。

たった四行のなかでこれだけのことを思わせてくれる詩を書く鱒二のことが、大・大・大好きだーっ☆★☆

文士たち、かく語りき

ところでそうそうたる文士たちが鱒二を評した言葉のなかに、忘れがたいものがたくさんあります。まずは永井龍男による鱒二評からどうぞ！

★15　『厄除け詩集』…「私としては自分の厄除札の代りにしたいつもりである」と井伏鱒二が記す（筑摩書房版『厄除け詩集』）ところの、名詩集。

同時代の作家に、この人を持つことを、私は年来誇りとしている。

大黒柱も、厚い梁も、黒光りがしている。〔…〕

この主人は、他人の邪魔になるようなことは決してしなかったが、そのかわり自分の喜びや悲しみについて、余計な口をきかれることも好まなかった。大げさなことは、すべて嫌いだった。

世間に事がなかったのではないが、激しい西風や北風が吹きまくっても、裏の林や竹藪まかせで、家のうちは静かなものだった。

今度の全集〔筑摩書房から刊行された『井伏鱒二全集』を指す。この文章自体がその内容見本のために書かれた〕は、たとえばそのような、ゆるぎのないがっしりした民家と、その持主の関係を感じさせる。


——永井龍男「黒光りがしている大黒柱」『井伏さんの横顔』

……しかり!!

鱒二の文学には、頭のてっぺんから足の先まで、ズドーン!と太い一本の芯がくっきりはっきり通っています。まさに徹頭徹尾、井伏鱒二なのです。だから、がっしりとしていて年月を感じさせる「黒光りがしている大黒柱」とは、まさに鱒二そのものだといえます。この柱さえあれば大丈夫!という気にさせてくれるのです☆

また、一番共感するのは山口瞳[★16]から見た鱒二評です。

井伏先生の家でお話を伺っていると、何度か大笑いさせられる。しかし、そのお話が、笑っていいのかどうか、咄嗟《とっさ》の判断に困るようなことがある。はたしてこれは滑稽なこととして話されたのかどうか……。とにかく話そのものは可笑《おか》しいのだから、私は笑ってしまう。そうして、あとで考え込んでしまうようなことになる。

——山口瞳「井伏先生の諧謔」『井伏さんの横顔』

……わかるー！　って、わたしは鱒二に会えたことなんてないのだけれど、作品で接した鱒二の印象もこのような感じです！

ウフフ、あるいはウフフが込み上げすぎて「フハッ」と笑ったあとで、「あれ？」と思ったり、

★16　山口瞳…一九二六〜九五年。現東京都大田区生まれの小説家で随筆家。復員後、鎌倉に住む。隣家に川端康成。鎌倉アカデミアに学び吉野秀雄に師事。国土社に入り『国土』の編集にあたる。編集顧問の高橋義孝に以降師事。國學院大学卒業後は河出書房に入社。吉本隆明らと同人誌『現代評論』を創刊も二号で終刊。一九五八年に現・サントリーに入り『洋酒天国』の編集に携わる。一九六三年、「江分利満氏の優雅な生活」で第四十八回直木賞を受賞。同年『週刊新潮』で「男性自身」の連載を開始。連載は山口瞳が亡くなるまで続いた。井伏鱒二には「ヤァチくん」とあだ名された。

「これ笑うやつと違うかった！」とヒヤッとしたり。でもやっぱり可笑しいしなぁと、「笑える」・「笑えない」の間を延々ループしてしまい、「一回読んで、はい終わりー！」にはぜんぜんならないのです。

読んで、思い出して、フームとなる。一粒で二度美味しいどころか、読んだあとにも噛みしめ続けていられるような、まさにスルメのごとき味わいを持った作品ばかりだと思います！

なにを見てるの!?　鱒二さんっ☆★☆

そして一番忘れがたい印象を与えられた鱒二評は青柳瑞穂《あおやぎみずほ》★17によるものです。「井伏鱒二の眼」（『井伏さんの横顔』所収）という文章のなかで、鱒二の眼について「ドロンとして、にごって、まるで眠っているような眼で、それが何を見つめているとも思われないのである」と評しています。読者的には戸惑うばかりですが、青柳本人も「名誉棄損になりはしないか」と心配しつつも、この一見褒めてはいないその表現で彼が伝えたかった「井伏鱒二」とは、一体どんな人物なのか。

要約すると、「都会人の持つ鋭くて知性的で澄んだ眼をしたひと」ではなくて、「ドンヨリしていながら、それだけにかえって油断のならない、あの田舎者の眼」をしているようなひと。そのドンヨリとした眼はひいては百姓の眼であり庶民の眼であり、動物にたとえるならば牛。そしてここでいう牛とは、必要でないものは全然見ていなくても、必要なものだけは驚くべき本能で見たり感じたり予感さえしていたのかもしれない、といったような、なんだか妖怪の「件《くだん》」（身体は牛で顔だけ人間！という人面魚ならぬ人面牛。絶対に当たるという予言をしたらたちまちに死んでしまうといわれている妖怪）を思わせる動物として描かれており、最終的には「井伏君のあの眼には、そういう動物的なするどい本能、予感というようなものが具《そな》わっていたのではないだろうか」と結論づけているのです。

色々ツッコみたいところもありますが、この論しかりで、井伏鱒二の文学の根幹をなすものとして顕著なのは、誰よりも圧倒的に「見ている」からこそ生み出される、その文体です。なぜにそれだけ見続けられたのかといえば、まずは鱒二が元々画家を目指していたことが理由に挙げられます。デッサンに求められるような物事を見る力に優れていたのではないか、また見ること、見続けることが苦ではなく、むしろ好きだったのではないか……。といったようなことが、「山椒魚」や「朽助のいる谷間」などの作品群を通して容易に想像できるのです。

★17　青柳瑞穂…一八九九〜一九七一年。山梨県現市川三郷町生まれの美術評論家で詩人。また仏文学者で評論家。慶應義塾大学仏文科時代には永井荷風の指導を受けた。骨董好きとしてもよく知られ、骨董屋で尾形光琳の真筆を掘り出して話題になったこともある。井伏鱒二とは昭和初期には近所付き合いが始まっており、ともに「阿佐ヶ谷会」の中心メンバーとして酒席を囲むなどした。

そんな鱒二だからこそ、牛がひたすらどこか一点を見つめ続けるように、普通ならばすぐに見飽きてしまうような、特にドラマチックというわけではないものでも、ひたすらじっと観察することが可能で、結果としてその文体に絶対的なリアリズム（本人曰く、「嘘を書く」なる小説であっても、妙に現実味がある）が自ずと生じるのではないでしょうか。

つまるところ、「にごった眼で物事を見続ける井伏鱒二」とは、どんなに痩せ枯れた土地でもひたすら耕す農民の目線を持った、そういうひとのことなんだなぁと納得したのですが、最終的には誉め言葉でも普通はいくら友達だからといってこんなふうに表現されたら怒るんじゃないかな?と思うことにも、怒らないのが鱒二です！　そして、名誉棄損になるかもー、とかいいつつ鱒二には絶対に許してもらえるはず、みたいな信頼感が、青柳の文章からも垣間見えちゃうのでありました☆

なんだか微笑ましい気持ちになってくる井伏鱒二とその仲間たちですが、わけても『井伏さんの横顔』は、鱒二の素敵にかわいいお人柄がしみじみと伝わってくる良書なので、ぜひともお読みいただきたいです！　また、河盛好蔵との対談集『井伏鱒二随聞』（新潮社刊）もマストといいたいし、弟子のようにかわいがっていた小沼丹[★18]による『清水町先生』（ちくま文庫刊、「清水町先生」は鱒二のニックネームのひとつ。由来は、荻窪の清水町に住んでいたため）も、鱒二の文学性となんともキュートなパーソナリティーを知るには外せない一冊で、その他「鱒二担」だった各出版社の編集者さんが書いた『酒を愛する男の酒』（新潮文庫刊）や『井伏鱒二サヨナラダケガ人生』（文春文庫刊）も味わい深ければ、付き合いの深かった庄野潤三[★19]・山口瞳・開高健[★20]・深沢七郎等々とのあいだにおいても面白エピソードが盛りだくさんなので、『文学交友録』（新潮社刊）や『井伏鱒二対談集』もやはり欠かせない本ではないかと思われます☆

★18　小沼丹…一九一八〜九六年。現東京都台東区生まれの小説家で随筆家、英文学者。明治学院高等学部の頃に書いた小説「千曲川二里」の掲載誌を井伏鱒二に寄贈。後に感想の葉書が届いて訪問。以降、終生の師とした。一九四三年には谷崎精二の推挙で、早稲田大学在学中から作品が載っていた『早稲田文学』の同人となる。一九五四〜五六年にかけて三度の芥川賞候補と一度の直木賞候補となるも、受賞にはいたらず。一九五八年、早稲田大学文学部の教授に就任。代表作は「村のエトランジェ」、「懐中時計」、「椋鳥日記」他。

★19　庄野潤三…一九二一〜二〇〇九年。大阪府現大阪市生まれの小説家。中学のとき、国語教師に詩人の伊東静雄がいた。後年、伊東を訪問し、以降師事。朝日放送に勤めた頃の同僚には阪田寛夫がいた。一九五五年、「プールサイド小景」で第三十二回芥川賞を受賞。他文学賞の受賞多数。「夕べの雲」に見られるような奇をてらわない静謐な庄野文学は、「第三の新人」においても存在感を放つ。

★20　開高健…一九三〇〜八九年。大阪府大阪市生まれの小説家。大学卒業後、現・サントリーに入社。『洋酒天国』を創刊した。一九五八年、「裸の王様」で第三十八回芥川賞を受賞。六四年、ベトナム戦争の従軍取材に赴く。この経験をもとに『ベトナム戦記』や『輝ける闇』などを執筆。他作品に『日本三文オペラ』、『オーパ！』など。「老師」と慕う井伏鱒二が福田蘭童から教示されたアユ釣りの秘伝を開高が鱒二に請い、したためて貰った巻物が現存する。有難みを増すべく、紐解いていくと巻物の真ん中あたりまできてようやく秘伝が読める仕様。

それでも生きていく文学

それではいよいよ井伏鱒二の文学の核心に迫っていきたく思います!!

鱒二の文学を一言で表すならば、「それでも生きていく文学」となるのではないでしょうか!

鱒二の作品においては、「白毛」のようにちょっとしたことから結構ドエライ目に遭ってしまった!といった展開の小説がままあるので、ひとによっては「悲惨!」と思われるやもしれません。

たとえばデビュー作の「山椒魚」では、山椒魚はちょっと食べすぎただけなのに岩屋から出られなくなるし、ちょっといじわるしたばっかりにドエライことになるし、「珍品堂主人」でも、ちょっと欲をかいたばっかりに、主人公はこれまたドエライ目に遭っています。

酷い結末なわりに、淡々と綴られる文体によってそこまで悲しい気にもならず、むしろ「こういうことってあるかもな」と、妙に納得してしまう。そして読み終わったあとで心のなか(胃の腑のあたりかも)にずっしりと根を下ろすのは、なにがあろうと「それでも生きていく」という気持ち。これこそ、わたし自身が文学に求めるものであり、鱒二の作品群を読んだときに、強く感じるものなのです!

前述の「本日休診」においても、この登場人物が助かったら大概のひとが「よかった!」と胸をなでおろす場面であっても、その人物は必ずしも助かるというわけではない。話の展開として、読者の「助かってくれい！」という期待に応えてくれるとは到底いいがたく、ただただ、死ぬひとは死ぬし、助かるひとは助かるのです。

それは、野生動物の営みにも似ているように思います。まだ幼い草食動物が肉食動物に捕食されるとき、人間からしたら「かわいい動物の子ども」は助かってほしい存在なのですが、そんなこちらの気持ちなんてお構いなしに、弱かったり運が悪かったりする動物たちは襲われて死んでいく。仮に我が子や連れ合いが食べられてどんなに悲しくとも、動物は自分が逃げることをやめないし、生きるための営みは続いていく。

……といった大自然における淘汰に似たものが、都会のなかですらじっと見続けていればそこここにあるのだということが、鱒二の文学を読めば感じられるのです。

フィクション（小説）であるからには、すこしは希望的観測を入れて欲しい！と願う読者の気持ちや、なんなら希望的観測を述べたくなる書き手の気持ちもときには生まれることもあるかと想像されるのですが、こと「鱒二のフィクション」においては、そんな甘っちょろい（!?）展開には、とりあえずのところなりません。ただただ青柳がいうところの「牛の目線」でもって物事を観察し、その結果生みだされた「リアルなフィクション」が小説となっていくのです。だからこそ、ときに悲惨だと思うような展開が鱒二の小説のなかで起こることがあったとしても、つらさばかりを痛切に感じるというよりは、動物の生きざま同様にむしろ「何があっても、それでも生きていく」という気持ちのほうが、より強く伝わってくるのです。「それでも生きていく」。すごく大切だと思います。

さて、またもや「山椒魚」の話かーい！という向きもあるかと思われますが、大きな大きな「鱒二の森」があるとして、その森の中心に聳《そび》え立つ大木が「山椒魚」であるがゆえ（鱒二の森のなかには他にも「さざなみ軍記[★21]」や「ジョン万次郎漂流記[★22]」といった大木がある歴史モノエリアや、「無心状[★23]」や「集金旅行[★24]」があるユーモラスエリアなどもありますが）、ぜひともここで「山椒魚」のあらすじをザッと紹介させていただきたく思います☆

「山椒魚」を読む

「山椒魚は悲しんだ」という一文からこの小説は始まります。なぜ悲しんだかというと、自分の棲家《すみか》であるところの岩屋から出られなくなっちゃったから！　日がな一日、岩屋のなかに居続け早二年。ハッ！と気づけば、岩屋の入り口の大きさよりも、成長した自分の体のほうがデカなってもうとるではないかーいっ！　出れん！　どうやっても出れん!!

「いよいよ出られないというならば、俺にも相当な考えがあるんだ」とうそぶきながらも特に考えつくこともなく、むしろ絶望しかなく、がーん……となっていたところ、その岩屋にある夜、一匹の小蝦《こえび》がまぎれ込んでくる。

なんやかやあり、小蝦にすら失笑される山椒魚。泣いて神様にすがっても、出られないものは出られない。「ああ寒いほど独りぼっちだ！」と、悲嘆にくれているうちに、「山椒魚はよくない性質を帯びて来たらしかった」。岩屋の前を往来する蛙をうらやましく思っていたところに、その蛙がある日、小蝦と同じく岩屋にまぎれ込んできた。自分とは違い、その気になれば、岩屋の外に簡単に出られる蛙を前に、同じ目に遭わせてやる！と、自らの体でもって岩屋の入り口をふさぎ、出られないよういじわるをする山椒魚！

相手を同じ状況に置くことに暗い喜びを感じつつ、互いをバカにしながら口論し続けること一年。そしてまた一年……（長い！）。どちらも出られないままに、もはや口論する元気もなく

★21　「さざなみ軍記」…源平合戦の敗者である平家の若い公達（きんだち）を主人公に、彼が書いた日記の体裁で綴られた歴史小説。

★22　「ジョン万次郎漂流記」…江戸時代に日本からアメリカまで漂流した少年・中浜万次郎の生涯を伝記風に描いた小説。第六回直木賞受賞作。

★23　「無心状」…早稲田大学予科に通っていた若かりし日の井伏鱒二が、本来兄へ出すつもりだった手紙（内容は金の無心）をレポートと取り違え、吉田源次郎（筆名：紘二郎）先生に提出してしまった出来事を綴った随筆。

★24　「集金旅行」…亡くなった下宿屋の主人に代わって、遺された子供のため、主人公が下宿代未払いのままで帰郷した元下宿人達の所を訪ねて下宿代を回収していく、という一風変わった「旅行」のさまを描いた、ユーモラスで人情味のある小説。

なってどんどん衰弱していく蛙。とうとう死にかけたところに、「お前は今どういうことを考えているようなのだろうか？」と問いかける山椒魚。蛙は「極めて遠慮がち」に「今でもべつにお前のことをおこってはいないんだ」で、幕引き。

という、なんとも！な感じの展開で、山椒魚にしたところで、ちょっと（といっても二年間）ボンヤリと岩屋に居座っていただけなのに行動の自由は奪われ、殺人（というか殺カエル）してまうわ、かといって状況は変わらないままだわで、いいことナイといえばナイのです。

この作品をハッピーエンドに持っていくとすれば、山椒魚が「蛙を閉じ込めて悪かったな」と思って逃がしてやるだとか、またなにがしかの理由でもって二匹とも岩屋から脱出できた！だとか、やりようはいくらでもあるかと思うのですが、鱒二の文学においては、そうは問屋が卸さない！　やってもたー、と思えども覆水は盆に返らないし、都合よくミラクルが起こったりもしません。ただ淡々と、成るべくものがそう成っていく過程が描かれるのみなのです。

それがゆえに、どういう状況にあっても生きようとする生き物の、生命としての強《したた》かさが際立っています。小説からも、随筆からも、そして詩からも垣間見ることができる、悲惨さを笑いに変えてゆく「鱒二のユーモア観」は、生きることそのものに通じています。

そうして鱒二へのLOVEは終わらないのであった！

鱒二の文学について、一番伝えたかったことは以上です！が、どうしても再び伝えたいことがある!!　冒頭に立ち戻ることになりますが、鱒二のかわいさについてです☆★☆

年を取れば取るほどかわいさマシマシ……！な鱒二は、フクフクッとした体つきもかわいらしければ、「じいさんなんだかばあさんなんだかわかんない！」とも評されるそのお顔も、もはや男女を超越して、赤子のかわいらしさに匹敵するほどです！

見た目もかわいい上に、中身も愛されキャラやどー！といいたくなる様子は、若かりし頃の鱒二と永井と菊池寛の将棋エピソードからも明らかです。

向かい合って将棋を指すマスジ＆永井。それを眺める本名・ヒロシ。鱒二がうっかりヘタを打ちそうになれば、寛は「アーッ！　アーッ！」と奇声を発して注意を促し、考え直した鱒二がよい手を指し直すと、寛は今度は「君はなかなか見どころがあるぞ☆」と褒めていたという、なんとも甘やかしすぎやどー！なエピソード（『井伏鱒二対談集』）。こういうところもたいへん好みなわけですが、同時代の文士たちのハートはもちろん、令和を生きるわたしのハートもばんばん撃ち抜きまくっちゃってる鱒二さん……☆★☆

好きだーっ!!!

と、気持ちよく叫んでしまいましたが、最後にクールダウンもかねて、鱒二のひととしてのかわいさが伝わるエピソードを紹介し、この章を終わりにしたいと思います!

永井　牧野信一[★25]さんなどという人がいたしね、あなたの苛《いじ》められた。
井伏　苛められた。ワアワア泣いた。どうして苛めるんだろう。
永井　あれは、あなたに対する愛情だと思う。
井伏　そうかな。
永井　愛情だと思う。お前の書くものは巧すぎるぞという嫉妬にしても。
井伏　〔坂口〕安吾さんも苛められたね。〔…〕
永井　ほんとうにあなたは苛められた、会うたびにね。
井伏　久保田〔万太郎〕さんが浅草に連れて行ったことがあるのだ、牧野さんと僕と河上徹太郎と。牧野さんが僕を苛める。久保田さんはなにも言えないの。〔…〕僕はたまりかねて夜中の三時ごろそこを飛び出してね。下駄箱から僕の履物を出して、魚河岸へ行く通りすがりのトラックに乗せてもらった。僕が泣いてるもんだから運転手が、おめえさん、まあこういうときは、どういう事情か知らんけれども、「松島」へでも行って飲めと……。

永井　徹夜で飲ませる家ね……。

井伏　そこで飲んだ。いいよもう牧野さんのことは……。

――井伏鱒二と永井龍男の対談「文学・閑話休題」『井伏鱒二対談集』

苛められて、ワアワア泣いて、泣きながら飛び出してってなにげに運ちゃんになぐさめられちゃってるところが、好きだーっ!!（クールダウンって、なんのことーっ！）

そうして鱒二へのLOVEは、終わらないのでありました☆★☆

★25　牧野信一…一八九六〜一九三六年。神奈川県現小田原市生まれの小説家。「爪」が島崎藤村に賞賛され、島崎の紹介で『新小説』に「凸面鏡」が掲載され文壇デビュー。『中央公論』などに作品を発表する。故郷・小田原に中世ヨーロッパ的雰囲気を纏わせた作品群は「ギリシャ牧野」と呼ばれ、「バラルダ物語」や「ゼーロン」はこれに分類される。同人誌『作品』に創刊から関わった牧野信一の文学は、同人の井伏鱒二や小林秀雄、河上徹太郎らに影響を与えた。代表作に「鬼涙村」他。酒が入らないときには非常に謙虚な一面も。しかし、神経衰弱もあり、最後は生家で縊死。

文士ノオト

1

永井龍男《ながいたつお》

一九〇四〜九〇年。現東京都千代田区生まれの小説家で随筆家。十六歳の頃、芥川龍之介や佐藤春夫も寄稿した文芸誌『サンエス』(同名の萬年筆会社がスポンサー)に投稿作が掲載され、選者であった菊池寛の知遇を得る。二十歳の頃『青銅時代』から分かれ、小林秀雄らと『山繭』を創刊。『山繭』の後続メンバーには堀辰雄や神西清がいる。一九二七年に文藝春秋社に入社。『オール讀物』、『文藝通信』、『文藝春秋』の編集長を歴任。『文藝通信』には芥川賞をめぐる太宰治と川端康成の応酬も掲載された。勤めのかたわら創作も継続。初の著書『絵本』は一九三四年に四季社から刊行。戦時中は中国に渡り、満洲文藝春秋社を設立。戦後はGHQに公職追放され、以後は執筆に専念。一九五二年上半期〜五七年下半期は直木賞選考委員、一九五八年上半期〜七七年上半期は芥川賞選考委員をそれぞれ務める。野間文芸賞、読売文学賞、菊池寛賞他受賞。一九八一年には文化勲章受章。代表作は『一個その他』、『コチャバンバ行き』他多数。「青梅雨」など短篇の名手。

文士ワンポイント

龍之介同様辰年生まれのために、龍男と命名された。十代から「チェホフのように地味に、素直に、あたたかく、かつたかぶることなく」を創作の心構えとし、また創作の心構えを地で行くその人柄で、癖の強い作家らとも深く交流した。駄洒落上手。

文士ノオト 2

神保光太郎《じんぼこうたろう》

一九〇五〜九〇年。山形県山形市生まれの詩人。一九三一年に井上良雄編集・発行の詩と散文の雑誌『磁場』に永瀬清子、北川冬彦、高村光太郎、高見順らとともに作品を発表。一九三五年に『コギト』の保田與重郎《やすだよじゅうろう》などが新たに作った『日本浪曼派』に、亀井勝一郎、中谷孝雄らと創刊から参加。『日本浪曼派』にはのちに伊東静雄、太宰治、檀一雄なども加わった。『四季』にも作品を発表し、堀辰雄から大いに信頼を寄せられ編集にも携わる。立原道造と親しく、建築家でもある道造は神保光太郎も住まう埼玉県の別所沼近辺に自ら設計した週末住宅「ヒアシンスハウス（風信子荘）」を建てることを計画したが、道造の生前には実現しなかった。戦中、シンガポールで昭南日本学園の校長を務める。それまで『四季』の会合で数度顔を合わせていただけの井伏鱒二とは、シンガポールで親しくなった。初の詩集は一九三九年に四季社から刊行された『鳥』で、装丁は江川書房の社主であった江川正之による。また、立原道造、津村信夫、中原中也など関わりのあった詩人をはじめとし、数々の詩集を編纂した。

文士ワンポイント

シンガポールに赴任した約一年の間、鱒二とふたりであちこち歩き回り、中国人やマライ人の住居にも出入りした。

文士ノオト

3

林芙美子《はやしふみこ》

一九〇三〜五一年。福岡県現北九州市生まれ（諸説あり）の小説家。幼少期は旅商人の母と養父とともに各地を転々とした。一九二二年に尾道市立高等女学校を卒業後、恋人を頼り上京するも、破局。その頃付け出した日記をもとに執筆された「秋が来たんだ—放浪記—」が一九二八年より長谷川時雨主宰の雑誌『女人藝術』で連載開始。一九三〇年には改造社の「新鋭文学叢書」より『放浪記』と改題され刊行。次いで『続放浪記』も刊行。空前絶後の売れ行きでその名を一躍世間に知らしめた。戦中は報道特派員として南京やシンガポールなどの戦地に赴く。頼まれた執筆は断れない性格で、四十七歳の短い生涯に対して多作。同時代の文壇での評価は低かったが、今なお多くの読者を得ている。「花のいのちはみじかくて苦しきことのみ多かりき」の文言を好み、色紙などによくしたためた。

文士ワンポイント

名訳として名高い井伏鱒二の『サヨナラ』ダケガ人生ダ」は、林芙美子の「人生は左様ならだけね」の言葉に由来。鱒二の弟子・太宰治とも交流があり、太宰に頼まれ筑摩書房版『ヴィヨンの妻』の装丁と挿画を手がけた。一方、林自身の本の装丁には、佐野繁次郎、小磯良平、鈴木信太郎といった洒脱な画家が名を連ねる。『うき草』は川端康成装。自装本も数冊。恋多き女としても有名。若い頃には住まいを転々とし、隣人に『二十四の瞳』の壷井栄がいたこともあれば、平林たい子と同居したこともあった。

ふたりめ

第2章 かわいい系文士

室生犀星

室生犀星
むろお・さいせい

一八八九〜一九六二年。石川県金沢市生まれの詩人で小説家、また随筆家。代表作は『愛の詩集』、『杏っ子』、『随筆女ひと』他。菊池寛賞、読売文学賞他受賞多数。親友に萩原朔太郎、芥川龍之介。弟子に堀辰雄。趣味は映画鑑賞。書、画、また飼い猫のネーミングセンスが独特。生涯、庭づくりに勤しんだ。

乙女子×変態×生活

井伏鱒二とともに「かわいい系文士」の双璧をなす室生犀星《むろおさいせい》★1にふたつ名をつけるとしたら、「乙女子《おとめご》の犀星」そして「覗き見の犀星」となりましょうか……！　乙女チックでロマンチストであること。コッソリと覗き見るのが好きという性質を持つこと。といった理由によるものの、この「覗き見る」性質については「変態性」といい換えたい気持ちがありますが、それは決して貶《けな》したいためではありません！　むしろ変態であることが犀星の文学にとてもプラスに作用していることこそを強調したい！　というか、かわいいの!?　変態なの!?という疑問も生じるかと思われますが、ひとまず持論を進めます！

この「乙女性」と「変態性」はどちらも犀星の人となりや文学を語る上では重大かつ重要なエレメンツであり、また際立って目立つところでもあります。しかし、それだけで犀星のすべてを語ることはできません。なぜなら彼をかたちづくる根底には、当たり前すぎて目立たないけれどもしたたかに、「生活の犀星」という、さらなる根っこがあるからです！

「生活の犀星」ってなにかといえば、たとえ生活苦のただなかにあったとしても、「なにくそ！」と踏んばりぬけるようなハングリー精神が彼のなかにあるのだ！というような意味です。つまり犀星とは、実の親との縁が薄く、貧乏もし、多くの苦労もありながら、いついかなるときも、地面の一番低いところから空高くに輝く星を見上げることができたひとである！といいたーい！これを踏まえることが、「かわいい系文士・室生犀星」を語る上では最も大切なのではないかしらん☆

というわけで、犀星の素敵なところを伝えていくにあたり、「乙女」「変態」「生活」という三つのキーワードをもとに、紐解いていきます！

まずは犀星の「……乙女かーっ！」とツッコミたいくらいのロマンチシズムについて語ります☆

星が好きだよ、犀星さん☆

室生犀星、本名・室生照道《てるみち》には、いくつかの俳号と筆名とがありました。俳号はここでは置いておくとして、筆名をみるに最初は「照文」、そして「犀星」や「残花」。また「青き魚を釣る人」という名で作品を発表したことも☆

★1　「むろう」表記もあるが、本書では「室生犀星（むろお・さいせい）記念館」に準じて「むろお」とした。

どの名前も美しいかぎりですが、実は「犀星」は「犀西」、案もあったっぽいのを「西」→「星」と変えた模様。ちなみに「犀星」や「犀西」における「犀」の字は、出身地・金沢を流れる「犀川《さいがわ》」から。「犀西」は「犀川の西」を意味し、子どもの頃に犀星が住んでいたあたりを指しています。次に挙げた引用文中の「犀東」も同じで「犀川の東」のひと！

では国府《こくぶ》犀東《さいとう》★2さんのような立派な詩人になろうと考え、にわかに犀西と名乗ってみたが、気がさしてならなかった。その時代は星や菫《すみれ》の流行時代だったので私も恥かしながら、ついに、犀星と名づけたのである

——「雅号の由来」『朝日新聞』一九三九（昭和十四）年七月三〇日付

なんてシレっとおっしゃられておりますが、流行に乗っかった！というよりも、星や菫が好きだったのですよね⁉とまたもやツッコミたくなってしまうのは、犀星の俳句、詩集、小説と、そのどれをとっても隅々にまで美しくてかわいらしい表現がちりばめられているからです。これで星が好きじゃないなんて、A・RI・E・NA・I!!

たとえば俳句なら、

星と星と話してゐるそら明り

あんずあまさうなひとはねむさうな

――室生犀星『犀星発句集』[★3]

だとか、詩ならば処女詩集にあたる『愛の詩集』[★4]の「序詩」からして

自分は愛のあるところを目ざして行くだらう
悩《なや》まされ駆《か》り立てられても
やはりその永久を指して進むだらう
愛と土とを踏むことはうれしい

★2　国府犀東…一八七三〜一九五〇年。石川県金沢市生まれの記者で編集者、漢詩人。新潟で新聞記者となり、記者として台湾に渡った。帰国後は上京し、博文館から刊行された日本初の総合雑誌『太陽』の主筆を務め、萬朝報などにも勤めた。その後、同郷の友人に誘われ内務省や宮内省に勤務し、詔勅（しょうちょく）の起草などに携わった。本名「種徳」名義の著作もあるが、「犀東」の名で、主には歴史書や漢詩集を刊行。

★3　『犀星発句集』…生前に室生犀星が刊行した四冊の句集の内の三冊目がこの章で引用した桜井書店版で、一九四三年に刊行。一九三五年には野田書房から限定五百部の『犀星発句集』も刊行されていた。

★4　『愛の詩集』…序にあたる「愛の詩集のはじめに」では北原白秋が「君の感情は蛮人のように新鮮で」という強烈な表現を室生犀星に対して用いている。文明人と自然人の心を併せ持つ犀星ならではの感性がほとばしる処女詩集。一九一八年に刊行。恩地孝四郎装。

愛あるところに
昨日のごとく正しく私は歩むだらう。

と書いています！　その最初の詩集からしてすでに「愛」を目指したひとがロマンチストでないわけがなく、また、この詩集に収められた他の詩においても、土のにおいの漂う野性味がありながらも、なんなら耽美でもあるものが多く見受けられるのです☆

さらに、犀星の詩のなかで最も有名なもののひとつ

我は張り詰めたる氷を愛す。
斯《かか》る切なき思ひを愛す。
我はその虹のごとく輝けるを見たり。
斯る花にあらざる花を愛す。
我は氷の奥にあるものに同感す、
その剣のごときものの中にある熱情を感ず、
我はつねに狭小なる人生に住めり、
その人生の荒涼の中に呻吟《しんぎん》せり、
されぱこそ張り詰めたる氷を愛す。

斯る切なき思ひを愛す。

——室生犀星「切なき思ひぞ知る」

なども、やはりどうしたって見事です!!

断腸の思いでいまこの三つに例を絞ってみましたが、犀星のさまざまな作品には「美しい言葉しかない!」といい切りたいぐらいに、うっとりとするような表現がたくさんです☆

星や花や空といった、あれやこれやが大好きだったんだろうな。そして美人や美少年も好きだったのね!と読めば読むだに納得がいってしまう犀星の「美しいもの好き」のうちの、「美しいひと(美女や美少年)好き」についてはあとで触れるとして、次はロマンチックな犀星の乙女チックな部分について、「幼年時代」を取り上げながら、さらにフォーカスしていきたいと思います☆★☆

室生さん家の犀星の、かわいさの秘密はねっ!

「幼年時代」は犀星の「自伝的初期小説三部作★5」のひとつに数えられる小説デビュー作で、一九一九(大正八)年に『中央公論』に掲載されました。主人公は自他ともに認める暴れものでガキ大将な少年です（実際の犀星もそうだった）。先生に目をつけられているので、ちょっとしたことですぐに怒られ、授業が終わったあとも、いつもただひとり、居残りを命じられます。「みな愉快な、喜ばしげな、温かい家庭をさして」帰っていくのに、いつまで経っても自分だけが家に帰れない。つらさや悲しさがどんどんと主人公の身に募っていきます。「暴れもの」というだけに、すわガラスでも割っちゃうか!?と思いきや、彼が悲しみの果てになにをしたのかというと、教室の黒板に「姉さん」と書いては消し、消しては書く、をただただ繰り返すだけ。しかし、その行為は少年＝犀星にとって、「その文字が含む優しさはせめても私の慰めであった」というのです。

……か、かかか、かわいいやないかーいっ!!!

なんでしょうかこの犀星の、ひととしてのかわいさたるや……！　これぞ、乙女チックで繊細にすぎる心映えというしかありません！　この乙女さは、実際の乙女（うら若き女性というくらいの意味）たちは持っていないかもしれないです。いや、あるひとにはもちろんあると思うのですが、わたしが若かった頃にはこんなかわいさは持っていなかったぞ！と、自分にはないそのキュートな感性にキュン♡ときてしまったのがきっかけで、犀星を好きになっていったのは本当の話です☆

ところで、ここで触れておかなければならないことは、「犀星は生まれてすぐに、実母のもとから離されている」という事実です。養母はおよそ優しいとはいい難い性格のひとで、同じ家で暮らしていたのは他に、血の繋がらない兄・姉・妹がいるばかりでした。

血の繋がりのあるなしにかかわらず、幼少期の犀星に「優しき母」があったとしたら、犀星の考えかたや文学のありかたもまた違っていたような気がします。

しかしだからこそ、犀星の文学における「（養母以外の）女性」たちは、まるで女神であるかのような優しくて神聖な存在としての位置を与えられている部分があるのではないかしらん？また同様に現実にはいなかった実の母というものに、大いなる夢を抱き続けることができたのではないかしらん！

そういったことごとが原因となり「幼年時代」だけではない多くの作品や、あるいは実生活において、女性を礼讃するような気持ちを犀星は持つようになっていったのではないでしょうか。女性を「美しいもの」「素晴らしいもの」と見なす想いは、一生を通して彼のなかにあり続けています。

もしも幸せな家庭（と簡単にいい切れてしまう「幸せな家庭」が世のなかに存在するのかどうかはさておいて）に育った子であれば、怒られて悲しくなっても黒板に「姉さん」とは書か

★5　「自伝的初期小説三部作」…「幼年時代」、「性に眼覚める頃」、「或る少女の死まで」の三作品。

なかったでしょうし、書くだけで慰められることもなかったのではないかと思います。「姉さん」は、単なる姉ということではなく、他の子供と同じように手に入れることができたかもしれない優しさの象徴としての女性像であり、だからこそ「幼年時代」の「姉さん」のくだりを人びとが読むとき、なんとも甘やかでかわいらしい空気を感じるのではないでしょうか。誰もが本来当たり前に持っているはずの、幼年時代そのものを痛感させるような甘やかさです！

話はちょっぴりそれますが、犀星は「第一詩集」にあたる「処女詩集」のその呼びかたにも思い入れがあり、「まだ誰にも読んでもらわない、初めて出版されるというほどの、ご念のはいった美しい愛称なのである」と述べたり、「小説集なぞはこれをひと口に初版本といい、処女小説集とはいわれていない。詩集をまもりつづけて来た美名が未だに、ふくいくとして匂いこぼれている所以《ゆえん》である」とも記しています（『我が愛する詩人の伝記』★6）。「ふくいくとして匂いこぼれている」という表現の素晴らしさたるやーっ!!

話を犀星の女性への想いに戻します！　彼の「処女詩集」、『愛の詩集』に収められた詩のなかに、

ああ　いそしめ　いそしめ
そして君たちはどんなに喜び多い
家族の中心となれることか！

どんなに此《こ》の世間をだんだんに
よくしてくれることか
君たちの
幸福《こうふく》でない時は世間がくらくなる

——室生犀星「女人に対する言葉」

というものがあるのですが、この詩を読んでいると犀星にとっての女性とは、まさに「幸せそのもの」なんだな、といった気持ちになるのです。乙女チックであることは、犀星にとっては幸せに近づくことでもあるのかも！

しかしながらに男である自分は、近づけはすれども女性（＝幸せ）にはなり得ない。そういった「手が届かないものに対する渇望」もまた、犀星を文学に向かわしめた理由であったのではないかと考えます。

★6　『我が愛する詩人の伝記』…室生犀星が、交流のあった十一人の詩人について記した人物評。萩原朔太郎や堀辰雄、また立原道造といったひとたちの一人ひとりを、独特な言葉で表している。

乙女子・犀星、覗いてる

続きましては犀星の「変態性」についてです！　随筆のなかだけではなくて小説や詩においてさえ、このことは最もわかりやすいかたちで表れています。一番わかりやすいのは晩年の傑作のひとつ『随筆　女ひと』★7で、内容のほぼすべてを語っている目次の三つ目の見出しが

手と足について

で、これは犀星に慣れ親しんでいるひとにとっては「来た来たワード」といいたいやつ☆

なぜかというに、犀星は特別なる足フェチだからです！　しかも孫である洲々子《すずこ》さんまでもが萩原朔太郎（文士ノオト4）の孫・朔美《さくみ》さんとの対談のなかで、「祖父の晩年の随筆に『女ひと』というのがあります。好き勝手に女の人のことを書いている作品です。この「前橋公園」★8の一節にも「街のおとめの素足光らし」とありますが、若い頃から女の人の足かい！と思いました。亡くなるまで足が好きだったのですね」なんておっしゃられるほどの、年季の入ったフェチなのです。（『萩原朔太郎と室生犀星　出会い百年』）

ところで「手と足について」の次の見出しはまさかの「童貞」（！）。その次が「二の腕の美

しさ」。……わぁ、ブレない！　本領発揮!!
ある種感嘆の思いでいっぱいですが、まだまだこれだけでは終わらないのが犀星です！　九つ目の見出しにいたっては「君は一たい何を言っているのだ」!!

まさにそれ、わたしが今アナタにいいたい一言ーっ☆★☆

と、はしたなくもテンションはマックスになってしまいます……！　この包み隠さない感じがなんとも犀星らしいのです。
加えて（それがときに変態チックな趣味嗜好であろうとも）自分が心から美しいと思うものを愛でるときに彼の駆使する表現の、匂い立つばかりの豊潤さたるや！　余談ですが、『随筆　女ひと』の新潮文庫版の解説は森茉莉《もりまり》★9で、この文章も、また最高☆
その森茉莉や犀星と仲の良かった宮城まり子★10が『淳之介さんのこと』（文春文庫刊）のなかで、こんなエピソードを書いています。犀星の家に遊びに行ったとき、部屋に通されておしゃべり

★7　『随筆　女ひと』…「手と足」だけに留まらず、「二の腕」やさらには「声」までも、女性（の身体）への愛と賞賛とをマニアックに綴った晩年の名随筆。正は小林古径、続は山口蓬春による美しき装丁。かわいい扉の題字と著者名は室生犀星の手により、この手跡が内容の変態性をほんのり中和。

★8　「前橋公園」…萩原朔太郎を前橋に訪ねた際に書いた詩。室生犀星の第二詩集『抒情小曲集』所収。

をしていたら、後から訪ねてきたひとがいる。犀星を見やると、居間の左手にある雪見障子の桟《さん》をそっと上に開けて外を覗いているではないかーい！

　これまで何度も遊びに来ていたにもかかわらず、その雪見障子の存在に宮城は気づいていなかったので、「じゃ、私も先生に見られていたんだ」と思い、また「これからはいつでも見られていることを、覚悟して室生家に伺わなくちゃ」と決意し、「雪見障子をちょっとあけて、入ってくる女人《おんなひと》を見る室生先生。そのひそかな楽しみと観察はやっぱり、『女ひと』などの作品が生まれる秘密をみたようであった」と納得する、というエピソードです。

「これからはいつでも見られていることを、覚悟して」と思える宮城まり子も素敵ですが、彼女は前述の森茉莉同様、犀星にとても気に入られていた「美しいひと」でした。

　雪見障子からそっと覗く自分の姿なんて普通は隠しそうなものなのに、気の置けないひとの前ではさらけ出しちゃうところが犀星っぽいです。犀星の変態チックなのに乙女チックでもある所以は、この「開けっぴろげ感」にもあるのではないかしらん☆　女子校出身者からいわせてもらうと、秘められているようで実はそうでもない女子校のなか……みたいです！

「ゴリ」とよばれて

「美しいものが好き！」だけれども、じゃあなぜそれを「覗く」のか。悲しいかな、自分は美しくない！と犀星自身が思っていたからです。今なら渋《しぶ》おじ、イケオジなのにねぇ。時代もあったのでしょうか、とにかくモテなかったようで、ゆえにコンプレックスは募っていく一方……。

前掲の『萩原朔太郎と室生犀星　出会い百年』に、洲々子さんのこんな証言があります。

「祖父は自分の顔についてよく書いていますが、晩年まで自分の顔にコンプレックスを持っていました。写真で見るとよくわかりますが、えらの部分がとても張っています。〔犀星の弟子だった〕中野重治《しげはる》（文士ノオト**5**）さん曰く、『犀星は鮴《ごり》に似ている』と。〔…〕お友達の朔太郎さん、〔芥川〕龍之介さんはイケメンですからね。なおさらコンプレックスに思ったのでしょう」。

★9　森茉莉…一九〇三〜八七年。現東京都文京区生まれの小説家で随筆家。また翻訳家。『父の帽子』でエッセイスト・クラブ賞を受賞。五十歳を超え、作家として出発。森鷗外の長女として誕生し、父が父だけに当時の一般家庭とは違い、異国を身近に感じる環境で育つ。そのことや最初の夫・山田珠樹とヨーロッパに外遊した経験が、独特な美的センスの形成に影響を与えた。同じく独自の美意識を持つ室生犀星と親しくなったことには首肯できるが、たとえば森茉莉の随筆「室生犀星という男」と犀星の随筆「森茉莉」を比べると、両者の美意識や文体（漢字遣いや、犀星も着眼した森の「読点感覚」）においての共通点と相違点がうかがえる。

★10　宮城まり子…一九二七〜二〇二〇年。現東京都大田区生まれの女優で福祉事業家。小学校卒業後、芸能活動を開始。吉行淳之介と出会い、事実上の伴侶となる。森茉莉とも仲が良く、ともに室生犀星に可愛がられた。一九六八年、日本初の私立社会福祉施設「ねむの木学園」を設立した。

きっとこれ、淡々と語られたのだろうなー、と、その淡々ぶりを想像しながら「写真で見るとよくわかりますが、えらの部分がとても張っています」を声に出しつつ読みかえせば、愛おしさとおかしみとが同時に湧き上がってきてしまうのですが、それにしても中野にしたところで、師匠をゴリとはなんて言い草なのでしょう！

鮇という魚はそんなに大きいわけではないけれど、「ゴリ」という音のイメージ通りな、ゴツい見た目の魚です。まさか本人にも直接「似てんね」なんていったりしたのかしら。だとしたら、繊細な心を持っていた犀星のこと、深く傷ついちゃったんじゃ⁉といろいろ心配になってきてしまいますが、そんなこんなで犀星は自分の姿に自信がないから「近づく」のではなく「覗く」のです。しかも乙女心を持つがゆえに、覗き見たことからいろいろと妄想してしまう。しかし、その妄想の羽ばたきこそが、犀星の作品群における素晴らしい表現と結びついていったのだと思う……！

非モテ、ばんざーい☆　良いこと尽くし☆★☆

とは、いい過ぎやもしれませんが、満たされているところに文学というのは生まれにくいような気がします。現実生活において大体のところ不満がないならば、そもそも物語る必要なんてそうそうない、ということになるからです。

だから、たとえば犀星の場合だったら「母が欲しかった……！」とか「美しくありたかった……！」みたいな飢餓感がやっぱりまずあって、その鬱屈したものが昇華して初めて、「犀星の文学」が確立するのです。文士が文士たる所以です！　文で闘っているのです!!

ハングリー精神が強い犀星のその文学は、彼自身の言葉のままに「復讐の文学」[★11]と呼ばれることすらありますが、ベースは「耽美」つまり、美に価値を置き、夢中になることにあると思います。で、そのもろもろのバランスがゆえに、ハングリーだからとて石川啄木[★12]にあらず（石川はモテた！）、また耽美だからとて谷崎潤一郎にもあらず（谷崎はマゾヒスト！）な、唯一無二の存在であるのです！

もちろんそれは一人ひとりの文士についていえることではあるのですが、犀星というひともまた、「これぞ犀星☆」な分野において、他の追随を許しません！

★11　「復讐の文学」…室生犀星が自らの文学的信念を明らかにした文章で、「文学」という武器でもっておこなう（あるいはおこなってきた）ことは、「復讐」であると述べたもの。『改造』一九三五年六月号に掲載。

★12　石川啄木…一八八六～一九一二年。岩手県現盛岡市生まれの歌人。盛岡中学の先輩、金田一京助によって『明星』を知り、後に同人となる。上京し、一九〇五年に詩集『あこがれ』を刊行。結婚を期に故郷に戻り、文芸誌『小天地』を発行。話題になるも一号で終わる。北海道に移り新聞社などに勤めたが、一九〇八年に再び上京。翌年、『スバル』創刊。発行名義人となる。東京朝日新聞に採用されて『二葉亭四迷全集』の校正にあたる。一九一〇年、歌集『一握の砂』を刊行。ここに歌われる生活の労苦は今なお深い共感を生むが、その印象とは反する私生活が記された『ローマ字日記』では遊び人で性に奔放な一面がうかがえる。

覗き見のススメ

ではこのあたりで犀星の「美しいもの・ひと好き」のなかの「ひと」の部分についても、語っておかねばなりません！

このことはまさに「覗き見」のわけとも繫がってくる部分です。

犀星の軽井沢の家の庭には、数多の美少年が休憩した木の椅子、勝手に名づけるならば「美少年の昼寝椅子」があったそうですが、ここでよく居眠りをしていた筆頭が詩人の立原道造でした。

> 軽井沢の私の家の庭には雨ざらしの木の椅子があって、立原は午前にやって来ると、私が仕事をしているのを見て声はかけないで、その木の椅子に腰を下ろして、大概の日は、眼をつむって憩《やす》んでいた。〔…〕三十分も書きつづけて庭に眼をやると、立原は長い脚をそろえて、きちんと腰をおろしてやはり眼をつむっていた。いつ来ても睡《ねむ》い男だ、そよかぜが頬を撫で、昏々《こんこん》と彼はからだぐるみ、そよかぜに委《まか》せているふうであった。
>
> ――室生犀星「立原道造」『我が愛する詩人の伝記』

おそらく執筆の合間に犀星は、ちらりちらりと「美少年椅子」に座る道造のことを見ていたのだろうなー。だからこそこのようなお天気のよい日の軽井沢のそよ風さえ感じられるような、心安らかな文章を書けたのだろうな！　ちなみに道造だけではなくて弟子の堀辰雄や例の「ゴリ」呼び中野重治なども遊びに来たことがあったようですが、きっとみんなここでしばしの間、安らいでいったのではないかしらん。そんなふうに思わせてくれるほどに、この文章には優しい空気が漂っています。

ところでこの「美少年椅子」は犀星の執筆部屋から覗ける場所に置いてあったようなのですが、容姿にコンプレックスを持っていた犀星的に、妖精のようなひとたちの眠りやら行動やらを自分のようなものが妨げるなんて言語道断！といったような気持ちがどこかにあるため（そのあたり、「覗き」の第一人者といいたい谷崎潤一郎とは、同じ行為でもなぜするのかの理由が違う）、「そっと見守る＝覗きの行為」に繋がっていったのではないかと思われます。

そんなふうにしていろんなひとや物を覗いてくれたおかげで、『随筆　女ひと』をはじめとした素晴らしき作品が、のちの世に多く残されているのですね！

犀星さん、覗いてくれて本当にありがとーっ☆★☆

苦労人・犀星

と叫んでいるうちにこの章もラストに近づいて参りました！　「乙女」で「変態」な犀星について語るとき、なんなら一番重要ともいえる「生活」の点からも、紐解いていきたく思います!!

ここまで語ってきたように、出自の段階からして幸せに対する飢餓感があったと見受けられる犀星は、金銭的な面においても結構な苦労がありました。養子先での幼少期にはいわずもがな自分の自由になるお金なんてなく、その後、上京して独り立ちしてからも、萩原朔太郎の実家の資金力をあてにして彼の住む前橋にほぼ無一文の身で遊びに行っております！

驚くことには、このときふたりはまさかの初対面！　にもかかわらず、親たちが「もういい加減あのひと東京に帰ってくれへんやろか」（実際は関西弁ではありません☆）といい出すくらいに犀星は居座っていた模様。だって東京に帰ったところでド貧乏生活が待っているだけ。ならば、萩原朔太郎の家にいたーい！

さらに驚くことにはこのとき互いの第一印象は相当悪かったたし、また犀星は居座りまでかましているというのに、人生ってミステリー☆　なんやらかんやらするうちに、気づけばふたりは無二の親友となっているのです。ちなみに室生家では後年、萩原朔太郎のことを「ハギサク」というあだ名で呼んでいたそうです。この縮めかたのセンスたるやー！

閑話休題。文学を志し、二十代の初めに東京に出てきた犀星は、貧乏をしつつも北原白秋《きたはらはくしゅう》★13や萩原朔太郎らに絶賛されて、詩人としてすぐに名を知られる存在となりました。三十歳になる頃には、中央公論社（当時）の名編集者として名高い滝田樗陰《たきたちょいん》★14に認められ、小説家としてもデビュー。その後も順調に小説を発表しています。

一九一八（大正七）年に処女詩集を刊行。翌年、「幼年時代」を皮切りとして、「性に眼覚める頃」★15などの小説を『中央公論』に立て続けに発表し出した犀星には、新進気鋭の小説家とし

★13　北原白秋…一八八五～一九四二年。熊本県玉名郡（母の実家）生まれの詩人で歌人。早稲田大学在学中に『明星』に詩を発表。新詩社脱退後、木下杢太郎らと「パンの会」を創始。一九〇九年、『スバル』の創刊に参加。同年木下らと詩誌『屋上庭園』を創刊するも、北原白秋の詩が発禁処分となり二号で廃刊。同年、第一詩集『邪宗門』を刊行。同書は耽美で情緒あふれる初期の詩風が顕著。一九一一年に第二詩集『思ひ出』を刊行。同年、詩誌『朱欒（ザムボア）』を主宰。生涯で三度の結婚は詩風にも影響した。また『赤い鳥』を契機に童謡詩人としても開花。戦中は国家主義的作風にあった。室生犀星と萩原朔太郎の第一詩集に序を寄せた。

★14　滝田樗陰…一八八二～一九二五年。秋田県現秋田市生まれの編集者。東京帝国大学中退。一九一二年、『中央公論』の主幹となる。文芸欄の充実を図り、在学中に講義を受けた夏目漱石や泉鏡花らの小説を多数掲載した。原稿を依頼する際には黒塗りの自家用人力車で乗り付けたため、「樗陰の人力車」が家の前で停まるのを著者たちは心待ちにしたが、相手がどれだけ新人の作家であっても自ら出向いていったのは、広津和郎に原稿を依頼した際の反省による。

★15　「性に眼覚める頃」…「幼年時代」の続篇に位置づけられる自伝的短篇小説であり、第二小説。一九一九年、『中央公論』に発表。もとは「発生時代」というタイトルだったが「これでは売れぬ」と編集者の滝田樗陰が現タイトルに変更した。

て引っ張りだこの数年間がありました。この頃は相当作品を書いていた様子があるのに、彼に対してお金持ちである印象が全くないのはなぜなのか。もちろん、処女詩集を出したのと同じ年に結婚したため新婚家庭はなにかとお金がかかるのだということもありましょう。加えて、たとえば「文学的自叙伝」のなかで、「まるでお金がほしいために書いてばかりいて、気狂いのように金の計算をしそれを撒き散らして歩いた。〔…〕貧乏人はやっとありついたお金を使う面白さのために、おこりに罹《かか》った病人のように明けても暮れても金のことばかり考えて、いい小説を書こうとか、同じい材料を二度つかうことが不可《でき》ないとかいうことを忘れて、がたがた震いの中に何んでも彼でも小説にこしらえて行った」と自ら書いているため、そういったイメージ――お金を手に入れたところで貧乏人としての自分からは逃れられなかった、みたいなイメージ――を読者であるわたしが勝手に抱いているだけなのかもしれません。

というかすごく書いた二、三年のあとに、比べれば小説の発表が減った十年間が犀星にはあるので、なんとなしカツカツの生活をしていた文士という印象が根強くついてしまっている――！ちなみに犀星は一九二三（大正十二）年の関東大震災にも遭っています。その五年後の大みそかには「貧乏のなかに正月を迎うべし、又一興」（「馬込日記」）なんて書いている。しかし一九三二（昭和七）年には「病気がちの子供のために全財産をはたいて」馬込に家を建てています（『馬込文学地図』）。ところでこのときに書庫の本もガッツリ売っぱらってしまったようですが、このあたりが犀星が犀星たる所以のような気がします。文献なんかなくたって書けることのすごさとたくましさとを感じます。自分のなかから滲み出てくるものだけで十分に文学をつくれるひとなのだな！

多くの小説を書いていた三十代のはじめを過ぎて、次にまた犀星が多作となるのはなんと四十五歳になってから（「あにいもうと」の発表以後）。読めば心に染みる作品だらけにもかかわらず、これだけの仕事を成しているひとが、常に第一線で活躍していたわけではないだなんて信じられん!!

そう思う一方で、書けないときにはいっそ書かないこの潔さがゆえに、あるいは書き残された作品はどれも胸を打つのかもしれません。先ほど引用したように、ご本人は「いい小説を書こうとか、同じい材料を二度つかうことが不可ないとかいうことを忘れて、がたがた震いの中に何んでも彼でも小説にこしらえて行った」とおっしゃられておりますが、本当になんでもかんでも小説にするようなひとであったれば、こんなにも室生犀星の作品に心惹かれたりしなかったはずです！

それに、生活苦を舐めたからこそ、「市井鬼《しせいき》もの」と呼ばれるような「あにいもうと」（どえらい兄妹喧嘩が繰り広げられる話）や、王朝もののひとつではありながら衝撃的な出来事が起こっちゃう「舌を嚙み切った女」などに見られる人間の凄まじさなんかも犀星は書けたのだと考えます。これらの作品に見られる人間の凄まじさは、想像だけでは書けないと思う！

わたし自身が犀星の小説のなかで一番好きなのは、結局なんだかんだで「幼年時代」なのですが（「ゴリ」という闘犬が出てくる短篇もだいぶ好きです！）、一番変態性を昇華！と思うのは「蜜のあわれ[★16]」。そして一番「これぞ文学！」と思うのが「杏っ子」です☆　この小説には生活と創作活動と、その両者に対して犀星が味わった苦労やら飢餓感やらがことごとく詰め込まれているように感じます。その上、ときに乙女だったり変態だったりもするという、「ザ・ベスト・オブ・犀星☆★☆」と名づけたいような作品です！　というかこの作品は犀星以外の誰にも書けん！　どこをとっても強く揺るぎない「室生犀星の文学」です。最高にオススメです！　なにがどう最高なのかは、新潮社版『杏っ子』のあとがき（文庫にも所収）で犀星が記していることがすべてを物語っているといえましょう！

　私は生涯をつうじて私自身に中心を置かない作品は、時に、つめたい不測の存在としていた。そして私という作家はその全作品を通じて、自分をあばくことで他をもほじくり返し、その生涯のあいだ、わき見もしないで自分をしらべ、もっとも手近な一人の人間を見つづけて来たわけである。この過ちのない正じきな傲《おご》らない歩みは、今日に於てもそれががらに合い、それで宜《よ》かったのだと思ったのである。

ひとなんて、すぐに調子に乗っちゃう生き物だぜーっ！と、自分を顧みて思うのです。だからこそ、「過ちのない正じきな傲らない歩み」を続けてきたのだといい切れる犀星にシビれます。

このような決意でもって小説に臨んでいたからこそ、経験した喜怒哀楽を余すところなく作品のなかに生かし、またときに昇華させることができたのではないでしょうか。

「よいとこ」だけで書くひとではないのーっ！　そこがまた偉大なの!!

またこのことは「覗く姿を隠さない」ことに繋がる態度でもあるのです！　隠さずにさらけ出すんだぜぇ!!

そんな犀星の「物を書く姿勢」については、「杏っ子」の作中で、ある編集者が語る、

もっといい作品を見せてくださいよ、われわれの世界はただもう原稿だけがものを言う世界なんですから。

の言葉からも推察することができます。一切の妥協を許さず、いい訳もしない。文士としての

★16　「蜜のあわれ」…室生犀星を彷彿とさせる老作家と変幻自在に美少女の姿にもなる金魚との日常を綴った幻想小説。初版本の装丁は犀星自身で、表紙には栃折久美子による金魚の魚拓が採用されたが、その経緯は犀星の短篇小説「火の魚」に詳しい。

犀星の真っ向勝負なありかたは、とてもとてもとてもとても、カッコイイ!!

「杏っ子」を読む

「杏っ子」は、前半が室生犀星がモデルであるところの主人公・平山平四郎の話で、後半は平四郎の娘・杏子《きょうこ》（モデルは犀星の娘・朝子）の目線で話が進んでいくのですが、そもそも金がなくて貧乏だとか、そこにさらに関東大震災が起こったことで時代に翻弄されてしまうといった前半部分にも苦労は大概滲み出ているものの、杏子目線で語られる後半の凄まじさがとにかく半端ないのです！

たとえば後半部において、「作家になる」と、杏子の結婚相手・亮吉が何年ものあいだ働きもせず、来る日も来る日も朝から晩まで誰に求められているのでもない原稿をひたすら書き続けることで、どんどんとその家庭が崩壊していくさまには本当に背筋がゾッとします。家庭をうっちゃりそこまでしても、皆がみな作家になれるわけではないというシビアさも深刻ですが、すでにしてひとりの作家である平四郎が語る「作家としての苦悩」は、杏子のように作家を父に持つわけではないわたしですら、それを切実な問題だと捉えてしまうほどです。

「杏っ子」には、感情の複雑な襞《ひだ》をすべて明らかにするかのように、どちらかといえば「苦」

寄りの生活の一場面、一場面が微に入り細を穿《うが》つ丹念さで描かれます。

物語において杏子が最も苦悩する期間は四年間ですが、読んでいるとまるで十年ぐらいであるごとく、とても長く感じられるのです。なんか、つらいことって長く感じる！

しかしその苦悩は、つらいけれども突拍子もないことではなくて、むしろどこの家庭であっても歯車がずれてしまっただけで容易に起こりうるような些細な出来事の積み重なりです。ひとつ、ひとつを見ていけば想像できる部分が大きいだけに、「もうやめたってくれぃ！」と思いながらも、「こういうことって、ある！」と破綻していくさまから目が離せなくなるのです。

これらの描写は非常に繊細な感性を持つ犀星によっておこなわれているため、苦悩の日々を言葉によって遺憾無く表すがゆえに、唯一無二の素晴らしい表現が随所に生まれていて、「杏っ子」をますます他の追随を許さぬ「犀星の文学」へと引き上げている！と感じます。

そんな犀星が作品を生み出す際の姿勢は、次の平四郎の言葉からうかがえます。

平四郎もいつもばかばかしいくらい一生懸命であった。嗤《わら》われて読まれるものさえ、一生懸命であった。何人も作家は一生懸命ならざるをえない、〔…〕併し無名の人が一生懸命に書いていると聞くたびに、ひやりとするものだ、平四郎自身のたかの知れた才能をしぼりつくした四十年くらいに、何が書けたというのか、そのこと自身がやはりひやりとして来るのである。他人へのひやりとしたものも、自分のひやりとしているものが、両方で或《あ》る処で打《ぶ》つかり合うのである。

また、

人間はその生涯にむだなことで半分はその時間を潰している。それらのむだ事をしていなければいつも本物に近づいて行けないことも併せて感じた。

とも述べているのですが、この考えかたが腑に落ちすぎる！

「半分は無駄なようでいて、しかしそれがなければ本物には成り得ない」という考えかたは、一見矛盾するようでいて、実はそうでもなさそうです。むしろ無駄だと思い込むことこそが矛盾を生み出すのであり、無駄も必要と信じるならば、人生のすべてに意味はあり、そして「文学」と「生活」とを区切る必要もそもそもないということに気づかされます。というか、「生活」って「文学」の別の名なのかもしれません。

人生って上ばかり見ていても、下ばかり見ていてもキリがない。まずは目の前にあるものを見てみないことには自分の人生を生きる甲斐がない。しかし、たとえば自分の今いる場所が狭苦しく感じてしまうようなときに、「上もあるし下もある。なんなら右も左もあった！」と想像できるかどうかが、たくましく生きていく上でも、また生活から「文学」を生み出す上でも、相当大事な要素となるのではないかしらん。

犀星には、そういう力がある！

というのも、物語の終わり近くで、平四郎が杏子に
その意気で居《お》れ、後はおれが引き受ける。不倖《ふこう》なんてものはお天気次第でどうにでもなるよ。人間は一生不倖であってたまるものか。

と話しかける場面が出てくるのですが、この「一生不倖であってたまるものか」の言葉に着目したい！　飢えるままに堕ちていくのではなくて、なにくそと上を見上げて「そこまで行ってやる！」と思えるほどのハングリー精神を宿すからこそ、希望も生まれるというものだ！

一番低いところにいるときにも、一番高い空の星を見上げることができる犀星のようなひとこそが、胸を打つ文学を世に放《はな》つことができるのだと思います。そしてなんならすべてのものを「上とか下」なんぞではなくて、「美しさ」に寄せていく……。

ＹＥＳ！　犀星!!　われらの星!!

犀星はやっぱり「〇〇系」！

そんな犀星のことを、乙女系文士に分類するのか、ハングリー系か、いやいややっぱり変態系とするべきか⁉

楽しい悩みも尽きませんが、室生犀星の文学や人となりなどを調べていれば、乙女なときも変態なときも、そして生活のときですら、いついかなるときにも一番にうかがい知れたのは、犀星のひととしての「かわいさ」でした。だからやっぱり「かわいい系文士」に分類したーい！

……好きだーっ☆★☆

と、今回もヒートアップしてしまいましたが、乙女性と変態性とを絶妙に併せ持つ犀星ならではな表現が煌《きら》めく「杏っ子」のなかの「おかっぱの長さについて語るシーン」と「女の子が弁当を食べるときのシーン」を紹介し、犀星の章は終わりにしたいと思います☆

つまりおかっぱという奴は、眉とすれすれに刈られていてだね、何かの返事をするときに眉をあげると、眉がかくれてしまっておかっぱの下に、眼がぱっちりとじかに現れて来る、美事さがあるものだ。だから前髪が作る変化というものは微妙なものさ。

〔…〕

娘達は愉しく弁当をひらいた。皆は箸《はし》の先にほんの少しずつ、ご飯をすくい上げ、それを二つの唇のそばに持ってゆくと、上唇と下唇とがおもむろにあいて、すくい上げた白い蝶が舞いこんでゆく、そのたびに舌のさきが見えた。娘達のご飯をたべているありさまが、こんなに美しいものであったかと、平四郎は巧みに箸の先につまみ上げたご飯が、あざやかに窓からの外光にきらきらするのを見た。

いわずもがな、仮にこのくだりがなかったとしても物語の本筋には大きく影響しないのに、匂い立つばかりの表現でもって全力で書かれているんだぜーっ!!　加えてとある一家の印象が「十五歳のお臀《しり》」に集約されるシーンの余韻も秀逸に過ぎるので、「杏っ子」読みたい！となられたかたは、ぜひともこのあたりにもご注目ください☆

室生犀星、ここにあり☆★☆

文士ノオト 4

萩原朔太郎《はぎわらさくたろう》

一八八六〜一九四二年。群馬県現前橋市生まれの詩人。北原白秋主宰の文芸雑誌『朱欒《ザムボア》』にて、五つの詩を発表し詩壇にデビュー。同誌で活躍していた室生犀星と知り合い、終生の友となる。一時期、犀星と詩人の山村暮《ぼ》鳥《ちょう》と三人で「人魚詩社」をつくり、詩誌『卓上噴水』を一九一五年に創刊するも三号で廃刊。続いて犀星とふたりで「感情詩社」を興し、詩誌『感情』を創刊する（三十二号で終刊）。感情詩社と歌人・前田夕暮《ゆうぐれ》が創立した白日社出版部との共刊のかたちで、一九一七年、第一詩集『月に吠える』を刊行。事実上自費出版本であった『月に吠える』の装丁は、木版画と詩の雑誌『月映《つくはえ》』（田中恭吉・藤森静雄・恩地孝四郎によって創刊）に感銘を受けた萩原朔太郎が田中と恩地に依頼し成った。続く第二詩集『青猫』も『月に吠える』同様に朔太郎の代表作として読み継がれている。最初からしてすでに独特なる詩風を確立していた朔太郎は、「日本近代詩の父」とも称される。

文士ワンポイント

詩誌『日本詩人』の記念会で行き違いから出席者と口論になった際、喧嘩だと勘違いした犀星に助けられたことがある。「実に凄まじい見幕で椅子を振り廻しながら」の強烈な助太刀に朔太郎は呆気にとられ、やがて怒りも消え散ったという。実子に小説家の萩原葉子、孫に映像作家の萩原朔美がいる。

文士ノオト
5

中野重治《なかのしげはる》

一九〇二〜七九年。福井県現坂井市生まれの詩人で小説家、思想家、政治家。一九一九年、第四高等学校に入学。窪川鶴次郎と知り合う。一九二三年、関東大震災のために東京から金沢に戻っていた室生犀星を訪問し、以降師事。翌年、東京帝国大学文学部独文科に入学。同人誌『裸像』を創刊。また、当時マルクス主義的傾向にあった学生団体「新人会」のメンバーになる。一九二六年には犀星を通じて知り合った堀辰雄や窪川らと同人誌『驢馬《ろば》』を創刊。詩を多く発表。同年、日本プロレタリア芸術連盟に加入し機関誌の編集に携わる。一九二八年には全日本無産者芸術連盟（ナップ）、次いで日本プロレタリア文化連盟に加入。日本におけるプロレタリア文学の第一人者となっていくが、『驢馬』の同人らも辰雄をのぞきナップで活動した。一九三一年、ナップ出版部から『中野重治詩集』が刊行となるも、製本中に発禁処分を受け押収。同年、満洲事変勃発後、ナップへの弾圧が激化し翌年に逮捕。一九三四年には釈放されたが、その後執筆禁止の措置にあい、戦中は頻繁に取り調べられた。戦後は新日本文学会の創立に関わった。代表作は「歌のわかれ」、「むらぎも」他。

―――文士ワンポイント

思想家・政治家としての印象も強いがやはり根本は詩人であり、彼自身の言葉を借りれば「室生犀星と『驢馬』との影響はわたしにおいて第一に決定的である」。

文士ノオト 6

佐藤春夫《さとうはるお》

一八九二〜一九六四年。和歌山県現新宮市生まれの詩人で小説家。一九〇九年に森鷗外を中心とした詩歌の文芸誌『スバル』創刊号（発行名義人は石川啄木）に短歌を発表。同年、与謝野寛や生田長江《ちょうこう》らが来県した文芸講演会で、講師が来るまで「偽らざる告白」と題し講演をおこない、中学を無期停学処分に。翌年卒業し上京。生田に師事。与謝野の詩歌結社・新詩社に入る。その歌会で堀口大學と出会い生涯の友となる。慶應義塾大学文学部予科に入学。永井荷風に学ぶも大学は中退。芥川龍之介の『羅生門』出版記念会で谷崎潤一郎と知り合う。一九一八年、谷崎の推薦で『中央公論』に「李太白」を発表。以降、翻訳も含め中国関連の作品を多数執筆。「小田原事件」からの「細君譲渡事件」の末、一九三〇年に谷崎の元妻・千代子と結婚。一九三五年上半期〜六一年下半期に芥川賞選考委員を務める。一九三七年『日本浪曼派』の同人になる。数々の同人誌の創刊に協力。一九六四年、自宅でのラジオ番組収録中に心筋梗塞で死去。代表作は「田園の憂鬱」、「殉情詩集」他。

文士ワンポイント

若い頃、今東光と東郷青児と同じ下宿だった事がある。二科展に入選するほどに絵が巧く、自装本もあれば龍之介の随筆集『梅・馬・鶯』の装丁なども手がけた。またバイロンやマゾッホの翻訳もした。「門弟三千人」ともいわれるが、うちひとりが井伏鱒二。

第3章 かっこいい系文士

芥川龍之介

芥川龍之介

あくたがわ・りゅうのすけ

一八九二〜一九二七年。現東京都中央区生まれの小説家。代表作は「羅生門」、「河童」、「侏儒の言葉」他多数。実子に俳優の芥川比呂志、音楽家の芥川也寸志。師匠に夏目漱石。芥川龍之介が住んだ田端には室生犀星、萩原朔太郎、菊池寛などの文士が多数住まい、田端文士村と呼ばれた。好物は鰤の照り焼きと汁粉。

龍之介、かっこいい!!

お次に紹介いたしますのは、「かっこいい系文士」の筆頭といいたい、芥川《あくたがわ》龍《りゅう》之《の》介《すけ》でございます！　ただし、最初に断っておきたいのは、ここでいう「かっこいい」はズバリ「外面のはなし」であるということ。見た目がかっこいい！といっているのであります。では、内面は……？というと、相当いいたいことが山盛りです！　まずは見た目の話題から始めてみたいと思います☆★☆

龍之介のどこがかっこいいって、しょうゆ顔系のシュッとした感じと、整った目鼻立ち、そして和服が似合ういかにも文士然とした佇まい!!

と、目につくところをすべて褒めていくことになってしまうのですが、なぜそんなにもかっこいいと思うにいたったかには、わたしの個人的な好みをさておいても、納得がいくような理由もあるのです。

「日本を代表する文学賞」といわれて多くのひとが連想するのは、芥川龍之介賞に直木三十五（文士ノオト**7**）賞ではないかと思うのですが、この文学賞に冠されたふたりの文士は、顔の系統が似ています。実際、文藝春秋社に起居していた時期もある直木は、そこでもしばしば龍之介に間違われていたほどで、なんなら「一度は帝劇に、一度は銀座に」現れたという龍之介のドッペルゲンガー（「談話　新潟での座談会」『芥川龍之介未定稿集』）も、もしやその正体は直木だったんじゃ……?なんて想像しちゃうくらいに龍之介と直木の雰囲気はかぶっているのです。ふむ！　同時代に活躍しながらも早くにこの世を去ってしまった「ふたりの顔立ちが似ている」という偶然に、なにがしか運命めいたものを勝手に感じてしまいます！　そういえば龍之介は「侏儒の言葉」[★1]（遺稿）のなかで、「運命は偶然よりも必然である」って述べてたな！

それはさておき芥川賞と直木賞を創設した文藝春秋社の創始者・菊池寛（文士ノオト**8**）とこのふたりはそれぞれに仲良しだったのですが、もしかしてもしかしたら、男色にも相当興味津々だった菊池的に好きな顔立ちがこの系統だったのかしら？　だから、ふたりの没後にその名を冠した文学賞を創設しちゃったとか!?　……はい！　勝手な妄想、すみません！　実際のところは、当時東と西の両横綱であった文士の死を悼み、亡くなったあとにも『文藝春秋』がふたりの名でもって賑わうように、みたいなことから創設された文学賞です☆

とにもかくにもいまや日本を代表する文学賞のもとである文士ふたりの顔が、わたしのなかで、イコール「代表的な文士の顔」→「文士」イコール「かっこいい」→「芥川龍之介（＆直木三十五）って、とってもかっこいい！」というふうに結論づけられていったのですが、そう

★1　「侏儒の言葉」…月刊誌『文藝春秋』の創刊（一九二三年）から巻頭で連載された箴言集。連載は一九二五年まで続き、芥川龍之介が没した年に一冊の本にまとまり文藝春秋社から刊行された。装丁は小穴隆一。

なると龍之介晩年のいささか鋭すぎる眼光までもが、これはこれでいい!的なーっ☆★☆

『キッス キッス キッス』の衝撃

しかし、たとえば井伏鱒二や室生犀星に惹かれたときのように、内面から気になりだしたのではなくて、まずは見た目に惹かれたために、その興味はどちらかといえば見ている瞬間「かっこいい!」と思うだけの一過性のもの。……だったはずなのですが、あるとき俄然、芥川龍之介そのひとに興味が湧いて、彼の作品を読みはじめるきっかけとなった本に出会ったのです!その本こそなにを隠そう、あの恋愛の巨匠・渡辺淳一が著《あらわ》した『キッス キッス キッス』(小学館刊)でございます☆

『キッス キッス キッス』をはじめて見たとき、なんちゅうどえらいタイトル! しかも、カバーの色味がまたこれ!(赤色とも真紅ともいい難い、赤系)とかなりの衝撃を受けてすぐさまジャケ&タイトル買いしたのですが、なんならちょっと「いやいやいや! このタイトルはないわ!」みたいな気持ちで読みはじめました。が、そんなことを考えていた自分の横っつらを引っぱたいてやりたーい!!と思ったくらいに、大変素晴らしく、かつ徹頭徹尾面白い恋文集だったのです!

本書には作家たちが恋人や伴侶に宛てた手紙が十九通収められています（島村抱月《ほうげつ》から松井須磨子宛だったり、お滝からシーボルト宛だったりの恋文もちらほらあって、恋にとち狂っちゃってる感は島村が最強ですが、斎藤茂吉[★2]も大概です☆）。それぞれの恋文がまあまあファンキー路線な上に、トリを飾る恋文は、なんと渡辺淳一自身が若い頃に書いたラブレター！

渡辺の捨て身（？）の凄さに脱帽ですが、なんせ偉大なる先人たちの知られざる一面に驚いたなかで最も「ヒェエ！」とおののいたのが、「芥川龍之介から塚本文《ふみ》に宛てた恋文」だったのです！

塚本は龍之介の妻・文の旧姓です。収録の恋文はふたりが結婚する前の、龍之介二十四歳、文十五歳のときのものなのですが、東大在学中に久米正雄[★3]らと創刊した同人雑誌、『新思潮』[★4]にて文壇で頭角を現し始めた頃から「新技巧派」と名づけられた龍之介らしからぬ直接的で朴訥な愛の言葉にはびっくりです。

★2　斎藤茂吉…一八八二〜一九五三年。山形県現上山市生まれの歌人で精神科医。伊藤左千夫の門下となり歌誌『アララギ』に短歌を発表。一九一三年に短歌「死にたまふ母」収録の第一歌集『赤光』を刊行。万葉調ながら斬新な言葉遣いで、歌壇のみならず文壇にも影響を与えた。刊行時はまだ学生だった芥川龍之介も「見る見る僕の前へ新らしい世界を顕出した」という。その後も医業と並行して短歌を発表。アララギ派の特徴である「写生」を「実相観入」の歌論へと進展させた。龍之介の主治医でもあった。実子に精神科医の斎藤茂太と小説家の北杜夫。

それでは龍之介から文宛てのラブレターをご覧ください！

文ちゃん。

僕は、まだこの海岸で、本をよんだり原稿を書いたりして、暮してゐます。〔…〕が、うちへ帰つてからは、文ちゃんに、かう云ふ手紙を書く機会がなくなると思ひますから、奮発して、一つ長いのを書きます。（中略）

文ちゃんを貰ひたいと云ふ事を、僕が兄さんに話してから、何年になるでせう。（こんな事を、文ちゃんにあげる手紙に書いていいものかどうか、知りません。）貰ひたい理由は、たつた一つあるきりです。さうして、その理由は僕は、文ちゃんが好きだと云ふ事です。勿論昔から、好きでした。今でも、好きです。その外に何も理由はありません。（中略）

〔…〕僕がここにゐる間に、書く暇と、書く気とがあつたら、もう一度手紙を書いて下さい。「暇と気があつたら」です。書かなくつてもかまひません。が、書いて頂ければ、尚、うれしいだらうと思ひます。

——一九一六（大正五）年八月二十五日
「芥川龍之介から塚本文への手紙」『キッスキッスキッス』

「好き！」を連発するこの手紙が、本当にあの龍之介の手紙なん？と疑ってしまったのは、わたしが子どもの頃に触れた龍之介作品が、テレビ番組の影絵芝居でやっていた読み聞かせ形式の「蜘蛛の糸」[★5]や、教科書に載っていた「羅生門」[★6]といった物語だったからです。「蜘蛛の糸」は龍之介が初めて児童向けに書いた作品ながら仏教に材をとり（仏教哲学者の鈴木大拙[★7]が日本語に訳したポール・ケーラスの『Karma（カルマ）』のなかの一作が材源とされ

★3　久米正雄…一八九一～一九五二年。長野県現上田市生まれの小説家で劇作家。東京帝国大学在学中に第三次・第四次『新思潮』を芥川龍之介らと創刊。この頃、夏目漱石の門下となる。その長女・筆子に求婚するも成らず。筆子は同門かつ親友でもあった松岡譲と結婚。一連の出来事は後に久米の小説「破船」に描かれた。一九二五年以降は鎌倉に住まい、一九四五年に貸本屋兼文芸出版社「鎌倉文庫」を川端康成らと設立。少年時代からの野球好きが高じ、里見弴らと文士野球団「鎌倉老童（ろうどう）軍」を結成。総監督を務めた。

★4　『新思潮』…一九〇七年に小山内薫が第一次となる『新思潮』を創刊した。この第一次から現在第二十一次までを数える帝大（東大）系の文芸同人誌で、芥川龍之介は第三次・第四次の『新思潮』に参加した。

★5　「蜘蛛の糸」…初めて児童向けに書いた短篇小説。鈴木三重吉が創刊した児童雑誌『赤い鳥』の創刊号に掲載された、教訓的な因果応報譚。

★6　「羅生門」…善と悪との基準が、実は容易に入れ替わり得る事を描いた、『今昔物語集』に材をとった短篇小説。

★7　鈴木大拙…一八七〇～一九六六年。石川県金沢市生まれの仏教哲学者。第四高等中学校に入学。西田幾多郎と出会う。東京帝国大学在学時に臨済宗の僧・釈宗演より「大拙」の号を授かる。二十四歳で渡米。オープン・コート社に勤め、編集者として数々の仏教書を翻訳。アメリカ各地での釈の講義の通訳もおこなった。帰国後は学習院の教師（後に教授）に就く。教え子に柳宗悦。その後、真宗大谷大学の教授に就任。八十歳を目前に十年近く外国に暮らす。その間、ハーバード大学他で講演をおこない「禅」の教えを広めるのに貢献した。妻は神智学者のビアトリス・レーンで、子（一説に養子）に「東京ブギウギ」の作詞者・鈴木アラン。

る）、また「羅生門」は『今昔物語集』★8（元ネタがある龍之介の作品中、多くが『今昔物語集』による）に材をとっているのですが、この二作品から呼び起こされるイメージは、ざっくりとしたいいかたになりますが、「なんとなく古典的」で「いかにも教科書的」なものでした。ゆえに、わたしが最初に抱いた「芥川龍之介のイメージ」とは、善悪や因果応報なんかについて考えさせる、「いささか教訓めいた物語を書く昔のひと」だったのです！

……その龍之介がーっ！　芥川龍之介がーっ!!!

と、彼の書いた恋文に愕然としながらも、他もこんな感じなのかしら？と全集に収録された書簡を紐解けば、

二人きりでいつまでもいつまでも話していたい気がします　そうしてkissしてもいいでしょう　いやならばよします　この頃ボクは文ちゃんがお菓子なら頭から食べてしまいたい位可愛いい気がします　嘘じゃありません　文ちゃんがボクを愛してくれるよりか二倍も三倍もボクの方が愛しているような気がします

——芥川龍之介から塚本文宛、一九一七（大正六）年十一月十七日

のような、ヤバさすら感じさせる甘々な文章にもぶち当たってしまってさらなる衝撃にも見舞われたのですが、これらの手紙がきっかけとなり、「見た目がかっこよい教科書に出てくる文豪」といった通り一遍なイメージだった彼が、突如、バキバキバキッ！とその殻を破って「人間・芥川龍之介」としてわたしの前に聳《そび》え立つことになったのです☆

『キッス キッス キッス キッス』よ、ありがとう!!

江戸弁も、英語も話すよ、龍之介

『キッス キッス キッス キッス』で火がついて、気づけば手紙だけでなく、随筆や小説、また論考も気になりだして、とうとう龍之介の全集にも手を出すようになったのですが、いろいろ読んだあとの最終的な結論からすれば、このひとは「真面目」、それも「生真面目」なひとである!!に落ち着きました。これはのちに触れる龍之介最大の性質である「公平さ」に直結する部分とな

★8　『今昔物語集』…全三十一巻、現存二十八巻（八、十八、二十一の三巻欠）の説話集で、平安時代に成立したとされる。諸説あるが、作者は未詳。各話が「今は昔」で始まる説話集で、芥川龍之介以外にも、室生犀星や堀辰雄、また谷崎潤一郎等々の多くの文士が自らの物語の参考とした。

ります。

が、小説・詩・俳句・随筆、といった作品の形式や、青年期・壮年期・晩年、といった時期によって「真面目・生真面目」とは異なる作風や雰囲気のものも、それはそれで結構あったー！　というか龍之介は三十五歳で亡くなっているので、壮年期も晩年も相当近いのですが、「真面目・生真面目」以外で際立っている！と感じた龍之介の性質がいくつかあるので、まずはそれらについて語っていきたく思います☆

まずは、「江戸っ子気質」が挙げられます！

というのも龍之介の初期作、たとえば短歌結社誌『心の花』[★9]に掲載された初めての活字化作品がゆえに小説デビュー作と見なされる「老年」を読めば、それはまさに江戸っ子ならではの感覚で書かれているといえるからです☆

繰り返しになりますが、わたしが最初に持った龍之介作品へのイメージとは、「蜘蛛の糸」や「羅生門」、また「芋粥」[★10]、あるいは「鼻」[★11]のような「なんとなく古典的」なものだったので、割と大人になってから「老年」を読んだとき、その江戸風味な題材にまずは「あれ？」となって、読み進めるうちに醸し出される侘《わ》び寂《さ》び感に通じる妖しげな雰囲気に、さらに「あれれれれ？」となってしまったのです！

が、考えてみれば龍之介って、東京都中央区は築地あたりの生まれな上に、本所《ほんじょ》（現・墨田区南部）育ちのひとなのです。新婚当初こそしばらく鎌倉に住みましたが、いうてるうちに東京に戻り、そのあとは亡くなるまでずっと田端で暮らしていたため、江戸っ子っぽくって当たり前といえば当たり前！

そういえば手紙でもちょいちょい「ようござんす」とか書いていた！　ギャグかな?と思っていましたが、もちろんそんなことではなかった！　龍之介が江戸っ子だからだったー!!

余談ですが、彼の「ようござんす」の使いかたは、たとえば一九一六（大正五）年に中村武《む》羅《ら》雄《お》★12に宛てた手紙の冒頭に見られる、「新年号なら御ひきうけしてもようござんす」や、その二年後に小島《こじま》政二郎《まさじろう》★13に宛てた「あした一日休みがあるから御伽噺《おとぎばなし》（『赤い鳥』一九一九年一月号掲載の「犬と笛」）をやって見ます　どうせ好い加減ですよ　それでようござんすか」みたいな感じです☆

★9　『心の花』…佐佐木信綱を主宰とする短歌結社「竹柏（ちくはく）会」が一八九八年に創刊した歌誌で、芥川龍之介が好意を寄せたといわれる片山廣子もここを発表の場とした。

★10　「芋粥」…一九一六年の『新小説』に収録された芥川龍之介の商業誌デビュー作。好物の「芋粥」にいっそ飽きたいと願う冴えない男が、願いを叶える機会を得たときのさまを描いた『今昔物語集』に材をとった短篇小説。

★11　「鼻」…一九一六年の第四次『新思潮』創刊号に掲載の、『今昔物語集』に材をとった短篇小説。長い鼻を持て余す男が、念願の「普通の鼻」になった事から逆に不幸せを感じる様を描く。発表当時、夏目漱石が絶賛した芥川龍之介の出世作。

「老年」を読む

閑話休題、龍之介が江戸っ子であることがよくわかる「老年」のあらすじを以下に記します！
ちなみにこの作品は、なんなら要約せずともよいぐらいの、実に短い小説です。

「老年」あらすじ

橋場（現・台東区の北東部）の玉川軒という茶式料理屋で浄瑠璃の順講（おさらい）があり、中洲の大将はじめ二十人弱が集まった。この料理屋の隠居の房さんは、若い頃から「遊び」を覚えて、若太夫と心中騒ぎを起こすわ、身上もすっからかんにしてしまうわのてんやわんやなひとだったけれど、いまではすっかり落ちぶれて、話しかけられても「小さな体をいっそう小さくするばかり」。ときには「二段三段ときいてゆくうちに」、生めいた遊びを知っていたひとにしかできないような昔話を話すようなこともあったけれども、もはやそんな面影もなくすっかり年を取ってしまった姿に、集まった人びとはみな、これがあの房さんなのかと驚きを禁じえない。

順講の途中、切りのいいところで房さんは座を外し、そのあと中洲の大将は小川の旦那とふたり、皆に隠れて一杯引っ掛けようぜ！と、やはり座を外し、小用を足してから示し合わせて母屋のほうへまわっていった。と、往時を忍ばせるかのような房さんの、おそらく女のひとを相手としたひそひそ声がガラス障子越しに聞こえてくるではあーりませんか！「年をとったって、すみへはおけませんや」とふたりが覗き込んでみれば、女性の姿はなく、房さんがただひとり、まさかの猫を相手にボソボソと艶《つや》めいたことを物語っているばかり……！

猫を相手にひとりボソボソ語る房さんの姿に若干怪談めいたものを感じてしまいますが、な

★12　中村武羅雄…一八八六〜一九四九年。北海道現岩見沢市生まれの小説家で評論家。また編集者。『文章世界』への投稿をきっかけに上京。尾崎紅葉門下の小栗風葉に師事した。一九〇八年に『新潮』の編集者となり「作家訪問記」で名を上げる。一九二五年、中村の編集発行となる文芸誌『不同調』を創刊。一九二八年、『新潮』に評論「誰だ？花園を荒す者は！」を発表。論中で純文学（花園）に政治性をもたらすプロレタリア文学に対して警鐘を鳴らした。翌年、『不同調』やその後継誌『近代生活』のメンバーである川端康成や龍胆寺雄らと「十三人倶楽部」を結成。『十三人倶楽部創作集』を新潮社より刊行。一九三二年に結成の「あらくれ会」（徳田秋聲を励ます会）に井伏鱒二や室生犀星らとともに参加した。滝田樗陰と並び、大正の名編集者と称される。

★13　小島政二郎…一八九四〜一九九四年。現東京都台東区生まれの小説家で随筆家。永井荷風を敬愛し、慶應義塾大学へと進む。在学中に発表した作家の誤字脱字に関する批評文で話題となる。卒業後は鈴木三重吉が創刊した『赤い鳥』の編集を手伝い、鈴木の紹介で芥川龍之介のもとを訪れ菊池寛とも知り合った。第一回から直木・芥川両賞の選考委員を務めたが、二度目の直木賞選考委員は佐佐木茂索らとの軋轢（あつれき）もあって事実上解任となる。小説『眼中の人』では尊敬する龍之介や、ある出来事から印象が反転した菊池らに接するなかで、文学を模索する自らを描いた。

んせ「橋場」という場所や、「茶式料理屋」での「浄瑠璃の順講」といった舞台設定からは、江戸の日常が偲ばれます。加えるに、老いて物悲しい房さんの姿です！

そして、この小説の締めの文章はといえば、

中洲の大将と小川の旦那とは黙つて、顔を見合わせた。そして、長い廊下をしのび足で、
また座敷へ引きかえした。
雪はやむけしきもない。……

で、the end。

「雪はやむけしきもない。」の「。」の後に続く「……」の威力がすごい！「老いること」の余韻が半端なく伝わってきます。

それなのに発表当時、龍之介はまだ東京帝国大学の英文科に在学中の学生だったという事実です！　江戸の下町で生まれ、粋な遊びも知っていたひとりの男の「老年」の姿を、弱冠二十二歳の若者が描く凄まじさや、これいかに……。

ところでいま、「終わり」ではなく「the end」としたのは龍之介っぽくしたかったがための表現方法です☆　龍之介はしばしば、大事なところや日本語ではしっくりこないところを英語やフランス語などの外国語で書いたひとでした。J‐POPでいうところの「サビの部分だけ

英語」に近いイメージで、すでに挙げた塚本文への恋文のなかの「kiss」もそうでしたが、小説においても、

自分は、唯《ただ》、支那の小説家のDidacticism〔教訓主義・啓蒙主義〕に倣《なら》って、かう云ふ道徳的な判断を、この話の最後に、列挙して見たまでゝある。

——芥川龍之介「酒虫」★14

これで見ると、Doppelgaenger〔ドッペルゲンガー〕の出現は、死を予告するように思われます。

——芥川龍之介「二つの手紙」★15

など、まあまあの頻度で「急に外国語」を使ってくるのです！　作品だけではなく手紙のなかでも、たとえば「来来週のweek-endにでも君と会おう」（池崎忠孝宛）といった感じで、突然外国語を入れ込んできます。

★14　「酒虫」…中国の怪異小説集『聊斎志異』に材をとった短篇小説。初出は第四次『新思潮』。
★15　「二つの手紙」…書簡体形式で書かれたミステリー要素を含む小説。初出は一九一七年の雑誌『黒潮』。

同時代に龍之介だけがこういう文章を書いていたというわけでもないのですが、なんせ最初の印象が「古典っぽい作風のひと」だっただけに、龍之介の外国語に出くわすと、いつもなんだかギョッとした気持ちになってしまうのでした。

話をもとに戻します！　「江戸っ子気質」というキーワードで龍之介を振り返ってみれば、他にも、「大川の水」や「戯作三昧★16」をはじめとした数々の作品にも、東京という場所で生まれた彼ならではの感性がきらりと光っています。

龍之介×公平な目線

「古典的」、「江戸っ子気質」、また「宗教観」や「優しさ」など、作品から垣間見える龍之介の性質はさまざまにあるのですが、なかでももっとも色濃く感じる性質には「公平な目線」が挙げられます。

そしてこの「公平な目線」こそが、芥川龍之介そのひとと文学とを理解するにあたってもっとも重要なことであると考えています!!

「公平な目線」ってなんなのかなと突き詰めて考えてみれば、よく捉えると「多角的に物事を見られる」ことで、悪く捉えると「曖昧である」ということです。この性質は龍之介のさまざまなジャンルの作品でも見受けられます。

「報恩記」[★17]という短篇小説では、ひとりの男が別の男の身代わりになって死んでしまいます。結果だけみると、身代わりで死んだひとって可哀想！　けれども実際読んだときに伝わってきたのは、「真実はひとによって違う」ということでした。どの立場から物事を見るかで善と悪ですら入れ替わることがある。「羅生門」や「藪の中」[★18]、また「るしへる」[★19]や「或日《あるひ》の大石内蔵助」[★20]なんかもそうです。というか善と悪の違いだけではなくて、そもそもにおいて絶対的ななにかなんぞこの世にはないのだ！という真実に、龍之介の作品を読んでいるといつも繰り返しぶち当たってしまうのです。

それでは龍之介自身は公平なひとであったのか？　答えは「イエス！」と考えます。イエス

★16　「戯作三昧」…江戸時代の読本作者・曲亭馬琴を主人公とした短篇小説。馬琴の苦悩や芸術観に、自らの姿を投影させた。

★17　「報恩記」…勘当された三人の男がそれぞれに「恩返し」をするのだが、「恩返し」の捉えかたが三者三様に異なる様を描いた短篇小説。

★18　「藪の中」…ひとりの侍の死をめぐり幾人かが証言するが、全員の証言がすこしずつ食い違う様を描いた短篇小説。『今昔物語集』に材をとる。

★19　「るしへる」…実在しない書物からの抜粋というかたちで綴られた短篇小説。信仰を持つ男の前に悪魔「るしへる」が現れて、話すうちに悪のなかにも善がありその逆もまた然りと悟るようになる様を描く。

★20　「或日の大石内蔵助」…討入を果たした後の大石内蔵助の心中の葛藤を描いた小説。討ち入りの結果が及ぼしたさまざまな影響や、討入を「忠義」とされることに、心が段々に鬱々としていく様を描く。

の理由を説明するために、まずはなぜ彼が「公平な目線」を持つにいたったかについて、思うところを述べていきます！

龍之介が公平なものの見かたをするようになった理由には、明らかに「読書好き」が挙げられます。生涯を通じてありえないレベルの読書家だったことでも龍之介は広く世間に知られているのですが、『今昔物語集』をはじめとした日本の古典から、『水滸伝』などの中国文学、そしてアナトール・フランスにボードレールにメリメといったフランス文学や、エドガー・アラン・ポーやビアスなどの幻想小説、そして同時代の作家たちのさまざまな作品を、ジャンルも言語も問わず、驚異的なスピードでひたすら読みまくっていたそうです。古今東西の書物を介してさまざまな視点や思考に触れたことが、よくもわるくも彼に多角的な視野をもたらしたのではないかしらん！

またこの「どんなジャンルでも読む」にちょっと通じるなぁ！と思うのが、「龍之介にはたくさんの友達がいた」という事実です。最終的には神経質が過ぎて病んでしまっているものの、神経質なひとってなかなかに気難しくて、友達付き合いも避けたがる気がするのですが、こと龍之介の場合においては、病んでしまう前にも後にも、実に多くの友人たちがその周りを囲んでいます。

有名どころを挙げていくなら、まずは師匠の夏目漱石[★21]！　師匠なので友達ではないですが、初めて出会ってから夏目漱石が亡くなるまでのあいだ交流は続きました。交流は約一年と決して長くはありませんでしたが、この師弟関係の影響が、生涯龍之介の端々にみられます。

そして学生時代の友人には、菊池寛や久米正雄らがおり、詩人の友人には、室生犀星や萩原朔太郎らがいる。画家の友人に小穴隆一《おあなりゅういち》★22がいれば、弟子筋では「龍門の四天王（四天王のなかには秀《ひで》しげ子をめぐる三角関係に陥った南部修太郎も！）」や堀辰雄、後述しますが「『文芸的な、余りに文芸的な』問題！」はあったものの、アニキ的存在としての谷崎潤一郎（文士ノオト**9**）がいて、まさかの毒きのこ発言を放った川端康成（関東大震災のあとで一緒に吉原に行ったときに、細身の龍之介がヘルメット帽をかぶる姿がまるで「毒きのこ」のようだったと「芥川龍之介と吉原」に書いた）もいれば、兄弟子筋では内田百閒《ひゃっけん》とまさかの仲良し☆といった意外性まで見せてくれるのです！

★21　夏目漱石…一八六七～一九一六年。現東京都新宿区生まれの文学者。第一高等学校時代に正岡子規と出会い、親友となる。「漱石」は号で、『蒙求』の「漱石枕流」からとった。帝国大学卒業後は教師を経てイギリスに留学。帰国後、小泉八雲の後任として東京帝国大学で教鞭を執る。二年後、デビュー作「吾輩は猫である」を『ホトトギス』に発表。仮題は「猫伝」であったのを、編集の高浜虚子が最初の一文から引用するかたちで「吾輩は猫である」とした。好評を博し、以後続々と作品を世に放ち、近代文学の礎を築く。毎週木曜の面会日（木曜会）には芥川龍之介ら多くの門下生が集まった。恐怖を覚えるほどの甘党。

★22　小穴隆一…一八九四～一九六六年。父の赴任先である長崎県生まれの洋画家で随筆家。開成中学校に入学も画家を目指して中退。太平洋画会研究所にて中村不折に師事。一九一九年に田端の芥川龍之介邸を訪れ、自身も田端に転居。一九二二年、龍之介がモデルの「白衣」を二科展に出陳。また、小穴隆一が壊疽（えそ）で右足のくるぶしから下を切断する際には龍之介が立ち会ったほどに、互いに信頼しあっていた。

他にもたくさんの友人、知人があるものの、うち、小穴と辰雄に関しては、「僕の友だち二三人」という短い随筆のなかにも名指しで取り上げるほどに親しかった模様です。その小穴は『夜来の花』以降、龍之介の著書のほとんどの装丁を手がけています。しかも晩年の龍之介は「自分亡きあとは、小穴を父と思え」と家族にいっていたほどで、龍之介の作品にも小穴はしばしば登場です！　また、同じ「僕の友だち二三人」のなかで辰雄については「東京人、坊ちゃん、詩人、本好き——それ等の点も僕と共通している」と記しており、気持ちの上でたいへんに親しみがあったようです。ちなみに龍之介が辰雄へ送ったはじめての手紙には、自身が夏目漱石に「鼻」を激賞されたときに贈られた「ずんずんお進みなさい」の言葉を書き贈ってあげたりも☆

友人たちのなかでは、出会った当初こそ菊池寛とはさほどに親しくなかったものの、次第に仲良くなっていきました。そして、……犀星は龍之介の「おかん」的存在。さすがです！

ところで個人的にいちばん意外だった彼の友人は内田《うちだ》百閒《ひゃっけん》なのですが、龍之介の婚礼の日にもたまたま家に遊びに来るほど頻繁に往来があったようです。彼による『私の「漱石」と「龍之介」』[★23]（ちくま文庫刊）を読むと、実年齢は龍之介のほうが三歳年下ながらに、しきりに世話を焼いている感じが伝わってきます。龍之介、ちょっと「おとん」っぽいです。就職先を斡旋してあげたり、作品をいち早く褒めてあげたり、手元に見本がなくなった自著『湖南の扇』をわざわざ自ら本屋で買って、その場で署名して献本してあげているではないかーい！　さらにはワシっ！と手に摑めるだけの小銭を小遣いとしてそのまま全部あげたりも。「おとん」でもなくて、「世話女房」なのかしらん⁉　しかしこれだけ世話を焼いているわりには内田百閒が好んでかぶっていた山高帽子が妙に気がかりだったようで、帽子をかぶる彼の顔を見ればいつでも「君はこわいよ、こわいよ」といっていたそうです。その決めゼリフ（？）のイントネーションがやたらと気になる今日この頃……☆

と、友人の話が長くなってしまいましたが、ジャンルレスに本を読みまくっていたように、龍之介はその友人関係においてもまた多彩を極めていた模様です☆★☆

龍之介の「あの問題」を考える

多くの本を読み、多くの友人を持ち、「公平な目線」でもって人生を歩んでいた芥川龍之介。こういうひとが妻以外にも「好いたひとをたくさんもっていた」のは一体どういう了見なわけ⁉と問い詰めたくもなるのですが、それはきっとこういうこと？と推察したところを述べてみま

★23　『私の「漱石」と「龍之介」』…師匠の夏目漱石と弟弟子となる芥川龍之介との思い出話を綴った内田百閒の随筆。

す！

すごく良いようにいうならば、そういう気持ちになったから、彼は「正直に」行動しただけ！ただただ自分の正直な気持ちと向き合いたかったのではないでしょうか。

おそらく「恋愛をすること」と「家庭を蔑《ないがし》ろにすること」は龍之介のなかではイコールではなく、それぞれに違うベクトルの話で、「恋人がいた」けれども彼なりに「家庭も大事にした」のではないかしらん。そのあたり、彼にとってはさほどの矛盾もなかったのではないかと考えます。家庭が嫌になったから恋人を作ったわけではないという、ある意味とってもタチの悪い男だぜー！

そして、本を読むことと経験することとを、龍之介はほぼ同義として捉えていたのではないかとも考えられるのです。さらに加えるならば、本を読んで知り得たことが正解だとして、仮に本にAと書いてあっても、自らの身でもってBと経験したならば、本に書いてあるAと同時にBもまた正解になる、的な……。そういう感じでどんどんと、本を読むたび、経験するたび、「これもまたアリ！」な彼にとっての正解が増えていったのではないでしょうか。

田端文士村記念館に、むかし田端にあった芥川龍之介邸の約三十分の一復元模型を見に行ったときに、子どもと一緒に木登りをする龍之介の映像を館内で観て、無邪気な笑顔で遊ぶ姿に「あら意外」と思ったのですが、実は龍之介は家庭をとても大事にしていました。長男・比呂志《ひろし》が大岡昇平に語っている父との思い出話のなかでも一緒にお風呂に入っていたり（正しくは、お風呂に入ろうとする息子にいたずらを仕掛けている）と子煩悩です。ただ、子煩悩だとしても恋人をこさえている段階で、なかなかに一夫一婦制の夫には、MU・I・TE・NA・I！

向いていないし、無論、龍之介の態度が素晴らしいわけでもありませんが、ひとつ彼に代わって弁明めいたことをいうならば、きっと彼は作品に生かしたくて好いたひとをつくったわけではないのです。しかし、「してしまったのならば、そのことも書かざるをえない」業《ごう》を背負っているがゆえに、本人としては「私小説を書いているつもりではない」のにもかかわらず、特に晩年においては私小説と評される作品を多く残す結果となりました。

まとめます！「公平な目線を持ちたい」ひとは、「公平に、間違いのないように伝える」感覚をいつも研ぎ澄まそうとしているように感じます。また頭では「やってはいけない」とわかっていることでも、「公平に自分のしたいことを考えた」場合に、感情を優先させることもある。同時に、「なぜそうしたのか」あるいは「してしまったのか」の理由もまたとことん考え、もしも伝える必要が生じたならば、それこそ公平に、間違いのないようにぜんぶ伝えようとするのです！

そのような態度が、こと「恋愛」や「仕事」に関して、ときに自ら図ったのではない結果を生み出してしまうこともあったのではないでしょうか。

「文芸的な、余りに文芸的な」を読む

交際問題はこのあたりにして、次は今までに述べてきた「公平に、間違いのないように伝える」龍之介の感覚が詰まりに詰まった最晩年の評論「文芸的な、余りに文芸的な」がめちゃくちゃよいので、それについて語ります☆

龍之介が自殺に走った理由のひとつである神経過敏も執筆当時、すでに深刻な状態であったがゆえに、しつこく論を展開していった部分もあるかと想像されるのですが、個人的には「文芸的な、余りに文芸的な」における簡単には物事を断定しない慎重な論の進めかたが、ものすごく好きだし信頼が置けるので、思う存分、褒め称えたいです！

まずは、この論の始まりの数行を引用します。

一 「話」らしい話のない小説

僕は「話」らしい話のない小説を最上のものとは思っていない。従って「話」らしい話のない小説ばかり書けとも言わない。第一僕の小説も大抵は話を持っている。デッサンのない画《え》は成り立たない。それと丁度同じように小説は「話」の上に立つものである。（僕の

「話」と云ふ意味は単に「物語」と云う意味ではない。）

ひとによってはこの段階で「すでにまどろっこしい！」と感じるのやもしれません！　しかし「正しくいおう」、「間違いのないように伝えよう」感がありありと伝わってくるところがナイスだといいたーい！　さらに、最後の「（僕の「話」と云ふ意味は単に「物語」と云ふ意味ではない。）」とわざわざカッコに入れてまで、わずかでも勘違いを起こしそうな表現があればその箇所を全部潰していく念の入れようがなんともよきかな☆でございます。だって、間違わず理解できるので！

この章のすこしあとでは

「話」らしい話のない小説は勿論唯《ただ》身辺雑事を描いただけの小説ではない。それはあらゆる小説中、最も詩に近い小説である。しかも散文詩などと呼ばれるものよりも遥かに小説に近いものである。僕は三度繰り返せば、この「話」のない小説を最上のものとは思っていない。が若《しか》し「純粋な」と云う点から見れば、――通俗的興味のないと云う点から見れば、最も純粋な小説である。もう一度画を例に引けば、デッサンのない画は成り立たない。〔…〕しかしデッサンよりも色彩に生命を託した画は成り立っている。〔…〕僕はこう云う絵に近い小説に興味を持っているのである。

と述べ、こうした小説を次のようにも表現します。

実は「善く見る目」と「感じ易い心」とだけに仕上げることの出来る小説である。

次に、叙情詩に重きを置きつつも、

僕の小説を作るのは小説はあらゆる文芸の形式中、最も包容力に富んでいる為に何でもぶちこんでしまわれるからである。若《も》し長詩形の完成した紅毛人の国に生れていたとすれば、僕は或《あるい》は小説家よりも詩人になっていたかも知れない。

と、論は続きますが、「詩人・芥川龍之介」の詩をたくさん読んでみたかった――!

なぜならば、龍之介の書いたもののなかでは「筋のあるほうの小説」、たとえば「羅生門」や「鼻」などよりも、わたしは断然「大川の水」のような随筆や、妻・文の叔父で龍之介の親友だった山本喜誉司《きよし》への手紙に書いた短歌、

川やなぎ薄紫にたそがるゝ汝の家を思ひかなしむ

ヒヤシンス白くかほれり窓掛のかげに汝をなつかしむ夕

夕潮に春の灯《ヒ》うつる川ぞひの汝の家のしたはしきかな

——芥川龍之介から山本喜誉司宛、一九一〇（明治四十三）年四月

のほうが好きだからです。龍之介、詩人でもよかったねぇ……！

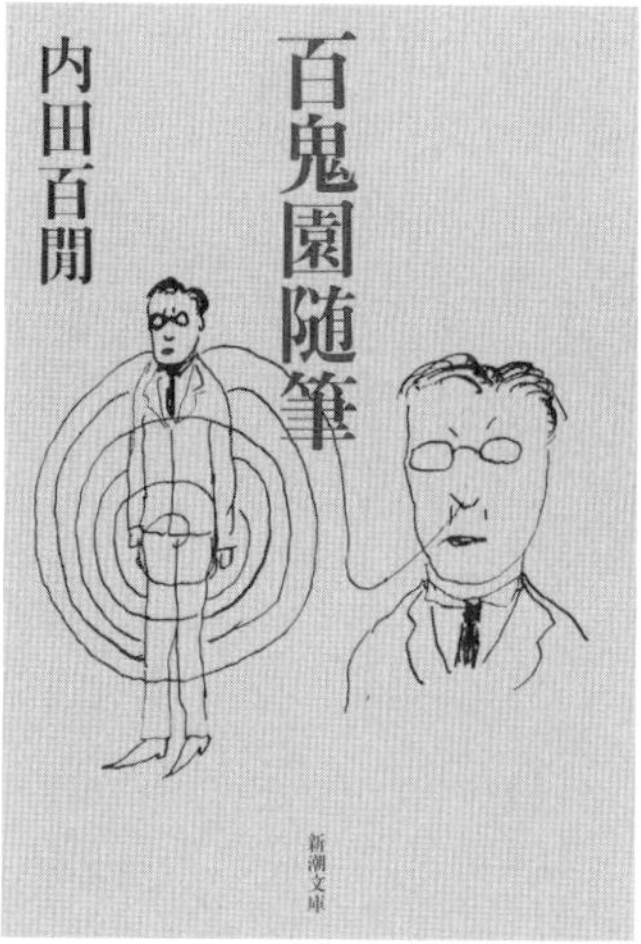

『百鬼園随筆』（新潮文庫）書影

というか、「龍之介、なればよかったのに！」と勝手に思う一番は「画家」で次が「学者」。で、その次が「詩人」でさらにその次が「文士」！　と、勝手に考えをめぐらせているのですが、画家といえば新潮文庫版『百鬼園随筆』および『続百鬼園随筆』のカバーイラストが龍之介筆と知ったときの驚きたるや！　特徴の捉えかたがなんとも絶妙です☆★☆

谷崎とのバトル、龍之介の真意

話を「文芸的な、余りに文芸的な」に戻すと、この文章における龍之介の言葉の取捨選択に関しては、「こう書いてくれると、よりわかる！」と首肯することだらけです。だから好きだといいたいです！

でもそれは「わたしにとって」最高というだけで、アニキ分であった谷崎潤一郎との間では、いい過ぎ&書き過ぎな感じで「『筋のない小説』をめぐる論争」を巻き起こしたりもしています。

そもそも「文芸的な、余りに文芸的な」の発表は、『新潮』一九二七年二月号に掲載された座談会に端を発しており、その座談のなかで龍之介が谷崎の小説に対し発言した「話の筋と云うものが芸術的なものかどうかと云う問題、純芸術的なものかと云うことが、非常に疑問だと思う」という言葉にアニキがカッチーンときて、『改造』で連載していた「饒舌論」のなかで反論！　それに対して龍之介が「自分が思っていることを間違いのないように伝えるために」、同じ『改造』誌上で発表したのが「文芸的な、余りに文芸的な」だったのです。この応酬は一度や二度では終わらず、そしてまだ完全には終わりを迎えないうちに、龍之介の自殺で途絶してしまいました。（詳しく知りたいかたには、講談社文芸文庫『文芸的な、余りに文芸的な　饒舌論ほか』がおすすめです！　当時の雑誌発表順に、ふたりのバトルが載っています☆）

が、いま「文芸的な、余りに文芸的な」を読み、そして「饒舌論」も読むと、小説に対して龍之介の思うことと谷崎の思うこととは「まったく違う」わけではないとわかります。

しかしながらに龍之介の書きかたは、誤解を与えるレベルでまどろっこしい部分があるのは事実です！

たとえば龍之介は、佐藤春夫の「しゃべるように書け」という主張を挙げ、そしてむしろ自分は「書くようにしゃべりたい」と述べ（それができた作家として夏目漱石の名を挙げつつ）、「しかし僕が言いたいのは『しゃべる』ことよりも『書く』ことである」と論じるのですが、さらっと目を通しただけだと、「あれ、なにがいいたかったの？」となることも。ですが、じっくり読めばまどろっこしくとも、思考の筋道をすべて顕《あら》わにしていく書きかたなので、すごくわかりやすいのです。

たとえば、「A→B」という考えかたがある。次に「B→A」についても考えてみる。そのあとまた「A→B」の問題に立ち戻ってみれば、「B→A」を経由したことで「A」が本当は「A′」だったのではないかという可能性に気がつき、どちらも検証した結果、「A′→B」という考えが（自分にとっての）正解だった！となる感じです。簡単に「A→Bという考えがある。僕もA→Bが正しいと思う」とはいいません。また、答えだけを書いたりもしないのです。なぜその答えに行き着いたのか、それを余すところなく書かずには気が済まないのです！　だからこそ「新技巧派」という呼び名にも繋がっていった部分もあるやもですが、龍之介はそのはじめから技巧的であろうとしたというよりも、ただただ正確に伝えたかったのではないかしらん。

このバトルのきっかけとなった座談の際にはすこし曖昧な表現になっていた龍之介がいうところの「小説をめぐる論」については、最初に「『話』らしい話のない小説が最上のものとは思っていない」ことを明確に記しています。そして『話』のある小説にも勿論尊敬を表する」と述べつつも、その上で『話』のない小説を最上のものとは思っていない。が若《も》し『純粋な』と云う点から見れば、最も純粋な小説である」といっているのです。

まだるっこしいのですが、しかしこの「まだるっこさ」こそ「公平な目線」で見ている証しではないでしょうか！　龍之介は、「話のない小説」＝詩のような小説＝「『善く見る目』と『感じ易い心』とだけに仕上げることのできる小説」、きっとそれで十分だと考えたのだと思うのです。しかしそれは自分の考えだから、たとえば谷崎のように「筋の面白さ」に芸術的価値を見出す考えかたや、そのような考えのもとに書かれた小説に尊敬に値するものもある、ということもきちんと述べ、しかるのちに結論づけています。

また、龍之介は論中で、

僕等の祖先は焚火を愛し、林間に流れる水を愛し、肉を盛る土器を愛し、敵を打ち倒す棒を愛した。美はこれ等の生活的必要品（？）からおのずから生まれて来たのである。

と記しているのですが、ただしこれは龍之介のオリジナルの言葉ではなく、白柳秀湖《しらやなぎしゅうこ》の『声なきに聴く』から引いた言葉としてあるものの、「僕は白柳秀湖氏のように焚き火に親しみを感じるものである」とも記しているため、イコール龍之介の気持ちと捉えることにします！

白柳の文章については、「こう云う小論文は少なくとも僕には現世に多いコント〔短い小説〕よりも遥かに尊敬に値するものである」とも書いています。このような龍之介の感想は、生活がまずあって、生活から美も文学も生まれていく、という考えが根底にないと出てこないようにわたしは思います。犀星が「杏っ子」という物語の中心に平山平四郎と杏子の生活を据え、非常に繊細な感性を研ぎ澄ましながら遺憾無くあるがままに彼らの苦悩の日々を記したことで唯一無二の素晴らしい表現がそこここに生まれていたように、龍之介もまた「筋の面白さ」よりも、生活のなかから生まれでる文学を「最も純粋な小説」であると感じていたのではないでしょうか。

しかし、ただただ生活をしているだけで、無尽蔵に文学が生まれ出るわけでもありません！龍之介はいいます。

　僕は一生のどの瞬間を除いても、今日の僕自身になることは出来ない。

よいところも悪いところも含めて「今日の僕」になるのです。毎日さまざまな感情と生真面目に向き合ってきたからこそ龍之介の文学が生まれたのだと思います！

龍之介と犀星、ふたりは仲良し☆

このように「文学」と「生活」とを結びつける龍之介に個人的には共感多々ですが、比べると、やはり龍之介と犀星って根本的な考えかたがとても似ていたのではないかしらん？　ふたりと親しかった萩原朔太郎的には、龍之介は「文明紳士」で犀星は「自然児」と、なんなら真逆の印象ですが、それでもふたりの関係性は「君子の交《まじわ》り」に類するものであったとも述べています（「芥川龍之介の死」『萩原朔太郎全集　第九巻』）。龍之介没後に書かれた犀星の「文学の秘密　芥川龍之介回想」を読んでいても、彼自身、自分と龍之介とは違うと感じていたようですが、それでも通じるものがあったのだろうなー。実際仲良しだったしな！

犀星と龍之介との違いとなると、ハングリー精神の有無というか、変なところで神経が太いか細いかの違いとでもいえばよいのでしょうか。もしくは健康か不健康かの違いでしょうか⁉　ちなみに執筆スタイルひとつとっても、基本的に犀星は朝型、龍之介は夜型だったので、一緒に軽井沢に滞在して執筆したときなどは、犀星に合わせようとした龍之介がいろいろ無理して大変だった模様です！

また、龍之介は書けば書くほど神経衰弱気味になってしまった気配がある上に、すべて「間違いなく伝えようとする」ことの弊害として「言葉の力を信じ過ぎてしまう」一面がありました。一方の犀星となると、いうて「生活の犀星」なので、まずは生活があるのです。北原白秋が犀星を評した「君の感情は蛮人のように新鮮で」(「愛の詩集のはじめに」『愛の詩集』)という言葉とも繋がる感じで、きっと犀星のほうが心も身体も頑丈だったのだろうな。

と、若干しみじみしてしまうわけですが、それはさておき、「言葉の力を信じ過ぎてしまう」ことに関する非常に興味深い龍之介のエピソードをひとつ、挙げてみたいと思います!

間もなく主人も田端へ帰って来ました。たまたま、森永のジンジャーケーキを食べていました時、私が、

「このお菓子には生姜が入っていますね」と言いますと、すぐ下痢をしてしまいました。常日頃生姜は腸に悪いといっていた主人は、その言葉だけですぐ下痢を起こしてしまうのです。神経からくる胃腸障害が相当にひどかったようです。

――芥川文（述）、中野妙子（記）『追想 芥川龍之介』

普通に食べていたのに「このお菓子には生姜が入っていますね」といわれた途端に下痢をするって、……どんだけーっ!!な驚愕エピソードですが、この素直な感受性がもっとポジティブ

方向に働いていれば、自殺することもなかったのでは？なんてついつい想像してしまいます。

そしてまた、この素直すぎる感受性をもっと自由な想像力のほうに働かせていればものすごい絵が描けたんじゃないか!?と思い、龍之介は画家に向いていたのではないかと考えたのです。「間違いのないように、公平な目線で」というのを、むしろ揺るぎないデッサン力で発散したらよかったし、龍之介の自殺の理由のひとつであった「唯ぼんやりした不安」にしても、ぼんやりしているから怖いのであって、むかしのひとが「なにかわからん怖いもの」に対してわからんままなら怖いから妖怪の姿を与えて、「ああ、あれは妖怪やな！」と恐怖心を緩和させたように、「ぼんやりした不安」をバンバンとかたちにしていったらば、すこしはその恐怖も和《やわ》らいだのやもしれません。さらにいえば、龍之介がもっと図太くて体も頑強で胃も丈夫でなんでも食べられるようなひとであったらば、それこそ妖怪にかたちを与えた水木しげるさんのように、太く長く生きられたかも！　案外、このふたりは似ております。お互い、河童も好きだしなぁ！

「大川の水」を読む

と、勝手なことをつらつらつらつらつら書いてしまいましたが、それでもやはり「もしも」なんてないし、おのおのが自分の人生を生きるなかで、その時々に最適解だと思えるものを見つけて足搔《あが》いていくしかありません。

それに、もしも龍之介が文士ではなかったならば、日本の文壇はいまとはまた全然違うものになっていたであろうし、そんなん想像すらできないです!!

……と、妄想も若干暴走しはじめておりますが、あれやこれやとまだまだ龍之介について思うところ、語りたいところは多かれども、最後に最初期にして「これぞ芥川龍之介！」な心根が現れているように思われる随筆「大川の水」を引用し、この章はおしまいにしたいと思います☆

自分はどうして、こうもあの川を愛するのか。あのどちらかと言えば、泥濁りのした大川のなま暖かい水に、限りないゆかしさを感じるのか。自分ながらも、少しく、その説明に苦しまずにはいられない。ただ、自分は、昔からあの水を見るごとに、なんとなく、涙を落したいような、言いがたい慰安と寂寥とを感じた。まったく、自分の住んでいる世界から遠ざかって、なつかしい思慕と追憶との国にはいるような心もちがした。この心もちのために、この慰安と寂寥とを味わいうるがために、自分は何よりも大川の水を愛するのである。

〔…〕

この三年間、自分は山の手の郊外に、雑木林のかげになっている書斎で、平静な読書三味にふけっていたが、それでもなお、月に二、三度は、あの大川の水をながめにゆくことを忘れなかった。動くともなく動き、流るるともなく流れる大川の水の色は、静寂な書斎の空気が休みなく与える刺戟《しげき》と緊張とに、せつないほどあわただしく、動いている自分の心をも、ちょうど、長旅に出た巡礼が、ようやくまた故郷の土を踏んだ時のような、さびしい、自由な、なつかしさに、とかしてくれる。大川の水があって、はじめて自分はふたたび、純なる本来の感情に生きることができるのである。

「大川の水」を読むと、たくさんの知識を身につけるより前の、芥川龍之介が生まれ持った本来の感性は、身近な自然に寄り添うものであったとよくわかります。もし、そのまま朝から晩まで「読書三昧」な日々に突入せずに過ごしていたらと思う反面、それだとやっぱりあの鋭い眼差しの、日本を代表する文士「芥川龍之介」は生まれなかったねぇ、となりながらも、どうしたってあまりに早すぎたその死を悼まずにはいられません。

……長生きしてほしかったーっ！

と心から叫びながらも結論としては、「かっこいい系文士」改め、「生真面目型かっこいい系文士・芥川龍之介！」としたいのでありました☆★☆

文士ノオト
7

直木三十五《なおきさんじゅうご》

一八九一〜一九三四年。大阪府大阪市生まれの小説家。一九一一年、作家や評論家の養成を目的とした早稲田大学英文学科予科純文芸科に入学。同期生に西条八十《さいじょうやそ》や保高徳蔵《やすたかとくぞう》などがいた。在学中に将来の妻と同棲を始め、生活費捻出のために中退。師事した教授・相馬御風《ぎょふう》の翻訳代作などで糊口を凌いだ。一九一八年に春秋社・冬夏社に関わり、菊池寛や芥川龍之介をはじめ、多くの作家と知り合った。一九二三年に関東大震災が発生。震災の混乱に乗じて借金を踏み倒し、郷里の大阪に戻る。この地で「大大《だい》阪時代」の一端を担う出版社「プラトン社」を訪ねて入社。後に第一回直木賞作家となる川口松太郎とともに雑誌『苦楽』の編集にあたった。同誌で小説を初めて発表。『苦楽』創刊と同年の一九二四年に『仇討十種』をプラトン社より刊行。以降多くの大衆小説を物した。また自作の映画化がきっかけで映画の世界にも身を置いたが立ち行かなくなり、一九二七年に再び上京。その後、新聞連載の「南国太平記」で大衆文学作家として人気を博し、四十三歳で生涯を閉じるまで実に多くの作品を残した。

文士ワンポイント

「答案の字が小さい！」と教師に叱られたため、藁半紙を小学校に持ち込み一枚に一文字ずつ書いて提出した。執筆姿勢は「腹ばい」で一時間に最高十六枚書いたほどの速筆。普段は無帽・着流しも、龍之介の葬儀の際には宇野浩二に借りた袴を着用した。

文士ノオト 8

菊《きく》池《ち》寛《かん》

一八八八〜一九四八年。香川県現高松市生まれの小説家で劇作家、ジャーナリストで実業家。儒者の流れを汲む実家は没落したが、成績優秀により学費免除で東京高等師範学校へ入学するも翌年除籍。養子縁組やその解消を経て一九一〇年に第一高等学校に入学。同級生には芥川龍之介や久米正雄らがいた。一九一三年、窃盗した友人をかばい退学処分に。同年、別の友人家の援助で京都帝国大学に入学。在学中に龍之介や久米らに誘われ第三次・第四次『新思潮』の同人になり、「父帰る」などを発表。一九二〇年、「真珠夫人」を新聞に連載し大衆の支持を得る。一九二三年、『文藝春秋』創刊。他文芸誌に比べて破格の安さ、人気作家・龍之介の箴《しん》言《げん》集「侏儒の言葉」を巻頭に置く、などの戦略で創刊号は瞬くうちに完売。続く号でも売上を伸ばした。当初『文藝春秋』の発売元は春陽堂だったが、一九二六年に文藝春秋社から発売。一九三五年には芥川龍之介と直木三十五の名を冠した文学賞を創設した。

文士ワンポイント

「自分で、考えていることを、読者や編集者に気兼なしに、自由な心持で云ってみたい」と『文藝春秋』を創刊。飲めないが「打つ」と「買う」は相当。愛人も多数で両刀使いの気配あり。龍之介がモデルの「我鬼」所収の作品集『我鬼』の装丁は龍之介。知友に憤慨すればすぐさま「菊池の速達」を飛ばし怒ったが、龍之介には出したことがなかった。

文士ノオト

9

谷《たに》崎《ざき》潤《じゅん》一《いち》郎《ろう》

一八八六〜一九六五年。現東京都中央区日本橋生まれの小説家。金銭的に厳しかったが、「神童」といわれるほどに成績優秀で、学問の道へと進んだ。一九〇八年、東京帝国大学国文科に入学。一九一〇年に和辻哲郎らと第二次『新思潮』を創刊。同誌上にて「刺青」を発表。翌年、授業料未納で大学中退となるも、同年『三田文学』で慶應大学の教授にあった永井荷風が谷崎潤一郎の作品を激賞し文壇に躍り出た。初期作品には芥川龍之介の作品にも影響を与えた「ハッサン・カンの妖術」など幻想的な小説が多く、悪魔主義・耽美主義の作家として出発。一九二三年、関東大震災の難を逃れて関西に移住。以後は「春琴抄」や「細雪」など関西を舞台にした小説を多数発表。移住後は古典主義的傾向も強くなり、「陰翳礼讃」や谷崎訳の「源氏物語」もこの頃に執筆。一九五〇年には熱海に転居。「鍵」や「瘋癲《ふうてん》老人日記」などを生み出した。人生の長きにわたり創作活動をおこなう。実弟に早稲田大学教授の谷崎精二。

文士ワンポイント

佐藤春夫との「細君譲渡事件」で有名な最初の妻・千代子を含め、生涯で三度結婚した。結婚と離婚や、連載中止となった「鴨東綺譚」のモデル問題など、作品だけに留まらず何かとスキャンダラス。一九二七年に「小説の筋」をめぐって龍之介との間で論争が起こるも、龍之介が自殺し論争は中断。その命日は谷崎の誕生日に同じ。

第4章 ギャップ系文士

堀 辰雄

一九〇四～五三年。現東京都千代田区生まれの小説家。代表作は「風立ちぬ」、「菜穂子」他。師匠に室生犀星と芥川龍之介。若き頃より結核を患う。療養も兼ねて度々軽井沢に赴き、かの地で執筆もおこなった。本好きだった堀辰雄は信濃追分の終の住処に書庫を作り本の並びも自ら決めたが、完成直後に世を去った。

堀 辰雄

ほり・たつお

堀辰雄のイメージって？

室生犀星、芥川龍之介……に続く文士は誰かとなると、みなみなさまの頭のなかには、ふたりの「H」の顔が浮かんでいるのではないでしょうか。「H」or「H」。とは、そうです！ 萩原朔太郎 or 堀辰雄《ほりたつお》！ ともに犀星や龍之介とは切っても切れない間柄の文士なのですが、加えて本書における最初の文士が井伏鱒二であることを考慮すれば、後者を選ぶ！の一択です☆

その理由はおいおい述べるとして、この章では「ギャップ系文士・堀辰雄」について、語っていきたく思います☆★☆

大前提として堀辰雄という文士に対するイメージは概《おおむ》ね、「サナトリウム文学の代弁者」めいたものだと仮定します！ それはどういうことかといえば、「いつもどこかしらに死の影が感じられるような文学の提唱者」のなかでもなんなら代表格☆ということで、ではなぜそういったイメージが定着しているのかというと、事実、辰雄はその生涯の大半において肺結核を患ってもいれば、若かりし頃に一時期入院していたサナトリウム・富士見高原療養所を舞台に書いた小説が、彼の代表作として人びとのあいだで最も読まれているからです！

その小説の名は「風立ちぬ」[★1]。辰雄が好きだ！というひとはもちろんのこと、辰雄はさほど知らないけれども本は好きである！という方々や、辰雄の作品どころか普段本はあまり読まないぞ！というひとにまで、「なんだか聞いたことがある！」といわしめる抜群の知名度を誇る小説。それが「風立ちぬ」！　ゆえに堀辰雄といえば、「風立ちぬ」……であるからして、「辰雄はサナトリウム文学の代弁者」！……的な図式にのっとったパブリックイメージが定着していったのではないかしらん。

そんな前提というかイメージの「『風立ちぬ』の堀辰雄」と、「リアルな堀辰雄」とのあいだに一体どんなギャップがあるのかといいますと、それはもう知れば知るだにいろいろと！　これでもかとばかりにたくさんの意外性が出てくるわけで、だからこそ辰雄については「ギャップ系文士」と名付けたいのですが、かといって前述の「風立ちぬ」とともに彼の代表作と見なされることの多い「菜穂子」[★2]や、初期の代表作といわれる「聖家族」[★3]からは、別段そのイメージとリアルとのあいだに大きなギャップを感じる！みたいなことはありません。一方で、今述べたような世間でいわれているところの「辰雄の代表作」以外の初期作品のなかでも特に、信

★1　「風立ちぬ」…自身と同じ病を患い亡くなった最初の婚約者との体験を小説へと昇華させた作品で、濃厚な死の気配と、表裏一体である生を描いた代表作。タイトルはヴァレリーの詩句「風立ちぬ、いざ生きめやも」よりとられた。

★2　「菜穂子」…自身と立原道造が投影された主人公と、幼馴染の菜穂子とその母（片山廣子を投影）の愛や生への葛藤を描いた小説。舞台は信州のO村で、着想から約七年を経て「ロマン（＝長篇小説）」として完成。

★3　「聖家族」…師・芥川龍之介と片山廣子とその娘の総子を題材とした短篇小説で、堀辰雄の文壇出世作。

じられないくらいにエッジの効いた短篇の数々や、妻・多恵（筆名は多恵子）が著した辰雄との思い出を綴った随筆を読んだとき。はたまた辰雄の全集に収められた書簡をある程度まとめて読んだ日なんかには、代表作から想像される姿とはまた違った堀辰雄が立ち上がってくるのです！　マイ・フェイバリットな井伏鱒二と案外仲良しな時期があったという事実もまたしかりで、知ったときには「へぇ！」と感じた案件でした。

なぜならば、ふたりの文学的方向性やら友人・師弟関係やらは、あまり多くで重ならないからです。もちろん、永井龍男や林芙美子など、ともに親しくしていたひとたちもいるのですが、たとえば辰雄と犀星ならばもっとわかりやすく文学性やら交友関係やらが重なり合うし、辰雄と龍之介ならば龍之介の影が辰雄の人生観や作品のなかにちらほらと垣間見えたりもするので共通項となるとわりとたやすく見つけ出せるのですが、朴訥《ぼくとつ》でユーモラスな印象の井伏鱒二と儚《はかな》げな印象の堀辰雄となると、「あら？　そこって友達デスカーッ⁉」と突っ込みたくなるぐらいにはお互いのキャラに隔たりがあるような気がしていたのです、このときは……！

辰雄と鱒二の意外な関係☆

そんな一見アンバランスにも感じられる辰雄と鱒二は、一九二九（昭和四）年に当時文藝春秋社で編集をしていた永井龍男の紹介で知り合い、その後は同人雑誌『作品』に名を連ねています。『作品』同人時代の彼らとなると、一緒に銀座や浅草へ飲みにも行けば、辰雄の家で一冊の画集をふたりで覗きこんでいたり、他の友人らとともに旅行にだって出かけているではないかーい！　びっくりするくらいに仲良しです。

それから十年近くが経った一九三八（昭和十三）年には宇野千代が設立したスタイル社から刊行された季刊文芸雑誌『文體《ぶんたい》』（三好達治編集）にも辰雄と鱒二は寄稿しているのですが、「井伏も入れたら」という辰雄の意見があったことが、全集に収められた辰雄の書簡からうかがえます。またその四年後となる一九四二（昭和十七）年、従軍記者に選ばれて否応なくマレーシアに滞在していた鱒二と同様、戦地に赴くことになった作家の中里恒子（文士ノオト**10**）に辰雄が送った絵はがきの文面では、「もしあちらで井伏、中島〔健蔵〕、神保〔光太郎〕、田中克己（文士ノオト**11**）などにお逢いになったら、よろしくおっしゃって下さい」と書いていたりも。加えて一九四六（昭和二十一）年に角川書店の初代社長・角川源義《げんよし》へと辰雄が送ったはがきにも、『飛鳥』（未刊）への寄稿者に関することで「久保田万太郎★4、井伏鱒二、神西清などにも何

★4　久保田万太郎…一八八九〜一九六三年。現東京都台東区生まれの俳人、小説家で劇作家。東京府立第三中学校在学時、一級下には芥川龍之介がいた。一九三七年に獅子文六らと「劇団文学座」を結成し、脚本に演出と多くの劇作に携わる。神西清が訳し、劇団文学座で上演されたチェーホフの「ワーニャ伯父さん」の演出もその一つ。久保田万太郎が神西の翻訳に大きな賞賛を送ったことは神西の章に記した。没した理由は衝撃。

か書かせては如何?」なんて助言していたりもするので、ひとつの画集を覗きこんでいたときほどに頻繁に会ってはいなくとも、ふたりにはずっと気持ちの上での交流があったのだなー、と感じます。

すこし時間は遡《さかのぼ》りますが、昭和のはじめに林芙美子がパリに外遊へと出かける前には、辰雄・鱒二・林芙美子の三人で新宿の中村屋でティーまでしてるやないかーい!

その顔ぶれを想像するに、豪華ながらも幾分ミスマッチ感が漂っている気がしないでもないのですが、実際のところどんな雰囲気のなか、三人でどのような話を交わしたのだろうか……。詳しく知りたぁあーいっ☆★☆

と、取り乱してしまいましたが、一九四三(昭和十八)年に亡くなった徳田秋聲《しゅうせい》の追悼会に鱒二と太宰治が出かけたときのこともそうです! 詳細を知りたい!! というのも徳田の追悼会へ向かう途中の鱒二&太宰と、やはりその追悼会へと向かう途中の辰雄とが、電車のなかでばったり遭遇しているのです☆

なんてミラクル!と叫びたくなる車内の文士率ですが、もしもわたしがここに乗り合わせていたとしたら、あかんファンであることは重々承知ながらもひたすら耳をダンボにしながら彼らの話を聞きまくり、それだけでは飽き足らずになんなら尾行までしてしまったかもしれません! だって、鱒二と太宰と辰雄なんですものーっ☆★☆

この日のエピソードを鱒二が一九五三(昭和二十八)年の『文學界』八月号に寄稿している

のですが、文中で「その後、よほど月日がたってから太宰君は総入歯にした」ってシレッと書いているその「太宰君は総入歯」というワードの破壊力も見逃せません！　なぜに歯の話になったのかといえば、辰雄と別れた後で太宰が辰雄の歯についていちゃもんをつけたからです。いちゃもんをつけたから暴露されるんだなー、因果応報ですな！　と思いながらも入歯であることをそこまで必要に迫られてもいないのに鱒二に暴露されてしまった太宰君、ドン・マイ！

一通だけの手紙

このような関係だった辰雄と鱒二ですが、書簡集にあたる『堀辰雄全集　第八巻』（筑摩書房刊）では、辰雄から鱒二への手紙として掲載されているものは、なんとたったの一通のみ！『堀辰雄全集　別巻一　来簡集』（筑摩書房刊）所収の鱒二から辰雄への来簡も三通と多くはありません。辰雄と鱒二があまり手紙を保管していなかっただけなのか、はたまた全集に掲載できる内容となると、これだけしかなかったのか……!?

いまとなっては知るよしもないのですが、とにもかくにもその残された一通に、この章でわたしが皆さまにお伝えしたい辰雄のギャップに関する大事なことが書かれているので、引用してみたいと思います☆

病気ばかりしているんでほんとにいやになる。この頃ますます僕は痩せる一方。東京にも早く帰りたいんだけど院長があぶながってなかなか許してくれぬ。君みたいな悪友がいるからだと。それはさて、春陽堂のこと君を煩わせてすまないけれど、「聖家族」はあれに入れられてしまうと少々困る。もったいぶるわけではないが、この秋か冬に何処からか単行本を出して貰おうと思っているのでその時の条件をなるたけ良くして置きたいからだ。だから「聖家族」は止めて、他の作品ならどれでもいいから、そちらで選択してくれるように、春陽堂に話してほしい。「聖家族」の代りなら同じ枚数の「不器用な天使」★5がいいだろう。〔…〕

辰雄

井伏鱒二様

二伸、佐藤〔春夫〕さんに会ったらよろしく。

——堀辰雄から井伏鱒二宛、一九三一（昭和六）年六月十四日

この手紙のポイントは大きくふたつ！

ひとつめはふざけて「悪友」といえるくらいに辰雄は鱒二と仲が良く、またその遊びも「高

原を散歩☆」とかではなくて、繁華街を飲み歩く的な「東京の遊び」であったこと。

というのも実は辰雄は生まれも育ちも麴町に向島《むこうじま》と、いわばチャキチャキの江戸っ子で、向島となると当時流行の最先端だった浅草にも大変近いエリアでした。療養のため、後半生には軽井沢や追分といった都会からの避暑地に住まいを定めたために、いかにも高原のひとであるイメージが強いのですが、もとをただせば堀辰雄っていうひとは、まごうことなき都会っ子☆遊び人な面だって十分で、青春真っ盛りなお年頃にはカフェーの女給とよい仲になったりもしていたようです。そんな都会っ子かつ存外遊び人な辰雄の気質は、彼の初期短篇小説のなかには結構色濃く反映されていたりしてー！

そして大事ポイントのふたつめは、鱒二への手紙をしたためたこのとき辰雄はまだ二十六歳だったのですが、すでにして彼のなかでは商業誌デビュー作の「不器用な天使」よりも「聖家族」のほうがより重要であったこと。

確かに、のちのちにおいて「聖家族」を発展させた「物語の女[★6]」(改作されて「楡《にれ》の家[★7]」の第一部を成す)が書かれ、さらに「物語の女」の続編的位置付けとして構想された「菜穂子」が書かれています。加えて「菜穂子」こそが堀辰雄の文学のなかでは最も重要な作品である(「風

★5　「不器用な天使」…堀辰雄曰く「真実を詩に置き換えた」恋愛小説。『文藝春秋』一九二九年二月号に掲載。「不器用な天使」以前の作品が「習作」と見なされることもある。

立ちぬ」で成し得なかったことへの反省を踏まえて書かれたため）と、彼の生前も没後の今も、見なされることが多いのです。他者だけではなくてほかならぬ辰雄自身が、それも若いうちからこのような視点に立っていたことが、都会的雰囲気を醸し出している初期作品を、読者の目にとまる機会から減らしてしまった部分があるのではないかしらん？　読むと確かに物語の完成度もその後の堀辰雄作品へと繋がる要素も「聖家族」のほうがかっちりキマっているものの、しかしながらに注目すべきは、「不器用な天使」をはじめとした辰雄の初期作品の持つ不可思議で不完全な魅力です！　ハマればハマってしまうやつ☆

余談ですが、「二伸」として記されている「佐藤さんに会ったらよろしく」の佐藤春夫は、どちらかというと自分の書斎をあまりひとには見せたくない派！であるにもかかわらず、辰雄に書斎を見せることになっているわ、そこで歓談することになっているわで、気づけばすっかり辰雄のペースにはまり、結果本まで貸しちゃったことも……。

このエピソードは辰雄が大人になってからも大変甘え上手なひとであったことを表していますが、それはきっと大事に育てられたひとりっ子だったからでもありましょうし、十代の頃から犀星や龍之介といった年上に可愛がられていたからでもあるように思われるのでした。よっ！　辰っちゃんこ！（↑犀星が命名し、龍之介は初めのうち「たっこちゃん」だと勘違いしていた辰雄のニックネームです☆）

辰雄は名編集者？

閑話休題。そんなふたつのポイント――鱒二との悪友関係と「聖家族」へのこだわり――をうっすらと念頭に置きながら、「サナトリウム文学の代弁者」という大前提に基づいた堀辰雄（とその文学）を儚げなものだと仮定したとき、その最たるギャップであるようで、しかしなんなら本当は生来の気質といっても過言ではないものはなにかといえば、それは強靭な決断力に裏打ちされた「類いまれなる編集力」であると、いいたーいっ!!

その根幹にはもちのろんで、尋常ならざる読書量があるのですが、このやたらに仕事ができるパワフルなビジネスマンへの評価的な紹介が、あの堀辰雄についてなの!?とチグハグに感じられるかたもあるやもしれません！　が、病のためにわりとよく伏せっていただけで、実際のところ辰雄は仕事ができる男でした。友人と一緒に自らが主宰していた同人誌においてもその

★6　「物語の女」…一九三四年に発表。タイトルは『紫式部日記』の文中の言葉からとられた。「母の日記」の体裁の日記体小説で、娘の名は「菜穂子」。

★7　「楡の家」…改作された「物語の女」を第一部に、そして第一部同様に母による日記体小説のかたちで書かれた「目覚め」を第二部に据えた中篇小説。「楡の家」、「菜穂子」、「ふるさとびと」を連作とする壮大な「ロマン（＝長篇小説）」としての構想もあったが、現在この三作品は、別々の作品として読まれている。

能力は遺憾なく発揮されていて、一九二八（昭和三）年に神西清に宛てた手紙では、「今度は、間に合わせぬと、承知しないぞ！」、なんて厳しくハッパをかけたりも。そしてできる男がゆえに、もちろんのことこういう口調で詰め寄っても問題のない間柄のひとにしかこういった物言いはいたしません。SASUGAやで！

主に同人誌において、まとめ役や相談役的な立場にばかりいたためか、文学に目覚めた十代の頃から晩年にいたるまで、辰雄の編集能力は本当に半端ないです。その才能においては、師匠である室生犀星・芥川龍之介の遥か上をいっているふしもあるのではないかと思われるほどです！

たとえば『芥川龍之介全集』のうち、一九三四（昭和九）年に刊行された全十巻ものの全集での、「ルビ」に関する辰雄の意見は見事です。

ルビでだいぶ議論百出したようだけれど、僕としてはルビ無し（「羅生門」「傀儡師」★8等の初版に準ずる）が可《よ》いように思う。（総ルビ附、枠無し、はどうも前の春陽堂の「春服」★9の普及版みたいになって、よくないだろう。）売行《うれゆき》云々の説は、一応尤《もっと》もだ。しかし、それは岩波書店がどのくらい売るつもりなのか、どういう読者層を得ようとかかるつもりなのか、それに応ずる。まさか中央公論社の出版のような行き方をするのじゃあるまい。ああいう行き方をしないでも、知識階級を相手にして立派にやれる自信があるのなら、ルビの有無によって売行がどうこうのというのはいささか取越し苦労じゃないか。〔…〕第一、岩波文庫なんというものが、ルビ無しでも売れているのだからね。ああいう程度の読者層が対象なのではないかね。（パラ・ルビという奴は最も不可。あれほど感じ悪いものなし。）〔…〕

追伸　寝ながらルビの事、再考した。漱石全集（普及版）はたしか小説ルビ附、その他ルビ無、だったと思う。或いは諸氏と妥協して、今度もそれに準ずるも可《い》いかと考える。ルビの有無によって売行が異《ことな》るかどうかはどうも素人考えでは分らない、これは岩波書店の方の考えを大いに参考にするのがよくはない〈か〉と思う。若《も》し高橋君に一度、編集資料、内容見本原稿など持参して、来て貰えたら、いろいろ僕の意見も言えることと思うが。

——堀辰雄から葛巻義敏宛、一九三四（昭和九）年八月十八日

辰雄は龍之介の甥っ子、葛巻義敏《くずまきよしとし》とともに『芥川龍之介全集』の校訂を担当していたのです

★8　『傀儡師』…「るしへる」、「蜘蛛の糸」、「或日の大石内蔵之助」などの十一の作品が収録された、芥川龍之介の第三作品集。大正八年に新潮社から刊行された。著者自装本。

★9　『春服』…「トロッコ」や「三つの宝」が収録された、芥川龍之介の短篇集。収録作品の相当数が二十代の頃の作品で、一九二三年に春陽堂から刊行された。

が、どうもこの手紙を投函した直後に葛巻からルビのことでさらになんらかの電報までやってきたようで、加えてその返事も電報でほしい、と頼まれた辰雄は、電報を打ってから、同じ日のうちにもう一度彼に宛てた手紙を書いています。全集の刊行に向けてのキッキツっぽいスケジュールも気になるところですが、最後の最後までルビについてみなで悩んで最終的にどうするかの決定をする前に、どうしても辰雄の意見を聞いておきたかったんだなー、ということが想像されます。

ところでこのときの辰雄の電報での返事もやはり「『ルビ無し』説を貫徹するように」。

……ブレませんからーっ!!

このように自身の作品についてだけでなく、他の作家の作品についても、内容から読者層にいたるまでしっかりとした意見があった辰雄ですが、ときに「作家の方向性」についてさえ、本人以上に確かな自信のもとに「こうしたまえ!」と助言することもありました。

たとえば特別に親しかった神西清や立原道造には、身近な分だけいろいろにいいたいことがあったようで、一九三四(昭和九)年に道造に宛てた手紙には、「君の『子供の話』を読んだ。これは大変良い。満点を上げる。こういうものやこの前の『間奏曲』のような〔作品〕に君の良い素質が出るのだ。そのこつをよく呑み込んで、『緑蔭倶楽部』のような愚劣なものは書かぬようにしたまえ」と書いています。また、一九四七（昭和二十二）年に神西に宛てた手紙には、『灰色の眼の女』の続きも早く書いてほしい。あの方はもっとあの小説のフォルムを破って、個々の人物の私生活をだんだん暴露しながら書いていって貰いたいような気がする」と記しもすれば、現在において名翻訳者として名高い神西に対し、何度も「君は小説で出たほうが良い！」みたいなことをいっています。

また、黎明《れいめい》期の角川書店に対しては社名から編集方針といった出版社の方向性に関することまで、かなり多岐にわたってあれこれアドバイスしもすれば、辰雄も参加していた文芸雑誌『高原』の雑誌名についても、「雑誌の名は『高原』ぐらいのところが好いでしょう」と一九四五（昭和二十）年に主宰の山室静宛の手紙で伝えたりもしています。

多くのひとたちから本についてのさまざまな相談を持ち込まれていた辰雄でしたが、なぜといって、「本であるからには、こうしたらいい」というあるべき姿が、きっと彼には見えていたからではないでしょうか！　加えて、彼は全体「美しいもの」がとても好きでした☆

余談となりますが、辰雄が亡くなったあとで神西らが「堀辰雄は一体いくつの本屋（出版社の意）を潰したのかな」といい合ったほどに、豪華装丁やら限定版やらの美しい本を作ることにも情熱を注ぎ、自身の本はもちろんのこと、前出の中里恒子や詩人の津村信夫、また川端康成（文士ノオト**12**）といった作家たちの本の装丁も手がけました。さらには辰雄が装丁をするわけではない本についても、紙にもかたちにもめっちゃこだわるな！ということが中里に宛て

た一九四二（昭和十七）年のはがきの文面からも伝わってきます。なんせ細かい指摘が止まらない！★10

本の仕様に細部までこだわる男が、肝心の中身にこだわらないわけがない！ 書きたいものを書くのはもちろんのこと、それがどういうふうに読者に伝わるのかも含めて、きっかりかっちり「編集」していたのではないかと思われます。そして、作品だけではなくて自分自身に対しても、この遺憾ない編集能力を発揮していたのではないかしらん。だからこそ、「初期作品や堀辰雄の本来的な気質」（＝リアルな堀辰雄に通じる部分）と「代表作」（＝彼自身による編集のもとにつくられた堀辰雄像に通じる部分）との間にギャップが生まれたのでは？と考えるにいたったわけなのです☆

文学を咀嚼＋書く！＝生きる！

繰り返しとなりますが、辰雄は「世間に求められている堀辰雄」に、自身をよせていったのではないでしょうか。

きっと、世間で思われているところの堀辰雄と、自分がこうありたい堀辰雄、そして「こういう文学を書きたい！」がそれぞれにきちんとわかっていて、かつそれらを編集によって無理なく融合させることができたからこそ、時代に受け入れられたのではないかしらん。

長きにわたり結核のためほぼ寝たきりの生活を強いられていた辰雄にとっては、小説こそがほぼすべてでした。小説を書きながら生活もしたいのに、生活したくとも寝たきりのためにままならないので、「堀辰雄のなかでは、小説の創造がいっさいの活動頂点におかれて[★11]」いたような状況だったとしても、別段おかしなことではないのです。彼にとって小説を書くことは生きることで、また生きることこそ小説を書くことに等しかったのだと思います。

正岡子規の『仰臥《ぎょうが》漫録《まんろく》』を読んだときに、このひとにとっては「食べる！＝生きる！」なのか！と衝撃を受けたのですがそれと同様に、辰雄にとっては「書く！＝生きる！」なのか……！とわかり、知れば知るほどに、「堀辰雄とは、なんてたくましい人間なのだ！」と、それまでわたし自身もきっとこういうひとだろう、と想像していた「世間で思われているところの堀辰雄」と実際の辰雄とがどえらく違っているという事実、そしてそのギャップに、俄然マイってしまったのです☆★☆

★10　「なんせ細かい指摘が止まらない！」…堀辰雄から中里恒子宛のハガキには、「紙はアート紙」や「花の絵をできるだけ大きく活かして！」といった注意が書かれ、またその注意は目次や本文の組みかたにまで及ぶ。中里の芥川賞受賞作「乗合馬車」が一九三七年に単行本化された際の装丁は辰雄が手がけているため、そのこともあり相談を受けたと思われる。

★11　出典：菅野昭正「作品論」『堀辰雄作品集　第四巻』。

ところで「堀辰雄の文学」といえば、外国の作家の影響とは切っても切れない部分があります。またそれは、「影響」というよりも、辰雄によって「摂取」され、ついで「攪拌《かくはん》」されて「辰雄の文学になっている」といえるほど！

座談会「堀辰雄文学を裁断する」（『現代のエスプリ　堀辰雄』所収）においては相当皮肉な表現――伊藤整は「消化」といい、大岡昇平は「猿真似」といい、山本健吉も一緒になって、最終的には「感受性の蒐集家《しゅうしゅうか》」といった皮肉な言葉――で評されているところの外国文学を咀《そ》嚼《しゃく》するこの辰雄の能力には、むしろ脱帽しかないといいたーい!!　なぜならば、外国の作家の影響下にあったところで、作品からはまぎれもない堀辰雄を感じるからです。これが消化や猿真似といった言葉で評してよい能力であるわけがないと、わたしは強くいいたいです！

……アツくなってしまったぁあーー！

クールダウンして、辰雄の作品と外国文学との「影響」関係をざっくりと挙げるなら、「聖家族」にはラディゲ、「美しい村」にはプルースト、「菜穂子」にはモーリアック、また「風立ちぬ」にはヴァレリーやモーリアックからの影響がそれぞれにうかがえます。寝込むことも多い毎日の暮らしのなかで、これらの作家たちは辰雄によって読まれ、摂取され、攪拌されていったのでしょう。外国文学を咀嚼することで、辰雄の編集レベルはさらにスキルアップ☆　その結果、初期の短篇小説に比べて「世間が堀辰雄に求めたもの」がより完成されたかたちで投影されているのではないかと思われます。

といっても、それらの作品に反映されたのは、無論、世間に求められたものばかりというわけでは決してありません！　さらに大切なこと――自分がこうありたい堀辰雄像、そして「こういう文学を書きたい！」――が、しっかりと書かれているからこそ堀辰雄はすごいのです☆

辰雄の小説論

辰雄の文学が私小説と見なされがちであることはすでに述べましたが、しかしここまで述べてきた通り、「辰雄は編集している」のです。だからこそ、「風立ちぬ」の主人公がいくら辰雄っぽくとも、彼の最初の婚約者がモデルであるところの登場人物が出てきたとしても、辰雄の書く小説は私小説ではないのです。くどいですが、たとえ実際に住んだ軽井沢や追分、もっと狭い範囲では入院していた富士見高原療養所といった実在の場所がそのままの地名や固有名詞で出てきたとしても、辰雄が書いた風景描写が現実と同じとは限りません。場所も、人物も、あくまでモデルであるだけです。

なんとなれば辰雄にとって大事なことは、書きたいことを伝えること、の一点のみ！　その手段として「伝えるためにもっともふさわしいひとや場所」が、つくり出されているのです。
こうなると「小説には嘘を書く」と明言していた井伏鱒二の小説論に近いものが辰雄にも感じられてくるーっ！　その上、文学において互いがおこなっていた取捨選択や大事なポイントにも共通項が浮かび上がってくるため、ふたりが友達であったことにも合点がゆくのでした☆
さて、それでは次に辰雄が直接小説というものについて語った言葉を見ていきましょう！
まずは二十五歳ごろの日記から抜粋します。

我々ハ、《ロマン》ヲ書カナケレバナラヌ。

彼がいう「ロマン」とは「(主には中・長篇）小説」、鱒二がいうところの「嘘」であり、言葉をかえれば「事実ではない物語」という意味になるかと思われます。
「物語を書かなければ！」と決意した二十代の堀辰雄はモーリアックの小説論にも影響を受けて、三十代のときには

モオリアックは、小説の技術というものは、そういう現実の「再現《ルプロデュクション》」ではなくして、現実の「置き換え《トランスポジション》」であるとしている。

——堀辰雄「ヴェランダにて」

と書きつけています。

現実の「再現」ではなくして現実の「置き換え」……ということを辰雄の文学に当てはめてみれば、それは「私小説」（再現）ではなくして「ロマン」（置き換え、あるいは編集された物語）こそをオレは書くんだ！というようなことであったとわかります。

ところで辰雄がこのような感覚になった理由は、「不器用な天使」について彼自身が記す次の言葉からも明白です。

「不器用な天使」を描くまでは、僕は詩に対する絶対の信用に於《お》いてあらゆるものを書いてきたのであった。そういう僕が突然（僕の内部の要求に従えば徐々にだが）真実を詩に置き換えたのだ。だから、いろいろと計算が混乱したのも無理はないが、最大の過失は、なんといっても写実を詩と同様に信用したことだ。詩に対する絶対の信用は或《あるい》は作品を生かすことが出来る。だが写実に対する絶対の信用は作品を無茶苦茶にするだけだ。

――傍点原文、堀辰雄「自作について」

「詩」に対する絶対の信頼は、あるいは作品を生かすこともあるけれど、「写実」に対する絶対の信頼は、作品を無茶苦茶にするだけだ、という辰雄の主張は、ある意味で私小説の真反対に位置するような考えかたであるといえそうです。

この私小説ではない小説こそ、辰雄がその生涯において書こうとしていた《ロマン》なのです。さらに辰雄は妻・多恵に宛てた手紙で、物語について大変興味深いことを書いています。

〝history〟という言葉は大きくいえば「歴史」であり、小さくいえば「物語」だ　僕の考えている小説は一つのhistory（フランス語のhistoireということばの方がいいのだが……）のなかに生きている小さな「物語」（histoire）なのだ

小説は歴史のなかに生きる小さな「物語」である、それが辰雄の小説論です。高原にあるサナトリウムのなかで繰り広げられる会話や、婚約者を失ったときに感じたこと。その一つ一つは、支配者の交代や大国同士の争いといった世界情勢に比べてごくごくちいさなことのようでありながら、しかしそのちいさな「物語」の積み重なりこそが、壮大な「歴史」をつくる、と考えていたのではないでしょうか。

……スケールが、でかーいっ☆★☆

身近なものから着想を得ながら、実は大きな歴史を書いていた！ということも、辰雄の

ギャップのひとつに挙げたく思います☆

BLやないかーい！

さて！　それではここで、辰雄の全集を読んでみよかなと思うきっかけとなった、わたし自身が最初に触れた「意外なる堀辰雄の初期作品」をご紹介させていただきます☆　その作品は「燃ゆる頬」！　一読後の素直な感想を述べます。

ビ、ビビビ、BL小説やないかーいっ！

BLやないかーい、ないかーい、ないかーい……と脳内で延々と木霊《こだま》するほどに心底驚きました。これは本当に、あの「風立ちぬ」の作者が書いた小説なのだろうか……!?

「BL小説」とはいわずもがなボーイズラブ小説のことですが、「堀辰雄の文学の世界には、同性愛どころか、正常な男女の性愛すら欠落している[★12]」とおっしゃるかたもいれば、辰雄を可愛がっていた川端康成は、この「燃ゆる頬」について「このように清潔な作品を、私は殆ど見たことがない[★13]」と評します。また、この作品への評価ではないものの、「自分の体を蝕んでいる肺結核を表現するにも、小鳥と呼び、羽ばたきを持ち出してくる堀である。〔…〕堀の好んで描いた世界のないじつ、それを私は、人間の醜悪さや生々しさを削ぎおとした、とげとげしさのない、云わば『人民文庫』が提唱した『散文精神』[14]とは異質のものとして『抒情性』と呼ぶべきだ[15]」とおっしゃられるかただってある！

「堀辰雄に性愛などない！」あるいは「清潔！」という意見に異を唱えたいわけではないのですが、「燃ゆる頰」を読んだ当時のわたしは実際生々しさを感じたし、これが恋愛じゃないとも思いませんでした。というか「ＢＬやん！」と驚き、また昭和六年にもはやこのような物語が書かれていたことにもフルエたのですが、それでは「燃ゆる頰」がどういう話か、詳しくみていきたいと思います☆★☆

「燃ゆる頰」を読む

「私は十七になった。そして中学校から高等学校へはいったばかりの時分であった」から始まるこの小説は、自分たちのもとで神経質な子に育っては困ると心配した両親が主人公の「私」を高校の寄宿舎に入れるところに幕をあけます。「それによって、私の少年時からの脱皮は、気味悪いまでに促されつつあった」。

寄宿舎には先輩から後輩、そして同級生と様々な少年たちがともに住んでいて、「二階の寝室はへんに臭かった。〔…〕私はしかし、そのにおいにもだんだん慣れて行った」。

ある日の昼休み、花壇のあたりをぶらついていたら、上級生の魚住という男に「来てみたまえ、顕微鏡を見せてやろう……」と誘われる「私」。植物実験室でいわれるがままに顕微鏡を覗きながらも横にいる魚住のことをチラチラとうかがいみれば、「すこし前から私は彼の顔が異様に変化しだしたのに気づいていた。〔…〕私は何とはなしに、今のさっき見たばかりの一匹の蜜蜂と見知らない真白な花のことを思い出した。彼の熱い呼吸が私の頰にかかって来た……」。

あわや、貞操の危機かーっ!?と、ドキーッ!としながら読み進めると、「もう、僕……」「教室へ行かなくっちゃ……」。良かった！（のかしら？　ちなみに魚住はゴッツい男です。）

五月、三枝《さいぐさ》という同級生が「私」と同室に。「彼は、痩せた、静脈の透いて見えるような美しい皮膚の少年だった」。「私」は時々教室で彼のことをそっと盗み見ます。この寄宿舎の就眠時

★12　出典：菅谷規矩雄「堀辰雄　婚約――《風立ちぬ》の空間」『鑑賞　日本現代文学第18巻　堀辰雄』。

★13　出典：『新潮』一九三二年二月号。

★14　『人民文庫』が提唱した『散文精神』…同時代にあったロマン主義を標榜する『日本浪曼派』に対し、写実主義を標榜し、プロレタリア作家の発表の場として武田麟太郎が創刊した文芸雑誌が『人民文庫』。同誌はロマン的あるいは詩的感覚ではなく、あくまで写実に基づく「散文精神」（事実を客観的に捉える）を主張した。

★15　出典：竹内貴久雄「堀辰雄における抒情性への志向とその形象」『論集　堀辰雄』。

間は十時だけれど、三枝は九時には寝室に行き、「私」は習慣から十二時頃にならなければ寝室には足を向けません。ある夜、喉の痛い「私」はいつもより早く寝室に。「そのなかは真暗だったが、私の手にしていた蠟燭《ろうそく》が、突然、大きな鳥のような恰好をした異様な影を、その天井に投げた。それは格闘か何んかしているように、不気味に、揺れ動いていた。私の心臓はどきどきした。〔…〕私の蠟燭の光りがそれほど揺れなくなった時分には、ただ、三枝が壁際の寝床に寝ているほか、その枕もとに、もうひとりの大きな男が、マントを被ったまま、むっつりと不機嫌そうに坐っているのを見たきりであったから……」。いうまでもなくこの大男は魚住で、植物実験室の一件で魚住に憎まれていると思い込んでいる「私」は何もいわずに隣のベッドに潜り込みます。黙って部屋から出ていく魚住。

数日後、再び体調が悪くなった「私」は十二時より前に寝室に向かうも、しかし、三枝の床は予想に反してからっぽです。一時間ばかりが過ぎ、どこからともなく戻ってくると、「彼は私の枕許の蠟燭を消すために、彼の顔を私の顔に近づけてきた。私は、その長い睫毛のかげが蠟燭の光りでちらちらしている彼の頬を、じっと見あげていた」。そして「私の火のようにほてった頬には、それが神々しいくらい冷たそうに感じられた」。

この後、「私と三枝との関係は、いつしか友情の限界を超え出したように見え」てきて、それと同時に魚住は荒れ出し、誰の手にも負えないような暴れん坊になり、いつか寄宿舎からも姿を消してしまいます。順風満帆（？）のようにみえる「私」と三枝との間でしたが、今度は「少女」が介入してくることで、ふたりの関係もまた変化していって……。

……みたいな話なのです！　これってわたしにとってはものすごく恋愛小説なのですが、世間一般的にはどうなんだろう⁉︎　辰雄は「私のヰタ・セクスアリス」的作品だといっており、作品のなかでは何度か「脱皮」という言葉が使われています。主人公である「私」が親の庇護《ひご》下から他者のいる世界に足を踏み出したことによって湧き上がる生々しい感情や人間臭さがすごく伝わってくるように思われるのです！

で、こういった生々しさは「風立ちぬ」ではそこまで強く印象づけられず、それがゆえ「燃ゆる頬」を読んだときに、「辰雄っぽくない！」とギャップを感じてしまったわけです！　比べれば、「風立ちぬ」は、実にサラリとしています。

「風立ちぬ」は人物描写が細かく、また読んでいて生そのものと生きることについて考えたりもするのですが、なんせニオワナイ。「風立ちぬ」に近い印象を受ける「菜穂子」や、それ以前に執筆された「風立ちぬ」と関連性の強い「美しい村」といった辰雄の作品群においては、軽井沢、追分と、その舞台からして都会から暑さを避けてゆく高原、清冽《せいれつ》なイメージを持つ場所ばかりです。まったくもって暑苦しくなんかないし、少年たちの住む二階にこもった変な臭さなんて言語道断！　死の気配が濃厚な作品であっても、吹く風からは草花のよい匂いが香るがごとくです。

「燃ゆる頬」と「風立ちぬ」との結構な隔たりが気になったため、「燃ゆる頬」発表前後に書かれた辰雄の他の作品を読んでみれば、そのなかにはわたしがもともとイメージしていた「サナトリウム文学の代弁者」めいた辰雄の文学を覆すような小説が、実にたくさん見受けられたのです☆　女の子に変装する少年が登場する「羽ばたき」をはじめ「水族館」、「ジゴンと僕」、「ある朝」……と、なかなか現在は本のかたちで気軽に読めない作品ばかりですが、それら初期短篇小説の持つ独特な魅力が今後さらに見直され、再び多くのひとたちに読まれるようになったらいいなと願います。だって、面白いんだもの！

　ところで急ですが、そして今さらでもある完全なる余談をひとつ、ここで述べたいと思います！　ごくごく一時期、辰雄もはがきのなかで「☆」ジルシを使っているのです！

☆「四季」それでは三十二頁ぐらいの感じのさっぱりしたものにして月刊でやる事にしましょう。

——堀辰雄から角川源義宛、一九四六（昭和二十一）年二月十五日

☆雉子《きじ》日記を角川書店に届けてくれたそうで有難う　あいにく主人が留守で残念がっていた
☆君の「栗鼠《りす》娘」、大体「高原」に載せることに決定、その他、中村、福永などの小説も載る筈

――堀辰雄から野村英夫宛、一九四六（昭和二十一）年二月十五日

「・」や「○」の代わりに「☆」を使っているので、個人的にはなんともかんとも、SHIN・KIN・KAAAAN☆★☆

「死の素描」を読む

話を戻し、それではここで、最も初期の作品といわれる「清く寂しく」★16や「甘栗」★17などが書かれたのと同じ時期の作品のなかから「これぞ堀辰雄！」と思った作品やその箇所を、いくつかご紹介させていただきたいと思います☆

「僕は、ベッドのかたはらの天使に向つて云つた」から始まる「死の素描」は、なんとも前衛的ィイ！と叫びたくなる小説です。急性肺炎で入院した主人公の担当看護婦は当たり前に「天

★16　「清く寂しく」…神西清を中心とした同人誌『蒼穹』に発表された初期の習作。主人公の「私」と友人KとT子との心模様が綴られる。

★17　「甘栗」…小林秀雄も同人に名を連ねていた同人誌『山繭』に発表された初期の習作。母への深い親しみと、それに相反するすこしの反発心とが描かれる。

使」というところからして、どういうこと⁉ってなっちゃうのですが、それはそれとして主人公の恋人は「パラダイス・ビルの地下室」にある「バア・ブルウバアド」で働いていて、僕と恋人とは「ランデ・ヴウ」だってしちゃう仲☆　最初の「ランデ・ヴウ」のときに、「どちらが相手をより多く苦しませることが出來るか」やってみよう、ということになり、そのあとは互いに「苦しめごつこ」に勤しむ始末なのですが、ハイライトといえる、入院中に主人公が死の危機に瀕《ひん》する場面がすごいでがす！

醫者《いしゃ》は僕に注射をする時には、いつも白い看護服をきた僕の受持の天使を助手にした。この天使は過失ばかりしてゐた。〔…〕
僕の衰弱した機能は、彼女の過失によって、注射し損はれる度毎《たびごと》に、腦貧血を起すのだ。〔…〕
僕は一度、その發作《ほっさ》中に僕の受持の天使がひどく慌てながら、僕の口の中へ無理に赤インクを注ぎ込まうとしてゐるのを、そしていくら僕がそれに抵抗しようとしても僕にそれだけの力のないのを、漠然と感じながら、ずんずん無意識の中へ落ちて行つた。
それから意識を蘇らせた時は、僕はその一切を、自分の發作のためのイリユウジヨンであると信じようとした。しかしそれ以來、僕は、自分の血になんだか赤インクが混つてゐるやうな氣がしてならないのだ。

——堀辰雄「死の素描」

　この後、僕の天使は実は天使に変装した死の間諜（スパイ）ではないか？という疑問が生まれ、そうだとすれば、彼女が原因でしばしば起こる脳貧血は死の素描《デッサン》ではないか。「一本一本針を刺されながら、いつのまにか僕の腕に、死の頭文字《イニシャル》の見事な入墨が、完成されつつあるのではないか？」……と続いていくのですが、読んでいるとまるで目の前を青い光が駆け抜けていくかのよう！　そして、生きるのと同等に偶然たどり着くかもしれない死と、死ぬのと同等に偶然生きのびるかもしれない生について思いはせるのですが、それはさておき「過失ばかりする天使」という言葉の破壊力よ！

　また、先に挙げた「不器用な天使」も印象深い作品で、「死の素描」と同じく舞台はどうあがいても決して空気の綺麗な田舎ではなくてバリバリの都会なのですが、気になる女性があり、互いに存在を意識するなかで、初めて言葉を交わすまでの一連の流れを「一つの手術の始まりから終わりまで」にたとえているところがなんとも斬新です！　彼女からの踏み込んだ質問によって衝撃がもたらされた瞬間を「彼女の言葉がいきなり僕から僕の局部を麻痺させてゐた薬を取り去る」という表現であらわしているのですが、これってまったき現代アートの世界！といいたい気持ちでいっぱいです☆

江戸っ子でハイカラ

「死の素描」にしろ「不器用な天使」にしろ、今日《こんにち》さほどに目立っていないのは、これまでに述べた通りで堀辰雄の文学のイメージが「儚げなもの」であるためです。そのことのひとつの証しがサナトリウム文学とも呼ばれる「風立ちぬ」からわかります。この作品は辰雄の存命中から現在にいたるまで、版元を変えては何度も出版されていて、当時からしてすでに辰雄の文学のイメージを決めていました。ただし、繰り返しますが、もともと辰雄は麴町生まれのチャキチャキの江戸っ子で、『来し方の記　辰雄の思い出』（堀多恵子著、花曜社刊）によれば「宵越しの金は持たないという江戸っ子気質」もあったし「あればお金遣いの荒い、そして大変気前のいい人だった」のです！　加えて幼少期から役者の子どもに間違われることがままあるくらいに愛らしかったようで、青年期にはカフェーや映画館に行くのも嫌いではなかった。……なんたることか、モテの要素がまあまあ揃うてもうとるやないかーいっ!!

一九二九～三〇（昭和四～五）年頃には辰雄の向島の家の近くに住んでいた深田久弥[★18]と、浅草に住んでいた武田麟太郎[★19]や高見順[★20]、上野に住んでいた川端康成などと一緒に、夜な夜な町中をウロウロしていたそうですが、そういう時代の空気を知っていたひとならではな浅草が舞台の小説が、辰雄の初期作品にはそこそこあるのです。カフェーで働く女性だけではなくて、ときには水族館（その頃浅草に実際あった）まで出てきます！

ところでこれまた辰雄の江戸っ子ぶりを伝えるための余談となりますが、友人であった英米文学者の阿比留信[★21]とふたりで銀座のジャーマン・ベーカリーでお茶を飲んでいたときに、偶然徳田秋聲と出会い、しばらくの間三人で談笑したことがあるそうです。で、「徳田秋聲はあとで辰雄の話し言葉について『久し振りにほんとうの江戸弁をききました』と豊田さん〔阿比留のこと〕に言われたという話を私に語ってくれた」（前掲『来し方の記　辰雄の思い出』）という

★18　深田久弥…一九〇三〜七一年。石川県現加賀市生まれの随筆家で登山家。一九二七年、改造社入社。一九三三年に小林秀雄らが創刊した文芸誌『文學界』の同人となる。代表作は『日本百名山』。私生活は凄まじい。

★19　武田麟太郎…一九〇四〜四六年。大阪府大阪市現浪速区生まれの小説家。府立今宮中学校の同級生に『大阪自叙伝』の藤沢桓夫。第三高等学校時代、先輩の梶井基次郎と親しくなり、卒業時に愛用の登山靴とズックカバンを譲り受けた。代表作は「日本三文オペラ」他。「井原西鶴」など大阪を舞台にした作品もある。

★20　高見順…一九〇七〜六五年。福井県現坂井市生まれの小説家で詩人。第一高等学校時代の一九二五年、ダダイズム雑誌『廻転時代』を創刊。一九三五年、「故旧忘れ得べき」にて第一回芥川賞候補。戦後は川端康成らと貸本屋兼文芸出版社「鎌倉文庫」を設立。一九六二〜六五年、芥川賞選考委員を務める。伊藤整、小田切進らと日本近代文学館の設立に尽力した。代表作は「如何なる星の下に」、「死の淵より」（野間文芸賞）他。中島健蔵が「かつて高見順という時代があった」と評すほど、昭和の文壇の中心に在った。永井荷風は従兄。

★21　阿比留信…一九〇三〜九八年。本名・豊田泉太郎。英文学者。『三田文学』や『新領土』で評論、翻訳を発表。一九三五年、『ハリイ・クロスビイ詩抄』を翻訳し、ボン書店より刊行。堀辰雄の友人で、立原道造が初めて軽井沢に赴いた際、留守中の辰雄に代わって道造に軽井沢を案内した。その後、道造に山荘の設計を依頼した（「豊田氏山荘」）が、着工はしていない。

ほどに、辰雄はきっちりと下町の江戸弁を操れたみたいです。また、「小さい時はねこじゃねこじゃを人前で踊ったり、剣舞を舞うような普通の明るい子供」とのことですが、剣舞を舞うとは、長じてからの病弱な毎日が到底信じられないような元気ぶりです！

ちなみに辰雄は泳ぎも相当達者で、関東大震災の際にはそれが幸いしてかなりギリギリのラインで命が助かっています。★22 しかし、その年の冬に胸を病んで休学してからは、坂道を転げ落ちるように病がちな人生に突入です。芥川龍之介の自殺した一九二七（昭和二）年には肋膜炎にかかり、龍之介や自身を題材にした「聖家族」を書き上げた一九三〇（昭和五）年には大喀血……。名実ともにどんどんと「病弱で儚げな堀辰雄」になっていくのですが、創作活動を始めた大正の後半から、一九二九〜三二（昭和四〜七）年頃に書かれた作品のなかには、この章で取り上げたようなちょっと前衛的でモダンでハイカラなものがいくつも見つかるのでありました☆★☆

「麦藁帽子」を読む

しかぁーし！　前衛的でモダンでハイカラであることだけが、代表作以外の堀辰雄の作風、というわけではありません！　また別のベクトルからドキーッ！というか、ドギマギーッ！とさせられた作品も紹介したいと思います。

それは一九三二（昭和七）年に発表された「麦藁帽子」で、初読時、わたしはコレットの「青い麦」を彷彿とさせられてしまいましたよねーっ！　話は無論違うのですが、読んでいるときに浮かぶ色味は、どちらも「青春の青！」といいたい気持ち☆

「私は十五だった。そしてお前は十三だった」から始まるこの作品の冒頭を続けて引用いたします！

私は近所の農家の井戸端に連れられて行く。私はそこで素っ裸になる。お前の名が呼ばれる。お前は両手で大事そうに花環をささげながら、駆けつけてくる。素っ裸になることは、何んと物の見方を一変させるのだ！　いままで小娘だと思っていたお前が、突然、一人前の娘となって私の眼の前にあらわれる。素っ裸の私は、急にまごまごして、やっと私のグロオブで私の性《セックス》をかくしている。

――堀辰雄「麦藁帽子」

★22　「ギリギリのライン」…堀辰雄は関東大震災で起こった火事から逃げるために隅田川を泳いでいる最中に、知り合いの乗った舟に拾ってもらい、九死に一生を得た。逃げる途中ではぐれた実母は隅田川で溺死した。

……どっひゃー！ですね。辰雄なのか、これも辰雄なのかーっ!?とびっくりです。いかにも若さ弾ける感じの明るい始まりかたですが、しかしここで伝えておかねばいけないことがございます！

筑摩書房版となる全集の解題では「最も初期の秀作」といわれる「清く寂しく」をはじめ、代表作の「風立ちぬ」や「菜穂子」、またそれらと同時期に書かれた王朝文学（折口信夫《おりくちしのぶ》の影響などを経て、日本の古典にアプローチした）に材をとった「かげろふの日記」★23や「曠野《あらの》」★24などの堀辰雄の文学においては、主要人物のうちの誰かが大抵亡くなってしまう、という動かし難い事実があります。このような幕開けの「麦藁帽子」ですら例外ではなく、読み進めていくと明るさのうちに死の影が、ちらりほらりと姿をあらわしてくるのです。

そういうふうに辰雄の文学には当たり前に「死の気配」が濃厚にあり、それはいまここで挙げた作品の数々以外にもいえることで、外国文学の影響を受けている作品にも、また日本の古典にインスパイアされた作品にもいえることなのですが、その死の気配は日本が第二次世界大戦に向かっていった当時の時代の流れに関連して生み出されていったという以上に、辰雄自身が人生において接してきた身近な死の気配に由来しているのだと考えます。具体的にいうならば、幼少期の実父の死、辰雄を愛し抜いた実母の死、敬愛した師匠・芥川龍之介の死、婚約者の死、弟子であった立原道造の死……などです。そして、自身も肺病によって常に死を意識せざるを得ませんでした。

ゆえに辰雄にとっての死とは、戦争で死ぬかもしれない、といったある時代が生み出した恐怖というよりも、日常のなかにいつでも身近にあるものでした。

本当に書きたかったものは

一見、自然にあるがままにすべてを受け入れるかのような儚げな辰雄の姿は彼自身によって編集されたもの、という話にすこし繋がるやもですが、実際の辰雄は大変にひとの好き嫌いが激しかった模様です！　また、無類の本好きだけれどなんでも読んだわけではなくて、「これは自分に必要だ」とか「好きだ」というものだけを相当に読んでいた節があります。特に、めちゃくちゃ好きな外国の作家となると、非常に手に入りにくい原書であろうがなんとかして取りよせる!!といった執念もありました。しかし、「あの本、欲しーい！」となった辰雄は大体伏せっているので、お取り寄せを頑張る主な友人は神西清だったりするのですが！

★23　「かげろふの日記」…藤原道綱母『蜻蛉日記』（平安時代）に材をとった王朝小説で、求めても決して愛の返ってこない男性に愛を求める女性が主人公。続編に「ほととぎす」がある。

★24　「曠野」…『今昔物語集』に材をとった王朝小説で、本人曰く「自分を与えれば与えるほどいよいよはかない境涯に堕ちてゆかなければならなかった」、悲しい運命を辿る女性を描いた作品。

さておき、そんなふうに自分の「好きと嫌い」や「必要と不必要」がクリアにわかっていた辰雄の「書きたかったもの」とは、一体なんだったのか？　考えをめぐらすに、彼の初期から後期における多くの作品にまたがって在《あ》る「死（の気配）」への鎮魂や追悼、追慕……ではないかと感じています。そういった気持ちが辰雄の文学の根幹を成すからこそ、時代背景――戦争のさなか――を鑑みれば世間からバッシングを受けてもおかしくないような設定で展開される辰雄の小説が、「鎮魂」という当時を生きたひとたちの抱えていた気持ちとの共通点でもって、世間に受け入れられていた部分もあるのではないでしょうか。また、戦争中ほど誰もにとって身近ではなくとも、結局死は等しくすべてのひとに訪れるということを知り、それは突然であったり自分の力だけではどうしようもないものであったりすることもあると理解したときに、辰雄の文学からさらに立ち上がってくるものがある！　たとえそれらが私小説ではなくて「ロマン」として書かれたのだとしても、「死の気配」と背中合わせで存在する「今生きてるという意識」です。堀辰雄の文学に「今生きてるという意識」があるというのは、例の三人組による座談会での伊藤整の発言ですが、もっというならば、「生きる」よりもある意味で図太いと感じるような「死ぬもんか」という強い意志こそが、辰雄の文学から強く感じられて仕方がありません。鎮魂や追悼、追慕といった気持ちを示すには、そもそも生きておらねばならぬのです！　加えて「それでも生きていく」という姿勢こそが、辰雄と鱒二の最大の共通点なのかもしれん！　と急にいいたくなってきたでがす！

それでも生きていくということが感じられるからこそ、辰雄の、そして鱒二の文学もまた、時代を超えて今もなお読み継がれているのではないでしょうか。

辰雄のエピソード集

最後になりますが、辰雄がどのような姿勢で自身の文学に接していたかと、微笑ましきエピソードのなかから個人的に最も好きなもの、そして辰雄らしくないエピソードのなかから最も印象深かったものとをそれぞれに紹介して、この章は終わりにしたいと思います☆

●辰雄の文学における姿勢

美のために、詩のために、芸術のために！
これらのために自分の生命（魂も、肉体も）を捧《ささ》げよう

——堀辰雄から葛巻義敏宛、一九二三（大正十二）年三月十七日〔辰雄、十九歳！〕

しかし仕事はどんな小さいのでも、しておいた方がいい　どんな小さいものにでも自分の

何かは残る　その自分の何であるかは神様に任して、残す努力を我々はすればいい

――堀辰雄から葛巻義敏宛、一九四一（昭和十六）年一月十七日

●微笑ましいエピソード

室生犀星夫妻の媒酌で結婚した堀辰雄＆多恵夫人。結婚後ふたりは軽井沢へ。その夏の彼らのところには、犀星夫妻やその子供たち、折口信夫に萩原朔太郎夫妻にその子供らに歌人の片山廣子に立原道造と千客万来！　そんなある日のこと、犀星夫人は新妻の多恵さんに、料理についての、このようなレクチャーをいたしました☆

キャベツの芯は捨てずにぬか漬けにするように、魚は一匹で買い、自分で三枚におろし、半身はサシミにして辰ちゃんに、あとの半身は煮るか焼くかして辰ちゃんに、骨やあらはすまし汁にして辰ちゃんにという仰せだった。

――堀多恵子『堀辰雄の周辺』

……アワー！　多恵さんは一体どこを食べるのーん？と読んだときには思わず笑ってしまいましたが、いかに「辰ちゃんこ」が、犀星だけではなくその夫人にも大事にされ、愛されていたかがうかがえるエピソードで、多恵さん大変！と思いながらもただひたすらに、微笑ましい

のでありました☆

●辰雄らしからぬエピソード

『近代文學』の同人であり評論家の佐々木基一[★25]と辰雄が軽井沢の山荘でおしゃべりをしていたときのこと。

軽井沢の芝生の庭の一隅で籐椅子にかけて二人がとりとめのない話をしているうちに、辰雄の口からプロレタリヤ文学の平野謙[★26]の名前が出て、佐々木さんはおやと思ったようだ。そしてまた話の途中で辰雄が立って生垣のそばに行って小用をたしたのに気付き、二度、吃驚されたらしい。

――堀多恵子『堀辰雄の周辺』

★25　佐々木基一…一九一四〜九三年。広島県現三原市生まれの評論家で翻訳家。戦前に稲辺道治編集発行の『現代文學』の同人となる。戦後は埴谷雄高、平野謙らと『近代文學』を創刊。堀辰雄に関する共著もある。一九九〇年、『私のチェーホフ』で野間文芸賞を受賞。実姉は原民喜（はら・たみき）の妻。

★26　平野謙…一九〇七〜七八年。京都府京都市生まれの評論家。東京帝国大学時代、プロレタリア科学研究所に入っていた。一九四六年、埴谷雄高、佐々木基一らと『近代文學』を創刊し、評論「島崎藤村」を連載。一九四七年、筑摩書房北海道支社より『島崎藤村』を刊行。一九五五〜六八年の十三年間、毎日新聞の文芸時評欄を担当。一九六三年、『文藝時評』で毎日出版文化賞を受賞。

佐々木が「おや」となったのは政治活動が縁遠そうな辰雄の口から「プロレタリヤ」作家の名前が出たからだと思われます。辰雄が文学を志した初めの頃に参加していた同人誌『驢馬《ろば》』のメンバーの、中野重治や窪川鶴次郎★27といった辰雄以外のほぼ全員が左翼運動に走っていることも、堀辰雄らしさとはなんなのかを考える上では外せないポイントのひとつです！　けれども、では仮に辰雄が肺病に罹《かか》らず健康な身体のままでいたとして、彼らと足並み揃えて政治活動に邁進したかというと、かなりのところ疑問です。もしも健康だったらば、辰雄はもっと小説を書くことと本を読むこととを優先したのではないかしらん。

前出の『堀辰雄の周辺』に「中村真一郎さんが、辰雄死後の座談会の席で、中野さんに『いつ頃から堀さんとは道が分かれましたか』と質問したのに対して、『堀とは道が分かれたと言うようなことはない』と答えておられる」と記されている通りで、そもそもにおいて彼らの道は特に分かれていないのです。ただ、おのおのの優先順位が違っていたことと、結果として辰雄は病弱になってしまったために、中野らとは大きく道を違《たが》えたように見えただけで、いわゆるプロレタリア文学を著していた作家たちとも長く交流があったのでした。

と、そんなこんなが想い出されるエピソードの前半部分も大切ですが、後半部の「生垣のそばに行って小用をたした」エピソードもまた大切です！　『風立ちぬ』の堀辰雄はきっと立小便なんかしなーい！と叫びたくなる実際の辰ちゃんこの日常風景ですが、多恵さん曰く「私はその日のことをよく記憶していないが、辰雄が屋外で用を足すことに、その頃はもう慣れていた」

そうで、いろいろにこちらの想像を超えてくる堀辰雄のことが、好きだーっ!!

と、まさかの話で終わりにしようとしておりますが、ギャップのあるひとは魅力的！といいたい、「ギャップ系文士・堀辰雄」についてのあれやこれやでありました☆★☆

★27　窪川鶴次郎…一九〇三〜七四年。静岡県菊川市生まれの評論家。金沢の第四高等学校時代に中野重治と知り合う。一九二六年、堀辰雄、中野らと同人誌『驢馬』を創刊。辰雄の髪質は見た目以上に剛直だったため、「うわべは柔和そうに見えて、その実なかなかの強情っぱりである」という意味を込めて「君の髪が曲者だよ」と辰雄にいった。元妻は「キャラメル工場から」の窪川（佐多）稲子。

文士ノオト

10

中里恒子《なかざとつねこ》

一九〇九〜八七年。神奈川県藤沢市生まれの小説家。十代の頃、当時文藝春秋社の編集者であった永井龍男と知り合い、一九二八年には永井が参加していた同人誌『山繭』で作品を発表。兄がイギリス人女性と結婚、婚家の義兄嫁もフランス人女性であった、などの家庭環境が影響し、「国際結婚」や「混血児」をテーマとした「まりあんぬもの」と呼ばれる作品群を執筆。一九三九年に「まりあんぬもの」に位置づけられる『乗合馬車』（装丁・堀辰雄）にて、女性初となる芥川賞を受賞。その後、中里恒子の長女がアメリカ人男性と結婚したこともあって、戦後作には「続まりあんぬもの」と呼ばれる作品も。恋愛小説に秀で、七〇年代以降は「歌枕」や「時雨の記」といった日本の古典物語を彷彿させる作品を発表。読売文学賞、女流文学賞他受賞多数。また一九三七年に川端康成名義で書かれた「乙女の港」（『少女の友』に連載）は、中里の下書き原稿に川端が手を入れるかたちでの「共作」であったことが、川端の没後に明らかにされた。

文士ワンポイント

実家は大呉服商。幼少期より長唄を習い、趣味とした。一方で横浜のミッション系の女学校に通うなど、「ハイカラ」な雰囲気のなかにもあった。神奈川近代文学館閲覧室では、辰雄が装丁を手がけた『乗合馬車』（小山書店刊）の閲覧が可能である。

文士ノオト

11

田中克己《たなかかつみ》

一九一一〜九二年。大阪府大阪市現阿倍野区生まれの詩人。大阪高等学校時代、保田與重郎とともに学校の先輩から引き継いだ短歌雑誌『炫火《かぎろひ》』を編集。東京帝国大学入学後の一九三二年、保田を含む大阪高等学校の同級であった仲間らと『コギト』（デカルトの「コギト・エルゴ・スム＝我思う、ゆえに我あり」から命名）を創刊。『コギト』は一九四四年に日本出版会より廃刊を命じられるまで存続。田中克己は主にはここを作品発表の場とした。『コギト』にて翻訳連載したノヴァーリスの遺稿小説「ハインリヒ・フォン・オフテルディンゲン」は、一九三六年に長谷川巳之吉《みのきち》の第一書房からそのタイトルを『青い花』と改め刊行された。これが田中の最初の出版物である。版ごとに装丁が異なる『青い花』は、立原道造の愛読書の一つでもあった。同年、服部正己《まさみ》との共訳で、ノヴァーリスの『ヒアシンスと花薔薇』を山本書店・山本文庫から刊行。また、敬愛する堀辰雄の推薦で『四季』の同人となり、神保光太郎らと編集にもあたった。戦後は帝塚山学院短期大学に勤務。同僚に詩人で辰雄や道造とも交流のあった杉山平一《へいいち》がいた。

文士ワンポイント

高校時代、田中克己らのいた学級は「ロマンティック学級」と呼ばれていた。田中は当時からハイネなどのドイツロマン派を好んでいた。

文士ノオト 12

川端康成《かわばたやすなり》

一八九九〜一九七二年。大阪府大阪市生まれの小説家。中学のときに作家を志す。一九一七年、第一高等学校に入学。翌年ひとりで伊豆に旅立ち、旅芸人の一行と行き合う。この体験が「伊豆の踊子」に生かされた。一九一九年、今東光《こんとうこう》と知り合う。一九二〇年、東京帝国大学に入学。一九二一年、今と帝大系の同人誌『新思潮（第六次）』を菊池寛の了解を得て創刊。これを機に、以後菊池の知遇を得る。この頃、カフェの女給と婚約するも、ひと月程で相手側より破談。そのことが川端作品の多くに影響を与えた。同じ頃、菊池の紹介で横光利一と出会う。深い友情を生涯育んだ。一九二三年、菊池が『文藝春秋』を創刊し、編集同人に。一九二四年、横光、今らと『文藝時代』を創刊。「新感覚派」と呼ばれ、一九二六年の『感情装飾』を皮切りに、『雪国』他、数多の著書を刊行。堀辰雄とは軽井沢でも交流があった。一九六八年、日本人初となるノーベル文学賞を受賞。「みづうみ」や「片腕」などには川端作品に内包されるアブノーマルかつ妖しき魅力が顕著。多くの作家に弔辞を捧げたが、自身は天寿を全うすることなく、ガス管を咥《くわ》えて自殺。遺書は無い。

―― 文士ワンポイント

夜半、川端康成邸に侵入した泥棒は、布団に横たわる川端と目が合って、その眼光の鋭さに「ダメですか」といって逃げ去った。編集者泣かせなほどに寡黙だった。

第5章

やさしい系文士

神西 清

ってどんな人？

神西 清

じんさい・きよし

一九〇三～五七年。現東京都新宿区生まれの翻訳家。また小説家で評論家。代表作は「灰色の眼の女」、「雪の宿り」。親友に堀辰雄、竹山道雄。美声で歌が上手。芝居も好み、文学座などの演劇にも多く関わった。鎌倉に住まい、鎌倉文士たちとも交流した。文学サークル「雲の会」や「鉢の木会」に参加。趣味はカメラ。

まずはきよしのプロフィール

堀辰雄の次に紹介するとなると、わたしのなかではこのひと以外にありえません！　その名も「神西清《じんざいきよし》」。ひと呼んで「お助けマン・きよし」（注・誰も呼んでない）☆　特に親友の辰雄を助けまくっていた素敵なきよしは、一九〇三（明治三十六）年、東京市牛込区（現・東京都新宿区）にて、当時は福井県参事を務めていた超エリート官僚の父と、徳川家の御典医《ごてんい》の家系に連なる母との間に生まれました。出自に恵まれた、順風満帆な人生の始まりでしたが、神西清が十歳のときに事態は急変します。台湾総督府地方部に嘱託となった父に伴い一家で過ごした台湾で、台湾赤痢に罹った父が死去（祖母も父より早く、台湾で亡くなっている）。日本に戻るも母は神西清の将来を考えて再婚したため、彼自身は伯母のもとに預けられて唯一の家族である母からも離れて暮らすことになりました。つらいでがす！

ちなみに井伏鱒二も室生犀星も芥川龍之介も堀辰雄も、そしてこの神西清や最後に紹介する文士も含めて本書で取り上げた六人の文士たちは、全員が全員幼少期に片親を失っているか養子に出されています。そういった事実を目の当たりにすると、もはやこれは「小説家になりたい☆」みたいなキラキラとしたことではなくて、業《ごう》といえばいいのか性《しょう》といえばいいのか、自らの内面に生じたものを文学として昇華させながら生きる運命《さだめ》のひとたちこそが、文士と呼ばれるにいたるのかしら、と首肯せずにはいられません！

ともあれこの章においては、辰雄の無二の親友であり、主にロシア文学の翻訳者として日本の翻訳界に今なお多大なる影響を与え続ける神西清について、語りまくりたいと思います☆

ところでこの章までは、鱒二、犀星、龍之介、辰雄と、有名どころを紹介してきたので、大なり小なり「世間で思われているところのそのひとと、実際の本人とのギャップ」について書いてきました。なかでも、そのギャップがとても大きく感じる辰雄については、「ギャップ系文士」とも命名しました。

……が！「そもそも、神西清って誰やねーん！」と思われるかたもいらっしゃるやもしれません！その場合、本人のことなどまるで知らんのにギャップっていわれたって困っちゃうよねー、という話です。

なので、神西清のみ前後篇に分けて、たっぷりがっつり述べたい所存です！前篇では、まずは彼がどういうひとで、どういった魅力を持っているのか、とことんしゃべりたく思います。続く後篇では、親友・辰雄とのつながりや、神西清の創作物の素敵なところをふんだんにお伝えしていくつもりです☆ちなみに彼の残した小説には「女性視点」のものが多めであるのも気になるところ！

他の文士たちほど世間で馴染みのないこのひとだけは、基本的に下の名前ではなく名字で「神西」って呼ぶことにするよ！

それでは、まずは名付けることからはじめたい!!　神西清、このひとは「やさしい系文士」だーっ☆★☆

始まりは、「は・つ・恋」

と叫んだものの、神西が「やさしい系文士」である理由へと辿り着くにはだいぶ遠回りになってしまいそうですが、まずはワタクシと翻訳者としての神西清との出会いについて、語らせていただきます☆　というのも神西を知っているかたの大半が「ロシア文学の翻訳者」としてご存知なのではないかと推察されるためですが、とにもかくにも最初にいいたいことは、神西はただの翻訳者にあらず、「翻訳文における日本語のレベルを底上げした、ロシア文学の翻訳者である！」ということなのでございます!!

……と、今でこそ鼻息も荒く「神西の良さを世に広めたい！」と心底思っているわけですが、何を隠そう随分と長い間、「神西清」を「かみにし・きよし」と間違えて読んでいたのは事実です！　というのもわたしが初めて彼の名をインプットしたのは中学生の頃、ツルゲーネフの『はつ恋』（新潮文庫刊）の翻訳者としてだったのですが、大人になってからならいざ知らず、いくら作品が良くったって翻訳者の名前の読み仮名までわざわざ調べるだなんて、子どものときにはしためしがなかったからです。作家名ならばまだしも訳者名を気にするなんてこと自体がありませんでした。おそらく翻訳者名を気にした最初のひとこそわたしの場合は神西で、「はつ恋」は「事実これが初恋ならば、トラウマ案・件☆」といいたいような昼ドラ的要素を含んだ物語。内容に驚愕し、かつその驚き以上に文章がとても美しいことに、さらにびっくらこいたのです。

いろいろな点からびっくりしたその「はつ恋」の神西訳を、いくつか引用してみます！

空想が生き生きと目ざめて、いつもいつも同じ幻のまわりを素早く駆けめぐる有様は、朝焼けの空に燕の群れが、鐘楼をめぐって飛ぶ姿に似ていた。わたしは物思いに沈んだり、ふさぎ込んだり、ときには涙さえ流した。しかし、こうして響き高い詩句や、あるいは夕暮れの美しい眺めによって、あるいは涙が、あるいは哀愁がそそられるにしても、その涙や哀愁のすきから、さながら春の小草《おぐさ》のように、若々しい湧きあがる生の悦ばしい感情がにじみ出すのであった。

確かに雷雨には違いなかったが、とても遠方を通っているので、雷鳴も聞こえないほどだった。ただ、光の鈍い、長々と尾を引いた、枝に分かれたような稲妻が、空にひらめいているだけで、それもひらめくというよりはむしろ死にかけている鳥の翼のように、ぴくぴく震えているのだった。

彼女の言うことなすこと、彼女の身ぶり、物ごしのはしはしにも、微妙な、ふわふわした魅力が漂って、その隅々にまで、他人には真似のできぬ、ぴちぴちした力が溢れていた。彼女の顔つきも、しょっちゅう変って、やはりぴちぴちしていた。

……みたいな感じです！

先の二つにびっくらこいたのはもちろんその美しさのためです！　ちなみに神西より先にこの作品を訳している米川正夫[★1]の翻訳文もやはり相当に美しい日本語なので、ツルゲーネフの原文自体がきっと素敵なのであろうと今ならば想像できますが、しかし神西の言葉も端々までしみじみと美しいです。

ただし、引用三つめの「ぴちぴち」となると話がちがーう！　「ぴちぴち」て、なんなん⁉と いうびっくりが生まれました（もちろん米川訳にはぴちぴちのぴの字もない）が、女性のはじけそうな魅力をこのような言葉で表す感性は、のちに触れていく神西の性質と結びつくので、頭の片隅にとどめおきいただけましたら幸いです☆

読んで驚いた「はつ恋」でしたが、とにかく神西の訳した文章は、中学生のわたしがそれまでに読んだことのあった「翻訳作品」とはまるで違っていたーっ！　なんせ一文、一文を構成する細やかな描写に心を奪われました。いうなればマイフェイバリット鱒二の「山椒魚」のなかで描かれる、山椒魚が生息する場所についての描写——そこが描き込まれているからといって話の本筋にはあまり関係がないのだけれど、関係がないけれども緻密であることによって難なくその風景が想像されるために、結果、物語全体にリアリティが生まれもすれば、心惹かれてしまって仕方なし！となる描写——と出会ったときのような感覚です。それは、もともと日本語で書かれた創作物においてすら、いつでも感じられるものではありません。

神西を「まごうかたなき文士である！」と考えるのは、綴る文章の素晴らしさによるところが大きいのです☆

そんなこんなでそれ以降、たまに読みたいロシア文学が見つかったときには、「せっかくだったら、神西清で読みたい！」と、すこしずつ彼の文章に馴染んでいきました。といって当時は、「かみにし・きよしで読みたい！」と読みかたを間違えていたのですけれど——！

しかし、そんなふうにわたしが神西の翻訳文にいたく感動し続けているからといって、それ

★1　米川正夫…一八九一〜一九六五年。岡山県現高梁市生まれのロシア文学者で翻訳家。中学生のときに、二葉亭四迷訳「かた恋」を愛読。一九〇八年、東京外国語学校ロシヤ語本科に入学。卒業後はドストエフスキーの「白痴」を皮切りに、トルストイ、プーシキン、チェーホフ等々、数多のロシア文学を日本語に翻訳。兄弟姉妹に人間国宝となった箏曲家が数名いる。神西清は米川の妻・丹佳子に「紫の君」とあだ名し、手紙を書くなどした。

がイコール「翻訳文における日本語のレベルを底上げした」とまでいっていいものかしらん、と考えるかたもおられるはず！　ゆえに次には、その根拠となる証言や論争なんかをご紹介させていただきます☆

翻訳家としての名声

言文一致体で小説を書いた二葉亭四迷《ふたばていしめい》★2や、神西より前に「はつ恋」を訳した米川正夫をはじめ、神西以前にも美しい日本語の翻訳文を生み出したロシア文学の翻訳者たちがいたわけですが、それでも「神西訳は偉大である！」とまずは声を大にして叫びたい!!

これがわたしひとりの意見ではないことは、たとえば文学座の講演のために神西が訳したチェーホフの『ワーニャ伯父さん』（河出書房刊）に収められた、久保田万太郎による序文からも明らかです。

——いかほどその訳者が外国文学に精通していて、そして、語学的にそれが忠実なものであっても、それだけでは戯曲の翻訳は成立たない。〔…〕

——戯曲の翻訳を完全になしうるものは、まず、よき戯曲作家、もしくは、すぐれた演

出者であらねばならぬ。〔…〕

神西さん――

わたくしは、あなたが、この結論をだすために、身をもってこのことにあたって下すったことにお礼をいいたいと思います。

戯曲の翻訳は、あなたによって、はッきり一線を画されました。

「イヤイヤ、久保田万太郎がいっているのは『戯曲の翻訳』についてであって、神西の翻訳全般についてではないのでは？」というツッコミに対しては、神西の真骨頂が「口語の散文」＝「話し言葉」にこそあった、と主張する中村真一郎（文士ノオト**13**）の「神西清の翻訳について」（『おどけ草紙』所収）を提示したい！

ところで、ロシアを含めて、ヨーロッパの文学を現代日本語に移しかえる翻訳の仕事は、

★2　二葉亭四迷…一八六四〜一九〇九年。現東京都新宿区生まれの小説家で翻訳家。東京外国語学校露語科に入学するも、大学の合併に伴い中退。その後、坪内逍遥の知遇を得て、小説家の道へと進む。一八八七年、言文一致体で書かれた小説「浮雲」を発表。近代文学の礎をつくる。翌年、ツルゲーネフの「めぐりあい」、「あひゞき」を翻訳。一九〇八年に朝日新聞の特派員としてロシアに赴任するも、翌年体調を崩し、帰国の途上で客死した。

作家たちの創作に比べて、文体の点で遥かに劣っていたというのが、大正時代の状況だった。大正時代の作家は、大陸の新文学を大概、英語で読んで自分の仕事に取り入れていたが、一般の読者は、いわゆる翻訳調という、外国人の下手な日本語に似た、読みにくい訳文――その最悪の実例は、ドイツ哲学の翻訳――で我慢しなければならなかった。

昭和になって、一世を風靡《ふうび》した、米川正夫のドストイェフスキーの翻訳さえ、大貴族が登場すると、日本語の訳文の調子から、その人物に、ペテルブルグの社交界人種よりは、日本の地方名士のような、野暮で田舎臭い雰囲気がつきまとうのが避けられなかったものである。

それに比べて、神西清のロシアやフランスの文学の翻訳は、まるで創作と何らの区別のつかない、まったく雅醇《がじゅん》な日本語でなされながら、原作の匂いを再現するという奇跡を実現した。〔…〕

〔…〕神西訳の秘密のひとつは、大正時代に作家たちの完成した口語の散文に、もう一度、話し言葉の調子を溶けこませて、流麗であると同時に、話しかけるような親しみを読者に与えるところにあった。

赤べこレベルでうなずきたい!!

ところで神西の翻訳文は「意訳にすぎる!」という批判が当時からありはするものの、読めばその素晴らしさは一目瞭然です。もとは外国語で書かれた文学であることを忘れるほどに、読者がすんなりと内容に没頭できるような無理のない日本語で書かれており、かつ美しさもしっかり纏《まと》っているという！　なんとも素敵な言葉づかいは、まさに「名訳」といいたいやつ☆　加えて、チェーホフやツルゲーネフやプーシキンといったロシア文学に、ジッドなどのフランス文学と、神西による多くの翻訳本が今も新刊で流通している事実こそ、神西の翻訳がいかに偉大であるかを物語っています。

それでも「意訳にすぎる！」とおっしゃられる向きがあるとするならば、『カシタンカ・ねむい他七篇』（岩波文庫刊）に収められた川端香男里[★3]の解説を紐解いていただきたーい！　要約ですが、どうぞ☆

> ロシア語教育の世界では「直訳主義的」傾向が強く、日本語の翻訳から原文のロシア語が透けて見えるのがいいといわれ続けてきた。たとえば湯浅芳子[★4]はあるとき直接神西清に向かって、「あなたの翻訳は辞書にのっていない訳語を使っているから正確ではない！」と論難。
>
> しかぁし！　湯浅がそのとき念頭に置いて非難した、当時ロシア語に従事するひとたちが

★3　川端香男里…一九三三〜二〇二一年。現東京都品川区生まれのロシア文学者。神西清の弟子・池田健太郎を兄事した東京大学名誉教授。旧姓は山本。妻は川端康成の養女で、香男里は婿入りして川端姓となった。

めちゃくちゃ使いまくっていた八杉貞利《やすぎさだとし》編『岩波露和辞典』の編纂に加わり、完成した後にもその辞典を色とりどりのインクで独創的な訳語を書き加えながら使っていたひとこそ、他ならぬ神西清だった！（八杉は神西の東京外国語学校（東京外国語大学の前身）露西亜《ロシア》学科時代の恩師です☆）

このような努力をしている神西に、「それは意訳！」なんていうこと自体がナンセンス！といいたい気持ちでいっぱいです。ちなみに同じ解説文のなかでは、このとき「神西はにやにやするだけで何も反論していないが、心の底から驚いていたことであろう」とも書かれています。

翻訳者の先輩である湯浅芳子に対しては批判されても怒りはぶち撒かず、にやにや笑いでこらえた神西ですが、『神西清全集』（文治堂書店刊）の第六巻には、「ヒェエー！　このひとは安易なことで怒らせたらあかんでぇえー！」なエピソードが出てきます。それは、神西がある女優の書いた文章を見つけたところに端を発する話なのですが……

この雑誌〔岩波書店刊『文庫』〕の九月号に、細川ちか子さん[★5]の「どん底」と題する一文がのっていた。この芝居が今年の春、文学座によって岸田國士《くにお》氏の演出で上演されたとき、たまたまその台本に私の新訳が使用された。細川さんは〔…〕旧小山内《おさない》〔薫《かおる》〕訳にくらべて新訳がいかに聞きづらいものであったかを、率直な随筆の調子で記されたのである。

一読して私は色々と得るところがあった。失うところは一つもなかったと言ってよい。

――神西清「旧訳と新訳」

と、まあまあ穏やかに「この前こんなことがあったよ」といった調子で始まるのですが、この穏やかさはいうなれば嵐のまえの静けさです。

というか「失うところは一つもなかった」も考えてみれば結構不穏な空気を孕《はら》んでいるのですが、このあとに続く「批判というものは、いついかなる人の口から聞いても為《ため》になるものである」のあたりから、書かれていないのに聞こえてくるよ……。「その批判が、正当なものであれば」という、神西清の怒りに満ちた、心の声がぁあーっ!!

さらに、「翻訳はむづかしいものである」、「翻訳者は裏切り者なり」と続いて、いよいよ反撃

★4　湯浅芳子…一八九六〜一九九〇年。京都府京都市生まれの翻訳者。ロシア文学者の昇曙夢（のぼり・しょむ）に師事し、ロシア語を学ぶ。「伯父ヴァーニャ」、「三人姉妹」、「桜の園」などチェーホフの訳を多く手がけた。同性愛者で、田村俊子と別れた後に、中條（後の宮本）百合子と一時期生活をともにした。宮本の没後には彼女からの手紙を編集して刊行。また、湯浅には生前交流していた瀬戸内寂聴による回想評伝『孤高の人』がある。

★5　細川ちか子…一九〇五〜七六年。現東京都千代田区生まれの女優。香蘭女学校を卒業後、小山内薫と土方与志（ひじかた・よし）が創始した「築地小劇場」に入団し、数々の劇に出演。小山内没後は劇場の内部分裂に伴い、土方を支持して、「新築地劇団」のメンバーとなる。

開始のゴングが鳴り響きます！

さて私の眼にふれた細川さんの一文であるが、いかにも筆者の人柄のよく出た率直で純情な意見であるし、さらにそれが小山内さんや築地小劇場への遙かなノスタルジアに裏打ちされているので、むしろ私はほほ笑ましい気持で読了したものの、なんと言っても主観の過剰は随筆というものに避け得られぬ属性であるし、そこから来る限界も、やはり否定することはできないのである。

手近なところで、細川さんは実例を二つ三つ挙げて、「失礼ながらやっぱり小山内先生のはよかったなあ」と思い、私の新訳を否定しておられるのだが、その第一はあの劇中歌についてである。小山内訳では、

夜でも昼でも牢屋は暗い
いつでも鬼めが、あ、――、あ

となっているところを、私が、「暗いよ牢屋」と句を転倒したこと、及び「鬼め」を「牢《ろう》守《もり》」と原義どおりに訳したことについて、「勿論、立派なお考えがあっての事と存じ」ながらも、細川さんは割り切れぬ不満を覚えておられる、この不満は私にはすこぶる意外であった。

ズバリ、細川の意見は「主観がすぎる！」といい切ることに始まり、さらには彼女が例に挙げた「小山内訳のほうがよかった」という不満がくすぶる箇所に対しては、その批判がいかに間違った指摘であるのか、理路整然と説明しながら「エイッ！　ヤッ！」と一刀両断にぶった斬ってゆくのです……。

あらためて言うまでもなく、「牢屋は暗い」のところの音譜は、へ字記号ト長調で、その高音部が、

ミーレファファファミレドソーー、、、

と、尻あがりになり且つ長く延びている。この高く長い「ソーー」に、「暗い」の「い」を当てることは、今や小学生でもちゃんと承知しているはずの、歌詞作製上のごく初歩的なタブーにほかならない。私はその禁を犯すことを避けたまでである。それがどうしていけないのか。〔…〕

また、「牢守」と単純に原作にあるものを、「鬼め」とアクドク言い換えれば、なぜ「いかにも登場人物にふさわしい云い方」になるのか、私には全然のみこめない。〔…〕小山内訳が「落ちぶれた奴」としているところを、私が「尾羽うち枯《か》らしたの」と訳したのも、大そう細川さんの癇《かん》にさわったらしいが、あれはすぐ前にあるブブノーフの台詞のイキに合わせたものであり、その辺は小山内さんの重訳では全然原作の味が消えているので、残念

ながら議論にならない。原文を冷静に読まれたら、少しは細川さんの癇も収まるかも知れない。

「批判するならするで、きちんとその根拠を示せ！」というか、なんならロシア語で書かれた「原作読んで、出直してこーい！」な感じで細川の批判に真正面から立ち向かい、自分は「どん底」を戯曲として成立させるため、音の響きを考慮した上で「音楽と言葉」との共鳴を目指して原文に照らし合わせつつ訳したのだと、逐一きちんと説いています。

すでにぐうの音も出ませんが、神西はこれで終わりません！

挙げられた実例は以上の三つであるが、もちろん細川さんとしては、紙面に余裕があれば、まだまだ二百でも三百でも、不満の個所を挙げられるに違いない。と同時に私も対抗上、若き日の和辻哲郎氏の手になるドイツ訳からの下訳にもとづき、さらに英訳や仏訳を参照して出来上がった云わば最大公約数的な小山内訳の蕪雑《ぶざつ》さや頼りなさの例を、千でも二千でも挙げることを辞さないだろう。

「二百でも三百でも」不満の箇所を挙げられたなら、「千でも二千でも」やり返す、とおっしゃられております。

……倍返しどころかーっ!!
安易に批判することなかれです。

ストイック過ぎる！　神西の素顔

「やさしい系文士」からどんどんかけ離れていく気がしなくもないですが、神西の性質のなかで最も知られているのは、ストイックなところです。

特に文章に対するストイックな姿勢には定評があり、次に例を挙げるのは主に神西が翻訳するときの仕事ぶりについてではありますが、いわずもがな詩にせよ小説にせよ評論にせよ翻訳にせよ、こと「文章」と対峙する際にはきっと同じ姿勢を保っていたであろうことは、『神西清全集』を読破した結果、「間違いない！」といい切れます。

また、神西の全集に書簡は未収録なのですが、彼の手紙が多く収められた『堀辰雄全集』（筑摩書房刊）の書簡・来簡集においての神西と辰雄の手紙のやり取りを紐解けば、ふたりが若い頃から真剣に文章と向きあっていたことは明らかです。

さて！　ではそれらを踏まえつつ、まずは一番身近であったところの神西家の長女でピアニスト・敦子《あつこ》の証言から紹介していきたいと思います☆

父の、言葉に対する凝《こ》り様《よう》は、並々ならぬものであった。残されているチェーホフの四大戯曲、『ヴーニャ伯父さん』『桜の園』『三人姉妹』『かもめ』の訳稿も、どれひとつ完全なものはない。朱を入れ、訂正を加え、何行かまとめて抹消する、など父の身を削るような作業が、そのまま紙面から伝わってくる。とりわけ、芝居の科白《せりふ》に関しては、それが語り言葉として生きているかどうかに腐心した。父が推敲を重ねながら訳を進めていた過程を如実に物語る興味深い本が、神奈川近代文学館の「神西清文庫」に収められている。

それは、昭和八年一月十五日発行の、春陽堂版世界名作文庫、アントン・チェーホフ作、神西清訳『犬を連れた奥さん　外九篇』である。〔…〕昭和八年といえば、父が翻訳を世に送り出した初期の頃に当たる。

「ヨヌイツチ」にごくわずかな訂正が見られるが、収められている他の小説には、全く手が入っていない。ところが、「犬を連れた奥さん」の頁を開くと、一面赤、全体が殆《ほとん》ど真赤《まっか》に見える程、細字の赤ペンで修正がなされている。朱のない行は一行あるかないか、その徹底ぶりに驚嘆させられる。余白に父の字で「昭和十一年二月加筆」、と赤ペンの書きこみがある。

——神西敦子「父と翻訳」『カシタンカ・ねむい他七篇』

この時期の神西は三十歳になった頃ということになりますが、もはやこれだけの謹厳さを発揮していいます！「手を抜く」、「妥協する」という言葉は、およそ彼の辞書のなかには見当たらないほど、原稿用紙は自ら書き込んだ修正によって、真っ赤っ赤！
捩《ねじ》り鉢巻きに赤ペンを差し込み、鬼気迫る姿で文章を見直す神西を勝手に想像してしまいそうですが、次は唯一の弟子・池田健太郎（文士ノオト14）の証言に移ります☆

神西清は針の先ほどの隙《すき》をも見逃さぬ厳しい蒼白な顔で原書を睨《にら》み、大らかな美しい書体で原稿紙に半行、時には四、五文字を書きつける。それから再び原書に目を移し、すでに書き埋めた原稿紙を一枚二枚とまくって今までの訳文を読み返し、しばらく虚空を睨んでから再び原稿紙にわずかな言葉を書きつける。〔…〕神西清の遅筆ゆえに編集者泣かせと言われた翻訳の作業は、こういう驚くべき緻密《ちみつ》な、半行書く為に一枚二枚前から訳文を読み返す丹念な反覆によってなされていたのである。

——池田健太郎「神西清の翻訳」『可愛い女・犬を連れた奥さん他一篇』

……ＳＵ・ＧＯ・Ｉ！しか、言葉がＮＡＩ！

ただし、原稿を提出するのは本当に遅かったようで、神西の担当編集をしていた河出書房の徳永朝子からは、当時、編集者たちの間では原稿とりの難物は「西の大山定一[6]、東の神西清」といわれていました。名訳とうたわれた両先生には、どんな小さな原稿でも、絶対にやっつけ仕事がなく、素晴らしい出来ばえですが、そのかわり辛酸をなめさせられるというわけでした。

――石内徹「聞書抄・神西清――徳永朝子氏聞書」『神西清文藝譜』

といった証言も。加えて意外や意外、原稿がまだできていないのにできたフリして編集者を困らせるという意外とお茶目（編集者にとっては、お茶目どころかー！）な一面があったことも判明です☆

なんて「神西はお茶目！」といったその舌の根も乾かぬうちに、またも衝撃のストイックエピソードを紹介したいと思います。「文章に対する姿勢」とは異なりますが、娘・敦子からこのような証言が得られました！

自分に厳しかった父は、他人にも当然それを要求し、特に家族に対しては情容赦《なさけようしゃ》もなかった。〔…〕父にとって最大の関心事は、いつでも、どこでも仕事であったから、我々姉妹は、いわゆる家庭の暖かさを味わうことなしに育った。家族揃っての写真はたった一枚で、私の七五三の時のもの。家族旅行に至っては唯の一度もない。外での食事は、私の大学入試発表の時、『紅花』に出かけたのが、後にも先にもこの一回だけという具合だった。

——神西敦子「神西清　遠い日々への回想」『父の肖像Ⅱ』

全くもって、家族で団欒《だんらん》とかしてへんやないかーい!!

仕事人間ここに極まれりな上に「情容赦もなかった」という言葉の強さがすごすぎますが、もういっちょ「ふむむ！」と唸ってしまった家族による証言は、神西の妻・百合が書いた随想にもありました。

それは、彼の食後の習慣で、新聞に読み飽きるとゴロリと横になり……

食後の休養とも見えるが、何かしら瞑想をしているようだ。そんなとき、「ちょっと紙と鉛筆を」というのである。ところがこの茶の間に鉛筆の短くなったものなど、いくらでもある筈なのに、抽出しの中にも、棚の上にも見当たらないことが時たまある。それなら紙の方を先にと思うが、これも紙たばからはそれぞれメモなどしてあるものばかりしか出てこ

★6　大山定一…一九〇四～七四年。香川県現仲多度郡生まれのドイツ文学者で翻訳家。京都帝国大学文学部独文科卒業後、同大学の講師などを経て一九五〇年に同大学文学部教授となる。リルケの「マルテの手記」を初めて日本語に翻訳。また、すでに多くの訳書があったゲーテの「ファウスト」を翻訳する等した。同年生まれの中国文学者・吉川幸次郎との共著に「翻訳とは」をめぐる往復書簡『洛中書問』がある。

ない。空気がピリピリと皮膚につたわる。〔…〕とにかく揃えるまでは気が気ではなかった。

——神西百合子★7「土手の彼岸花」『神西清全集　第四巻』附録

一日のうちで寛《くつろ》げるはずの食後の時間に、ピリピリとした緊張感がみなぎるこの茶の間の空気です！　こわいよー。とりあえず神西のピリピリが頂点に達する前に、紙と鉛筆、はよ出てこーい！と願わずにはいられません。

また百合は前出の文章のなかで神西について、

思考の中には、文学以外の何物も入りこむことをゆるさなかったようである。もとより雑談の中にも言葉づかいや、アクセントに気をくばらなければならなかったのである。

とも書いています。日常生活のなかでも気が抜けぬ……。しかし、そのような夫とともに暮らすことで、家族の文章レベルも自ずと上がるものなのでしょうか。紙と鉛筆が見つかった後の「何かを思いついた神西の様子」は、その姿が目に浮かぶほど巧みに描写されている！

やがて起き上《あが》ると、サラサラと鉛筆が走る。煙草に火をつけて、パイプを口にくわえながら、吸うでもない煙草の先には、白い灰がながながと今にも落ちそうである。じっと考え込んでいるうちに、灰はボソリと落ちる。それにもおかまいなしに何事か断片的にメモをつづけてゆく。〔…〕つと右にくわえていたパイプを、左へ押すようにむきかえると、鉛筆が走りはじめる。今度は左手でパイプの灰を落しながら、頭の中に去来する想念をのがさないようであった。

……みたいなー！　百合さん、なんともすごいでがす!!

名人の技は教えてもらうものではないのだな！と心底納得する妻の巧みな表現力への驚きもさることながら、この後に書いてある内容もまた強烈です。

というのも神西は一九五七年に五十二歳で舌癌《ぜつがん》により亡くなっているのですが、それ以前からひどい神経痛に長年悩まされており、どれくらいの期間の話なのかは妻・百合の随想を読んだだけでは不明ながら、なんせ「神経痛の注射を五百本もうった」そうです。

これまたヒェェ案件ですが、「やるならとことん、手加減なく！」が、すべてにおいての神西の流儀だったのやもしれません。

★7「神西百合子」…全集の付録においては、本名と思われる「百合」ではなく「百合子」と記載。

神西の「やさしさ」☆

翻訳者としての圧倒的な実績と力量、そして文章や家族へのストイックな姿勢……と、なんだか怖そうな神西の話ばかりしてまいりましたが、そんな彼の「批評」こそ、「半分はやさしさでできている！」といいたいくらいにやさしいという事実を、今から伝えます！

と、ようやく「やさしさ」の登場となりましたが、神西の批評は作家や作品が内包しているにもかかわらず、なんなら本人ですらうまく言語化や認識ができずにいるような、磨けば光る原石を掘り出すがごとき深みを持った、めちゃ素晴らしき批評なのでございます☆

たとえば、きっと「リスペクト・神西！」であったと思われる三島由紀夫（文士ノオト**15**）も、作家としてはまだまだひよっこだった頃に、文芸誌『人間』で神西にいち早く「仮面の告白」に対しての秀逸な批評をもらっています。

四つの章から成る「仮面の告白」は、前半と後半では前半のほうが面白いとされがちな作品なのですが、読者がそう感じてしまう理由を、好意的かつ「そうかも！」と思う眼差しで、神西が批評しています。引用の前に、神西が批評の冒頭でこの小説について「やはり力作だと思った」と述べていることも記しておきます。ちょっぴり長い引用となりますが、どうぞ☆

僕は決して誇張しているのではない。疑う人があるなら篤《とく》と実物について御覧なさるがいい。とにかく僕は今こそまことの「牡《おす》の文学」が出現したと思い、その唖然たる陶酔感のなかで、erection はもとよりのこと、危うく ejaculation をさえ起こすところだった。〔…〕ところで僕にとって不幸なことに、この幸福な発作がこの辺〔『仮面の告白』第三章〕から急速に収まったことを白状しなければならない。〔…〕率直にいうと僕はこの前半部と後半部との間に、一種名状すべからざる断層を感じないわけに行かなかった。

〔…〕さし当って一つ二つ臆測を述べておくだけにする。

前に僕は、これは力作だと思ったと書いた力作はむろん「力み」と無縁ではないし、力みはまた自然「歪み」につながる。いわば strain と stress の関係で、これは分りきった話である。こうした分りきった道筋をたどって、この力作を「美しい失敗作」とでも片づけておけば、一おう批評家のお役目は済むみたいなものだが、それをやる勇気が残念ながら僕にはない。かなりの初期から三島文学に親しんでいる僕としては、この作家のメチエの高さについての信念を今さら変えるわけには行かないからである。

そこで残る臆測は、その断層の感じがひょっとすると、仮面と告白との間に横《よこた》わる深淵そのものを、直接反映するものではあるまいかということになる。思ってみても目くるめくばかりの深淵である。

だがその淵《ふち》へ一度は身を躍らせることが、この作家の抱く小説理論の必然的帰結であり、いわば宿命でさえあったことは、実はかなり前から予見されないことではなかった。いま突如としてその宿命の時が、危機の形で到来したのである。
　さてこの作家はどこへ行くか。だが急ぐまい。仮面と告白の格闘は今ようやく始まったばかりであり、やがてそれが一そう高次のフィクションに結晶するまで、見えざる深淵の苦闘は当分つづくだろうからである。

——神西清「仮面と告白と」

「美しい失敗作」といって終わらせても批評家のお役目は済むところを、「力作」であるからこそ生まれた「力み」や「歪み」によって前半部と後半部の印象が異なると説明し、かつ「完全な告白のフィクション」（この言葉も批評文中にある）という逆説的なもの＝仮面と告白との間に横わる深淵そのものを、その前半と後半の間に生じている「断層」が表している可能性がある、と提示しています。結句「仮面と告白の格闘は今ようやく始まったばかり」なので急ぐまいといい、そして神西がこの批評で予言している通り、三島はその後「一そう高次のフィクションに結晶」した物語を発表していったのでございます!!
　これを一九四九年……三島由紀夫がまだ二十四歳ぐらいの新人作家であったときに書いているところがなんとも慧眼ですが、このことがあったから三島は神西を慕っていたのかしらん？とにもかくにも神西没後、最初に刊行された『灰色の眼の女[★8]　神西清作品集』（一九五七年、中央公論社刊）の帯文や解説は三島が担当しているのですが、端々に神西へのリスペクトが垣間見えるため、引用します！

氏は凝り性を以て鳴ってをり、およそ氏がノンシャランに書き流した文章などというものは、どんな断簡零墨《だんかんれいぼく》のうちにも、一行も見当らぬにちがいない。二三枚の解説文に十日間を要したなどという逸話は山ほどあり、編集者泣かせで有名であった。この異常な遅筆も、凝り性や美的潔癖のためばかりでなく、ひとつには氏の古今東西にわたる厖大《ぼうだい》な教養の消極的あらわれでもあったらしいことは、残された氏の蔵書の量の大きさ、質の高さ、範囲の広さから推し量られるところである。

——三島由紀夫による解説『灰色の眼の女　神西清作品集』

加えて、応仁の乱に材をとった同書収録の中篇小説「雪の宿り」★9への三島の賛辞は熱烈で、

★8　「灰色の眼の女」…J國商務館に勤める主人公の、主に商務館での日々を綴った小説。第二次世界大戦へと向かう時代に、ソ連通商部に勤めていた神西清自らの体験や考えが作品に投影されており、四年ほどかけて第一部から第三部を発表するも、未完。

★9　「雪の宿り」…史書『応仁記』や『応仁別記』などを資料とし、応仁の乱に材をとった歴史もの。僧形の連歌師・貞阿（ていあ）が松王丸と鶴姫との恋愛を物語る体裁の中篇小説。

「これは本集きっての傑作であるのみならず、氏の最高傑作ではないかと思われるもので、学匠的教養と時代精神との潑剌《はつらつ》たる結合である」といい、題材は中世であるのに、つい先ごろの戦争時代をも追体験するかのように連想が通《かよ》うのは「寓意が浅墓《あさはか》ではないから」と述べています。

そして「雪の宿り」の登場人物が語る「ひょっとするとこの世で一番長もちのするものが、あの男の乱行沙汰の中から生れ出るかもしれん」や「力は果して無智を必須の条件とするか、それが大いに疑問だ」の言葉に、「神西氏の畢生《ひっせい》のモティーフを暗示するいくつかの句の出て来ることに留意せられたい」とする三島による数々の提示は、そのまま現在において神西清の小説の価値をどこに見出すかの一つの指針になっている気配もあります。さらには「このごろ流行の似而非《えせ》時代小説作家などは、筆を投げうって、この作品を三拝九拝するがよろしい」とまで書いている。やはり、熱烈です！

ところで神西のやさしさは、三島のみに注がれていたわけではありません☆　他にも例を挙げるなら、「頭良すぎて、鼻持ちならーん！」というトンデモナイ定評のあった『四季』の同人・辻野久憲《つじのひきのり》★10への追悼の文章（辻野は二十八歳で夭折）は、作品に対する批評を交えながらも、辻野そのひとへの深いやさしさが感じられます。余計な棘《とげ》など一切なしに、死と、死によって失われた辻野の得難い天賦《てんぷ》の才とを悼む気持ちとが、ただただダイレクトに伝わってくる追悼文です。

――亡くなった辻野久憲は燃える熔岩のように美しい存在であった。その夭折の痛ましさに、私は未だに追憶の筆も執《と》れずにいるほどである。彼はあるとき、作品にあらわれる自然描写は、いや応なしにその作家の神に対する位置を露わにすると語ったことがある。これは怖ろしいほど鮮明な言葉である。〔…〕彼がこの言葉を口にしたのは、Hans Land の短篇『冬の王』について語りながらであった。あの不気味な作品の魅力を解する人は少なからずいる。だが彼ほどに熱っぽい傾倒をあの小説に示した人を、私は絶えて見たことがない。蒼白い頬をほんのり紅潮させて、口ごもり口ごもり印象を語りつづけた或る午後の彼の眼の光を私は忘れない。

――神西清「きれぎれの追憶」

萩原朔太郎らが辻野への追悼文で、賛辞のかたわら「傲岸不遜」や「根気はうすく、むら気であって」の言葉によって、どうしたって彼の欠点についてわずかなりとも触れずにはいられ

★10　辻野久憲…一九〇九～三七年。京都府舞鶴市生まれの翻訳家で評論家。また編集者。東京帝国大学仏蘭西文学科在学中に、伊藤整らとジェイムズ・ジョイスの『ユリシイズ』を翻訳。春山行夫らが創刊した文芸誌『詩・現実』に連載した。一九三二年に同大学を卒業後、第一書房に勤務。『セルパン』の編集長などを務めた。第二次『四季』同人。『四季』や『コギト』他に作品を発表。二十八歳で病没後『四季』は「辻野久憲追悼特集」を編んだ。萩原朔太郎に兄事。萩原の『人生讀本　春夏秋冬』の編纂は辻野。

なかったなかで、神西の言葉はげにやさしいよー！

もちろん、萩原らの追悼文は辻野が亡くなってすぐに発表された一方で神西のそれは没後十年以上を経てから発表されていることも関係するやもですが、それでもやはり、神西の批評で傷つくことはない！

と、「神西清ってこんなひと！」が気づけば「やさしい系文士」の「やさしさ」の説明に寄りつつありますが、ここでもうひと押し、神西の批評がいかにやさしさを内に宿したものであったかを伝えるべく、本人が対談のなかで「批評」とはどうあるべきかについて語った箇所を引用します☆

神西　そこで話は飛ぶけれど、こういう風潮になってくると、批評家の責任はますます大きいと思う。批評家は文学の育ての親ともいうべきものなんだが、そういう気概のある批評家は少《すくな》いのじゃないか。これがやはりたいへんな禍《わざわ》いになっていると思う。
三好　批評家は批評家自身の手柄を立てようと思うことに急で、文学を育てようという熱意、親切誠実さには欠けているんじゃないかな。
〔…〕
神西　批評にはそういうもの〔匿名の評者による、ときに辛辣な批評〕があっていいと同時に、ちょっと大げさな名前を持ち出せばソクラテスの「産婆術」みたいに、その作家なり詩人なりの才能をちゃんと正しく見て、それを伸ばし育ててゆく、いわば善意のおだて批評というものがあっていいと思う。むしろそれが大事じゃないか。悪口をいうだけが能じゃない。

――神西清、三好達治の対談「私の文学鑑定」『神西清全集　第二巻』附録

……ですって☆★☆　自分の文章とはとても厳しく向き合う神西が、こと他者への批評に対して目指すところは「才能をちゃんと正しく見て、それを伸ばし育ててゆく」ところであるのが、カッコイイ！

しかも神西はオープンな批評、いわゆる発表されることが前提である批評文だけではなくて、個人的なやり取りである手紙においてすら、マメに作品への感想を書き送っていた模様です。後輩にあたる福永武彦たちが、そのような神西の一面を振り返っています。

福永　文壇から神西さんみたいな人がいなくなったということは、僕なんか自分流に考えると損したと思うね。
遠藤　ほんとうにそうだな。
中村　非常に優秀なアドバイザーだからね。

遠藤　実にマメに手紙下さる方でしたね、書いたものを読んで下さって。
中村　だからあれだってエネルギーの使い過ぎですよ。
遠藤　今のこっちが同じことなんかできやせんですよ。
中村　われわれはできないですよ。しかしあれほど精細を極めた手紙を書くということは、結局なんにもならないですよ。
福永　いや、それは何かなっているんだよ。何かになると思ったから神西さんはやったんだよ。

——福永武彦・中村真一郎・遠藤周作の鼎談「文学的出発のころ」
『小説の愉しみ　福永武彦対談集』

「非常に優秀なアドバイザー」とまで評される神西の、やさしさの一端は伝わりましたでしょうか⁉　しかしながらに神西が親友・堀辰雄に見せた「やさしさ」には、三島や辻野やその他のひとたちへのやさしさが霞んでしまうほどのものがあるのですが、それについては後篇で述べていきたい所存です！

惜しんでばかりじゃいられない！

翻訳家としての神西は「今なお現役！」といっていいほどに評価が高い一方で、「神西は翻訳さえしていなければ、もっと自分の作品に力を入れて作家として名を残したはず」という声が一定数あるという事実も、無視することはできません。

これはいったいどういうことか、神西と同時代の文学者たちの意見を聞いてみることにいたします☆　まずは、唯一の弟子・池田健太郎の意見から！

> 神西清は、詩人、作家としては、生前はなばなしい成功に恵まれなかった。詩は詩人として多少つつましすぎる美徳の為に篋底《きょうてい》ふかく秘められ、小説は生涯こまやかな交友を結んだ堀辰雄の名声の蔭にかくれて異彩を放つことがなかった。同時代の識者の誰もが神西清の名を語り、神西を天性の詩人、作家、文学者と認めていたにもかかわらず、はなばなしい成功はついに神西清の手のうちになかった。
>
> ――池田健太郎「神西清の翻訳」
> 『可愛い女・犬を連れた奥さん他一篇』

現代における作家的立ち位置からいえば、神西清は翻訳者として以外はどちらかというと忘れられた存在なので、「同時代の識者の誰もが」「神西を天性の詩人、作家、文学者と認めていた」、と記されていることにまずびっくりですが、結論としては「詩人、作家としては、はなばなしい成功に恵まれなかった」そうです。

また、福永武彦は

福永　〔…〕神西さんに僕はちょっと悪口言ったことがあるんだよ。ツルゲーネフか何かを訳したころだ。あんまり翻訳が多いから、少し差し出がましいけれど、未完成の小説が多いのだし、そっちをやらなければいけないいんじゃないでしょうかと言ったんだよ。

——福永武彦・中村真一郎・遠藤周作の鼎談「文学的出発のころ」
『小説の愉しみ　福永武彦対談集』

と、前出の文学仲間との鼎談で述べています。

このあとには、「そうしたら、君は、子孫のために美田を買うということを知ってるか、と頭ごなしに言われたんだよ」と続くので、「そうやんなぁ、神西がこれだけたくさんの翻訳をしていてくれなんだら、翻訳文のレベルってなかなか上がらなかったかもしれないよねー。ほんと、後世のひとのために美田を買ってくれてありがとう！」と思ったのですが、それはわたしの認識違いだったようで、当時神西の子供が病気になって切実にお金が必要という背景があったため、言葉通りの意味で子孫に美田を買うために翻訳をしていたことが、続く福永たちの会話から明らかに！

福永　〔…〕結局今お金になっているのは翻訳でしょう。神西さんの全集は大変いいんですが、あんまり売れないんですね。それで、神西さんはどんどん忘れられていくでしょう。神西さんは文壇的なつもりでいて、そして結局文壇的でなかったということだな。〔…〕

福永　それはもう一つ言えば、神西さんの仕事というのは大変緻密でしょう。一冊の本の書評を頼まれて、それが一週間かかるわけですね。大変良心的にいい仕事のように見えるけれども、結果は神西さんの力を持ってする必要がないようなものですよ。そういうことによって自分の良心を慰めながら、あとは余った時間翻訳しているわけですね。翻訳はうまいから、やればできるにきまっているけれども、しかしやっぱり僕は未完成の小説にもう少し打ち込んだほうが良かったと思う。〔…〕

中村　万葉小説なんか、断篇が三つぐらいあって、それがものすごくいいんだね。断篇といっても百枚ぐらいのがあるんだ。

福永　万葉集に関するものは雑文でもいいしね。
中村　見識はあるしね。しかし神西さんは百五十歳ぐらいまで生きなければ、彼のやろうと思ったことは絶対にできないわけだよ。

と、褒めているんだか貶《けな》しているんだかよくわからない感じで神西について話しています。「神西さんはどんどん忘れられていく」は実際そうなので、核心を突かれてドッキーン！ですが、「書評にそんな力入れてる場合とちゃうやん」的な意見にはカッチーン！です。

そんなわけあるかーい!!

もちろん彼らの言葉の数々も、むしろ「神西さんはもっと自分の仕事に時間を割けばよかったのに」という、神西を慮《おもんぱか》る気持ちから出てきた言葉であるのは重々承知ながらも、それでもちょっと物申したくなってしまいます。
けれども彼らの神西に対するこういった批評は、神西清の凄みを感じ、身近に接していた同時代の文学者たちには共通していたようです。この鼎談では存在感薄めな遠藤周作も、福永や中村の「神西清評」に大きな異を唱えてはおりません。
ところでさらに細かく神西清について批評し、神西の成し遂げたことと成し得なかったこと

とを明文化したのは、中村真一郎でした☆

神西清は昭和時代の最も純粋な作家であった。そして同時に最も活動範囲の広い文学者であった。

しかし、氏は残念なことに中道に倒れ、その純粋な仕事は全貌を見せずに終り、同時に氏の広範な活動の影響も次第に見失われようとしている。〔…〕

第六に、そしてそれこそ氏の本領というべきは、そして世間はその仕事を余りにも正当に評価することを怠ったが、氏のなかにおける小説家であった。

〔…〕氏はしばしば自分の可能性の大きな領域を夢見、夢の壮大さと自分の獲得している技術の限られた範囲との距離が大きすぎ、従って初期の試みも、氏のなかでは『厚母家の人びと』という大長篇になる筈が、その部分図である『母たち』というような幾つかのエスキースだけしか実際は仕上らなかった。

この作家的な夢と、現実の実現能力とのギャップは、氏の一生の仕事について回るだろう。そして、氏のなかにひしめいている多くの可能性は、そのひとつの実現の過程で、もう、それと全く関係のない別のものが実現をうながす。従って、氏の歩いたあとには、幾つもの着手したばかりの計画や半製品が残されるということになった。

〔…〕堀氏は神西氏ほど多くの可能性を内含していなかった。その代り、自分の可能性は常に丁度、実現の能力とつり合っていた。つまり堀辰雄は、できることしかしようとしなかった。だから、氏の仕事は常に見事に完成した。作家として、どちらが幸福であったかは判らないが、結果的には神西氏は、仕事の上で、気が散っているように見えなくもなかった。

——中村真一郎「三人の特異な作家」『近代文学への疑問』

福永や中村の言を要約すれば、「書きかけの小説にいい感じのものが多かったんだから、最後まで書ききればよかったのに」です。そして、書けなかった理由には「翻訳や書評に時間を割きすぎた」といい、「美田を買った後に自分の創作をする予定だったのに、その前に亡くなってしまった」といい、そして「気が散漫」だったという。

しかぁーし！

わたしは今ここで、神西がもしかしたらその生涯において書き上げたかもしれない小説についてではなくて、神西が生きている間に生み出した文章——完成した小説も、未完の小説も、翻訳文も、批評文も、はたまた手紙の文章だって、なんせ彼のあらゆる文章——と、それらの文章に対峙した際の、真摯な姿勢についてこそを論じたい！

だって本来いいたいことは、池田も福永も中村も遠藤も、そしてわたしだって全員同じなはず！「このひとはすごいんだからぁあ！」ということなのです☆★☆

ただ、「神西はすごい！」に含まれる「まだまだこんなもんじゃない！」の気持ちが強くなりすぎると、すでにある彼が書き残した文章や作品を紐解くときに、その良さを純粋に味わう妨げとなってしまうこともあるっぽくなっているのが、本末転倒だし非常に切ないでがす。しょんぼりでがす！

外国語にも日本の古典にも精通するという共通点から森鷗外《もりおうがい》と★11比較されることもある神西ですが、しかし、神西は神西だからこそ素敵なのだ!!といいたーい！

生み出されたかもしれない幻の名作を惜しむより、我々が今読める神西の文学に対してできることは、まだまだたくさんあるのです！

惜しまれる時代はもはや過ぎさり、すでに神西再発見の時代が到来しつつある！　実際、再発見を予見した中村真一郎は、前出の神西論を次の言葉で締めくくります。

★11　森鷗外…一八六二〜一九二二年。現島根県鹿足郡生まれの小説家で翻訳家。また軍医。幼少期から四書五経を学ぶ。一八八一年、東京医学校を卒業し、同年中に陸軍の軍医となる。一八八四年からドイツに留学。医学を学ぶとともに、童話の翻訳等を手がける。一八八八年に帰国。翌年、読売新聞で連載を開始。本格的に文筆活動を始める。一九〇九年に『スバル』が創刊され、同誌に「ヰタ・セクスアリス」等を発表。代表作に「舞姫」、「雁」、「渋江抽斎」、「即興詩人」（翻訳）他多数。論争においては好戦的で、内田魯庵曰く「鷗外にだけは気をつけよ」。

こうした活動範囲の異常に広かった神西清は、同時にその質の高さによって、昭和時代を代表する作家である。氏の残した未完の仕事の堆積は、やがてそこから幾多の可能性を発展させる世代の登場と共に、改めて文学者神西清の存在の貴重さを、認めさせる時代が来ることと思う。

良きにしろ悪しきにしろ、わたしたちはリアルタイムの神西を知りません。しかし知らないわたしたちだからこそ、自由に、それぞれが好きなように、神西そのひとの文学を味わうことができるのだと思うのです!!

そこで、神西に興味の出たひとがすべき第一は、知れば「文士!」といいたくなるような、すでにして一部ではその価値を十分に認められている神西の評論や翻訳文を読んでみることだと思います。

神西が生きた「明治・大正・昭和」よりもずっと長い時間(すくなくとも万葉集の時代から神西が生きた時代まで)のなかで変容した「日本語」を駆使し、評論であっても翻訳であっても、その本質を顕《あらわ》すべく、彼の美意識のもとで選び取られ組み立てられた言葉と文章とに自ら触れること——これがまず第一です。次にはやはり、厳しくもやさしい神西の性質や、彼個人の記憶、または日本の古典やら外国の事物などに関する膨大な知識……といった事ごとがそれぞれに反映された、「神西清の創作物」を紐解くことをススメたい!

というわけで後篇では、神西清の創作物をがっつり読みたく思います！
それでは後篇、いってみよーっ☆★☆

第6章

やさしい系文士

神西清の小説を読む☆

避けては通れぬ堀辰雄

いよいよのいよで、「やさしい系文士・神西清の創作物の魅力」にアプローチしていきたく思います☆

が、作品論の前にあとひとつ、神西を語る上で、避けては通れぬ話をさせていただきたーい！　それは、神西の「親友」……いっそのこと「心友」といってしまいたい堀辰雄と、神西についての話でございます☆★☆

わたしが翻訳者としての神西を知ったきっかけはツルゲーネフの『はつ恋』でしたが、神西そのひとへの興味が湧いたきっかけとなると、それは「堀辰雄」を経由してのことでした。

というのも辰雄に興味が出たならば、わりと早い段階で「神西清」の名前も自然と目に入ってくるからで、たとえば辰雄の全集の書簡部では、彼の師匠であった室生犀星や芥川龍之介が登場するよりも先に、神西に宛てた辰雄の手紙が出てきます。

それもそのはず、年齢や学年こそ神西が一つ年上でしたが、ふたりは同じ旧制第一高等学校に通い、ともに寮生活までした十代半ばからの友人同士！　どちらも理系だったところに、まずは神西が、次いで辰雄が神西にススめられて萩原朔太郎の第二詩集『青猫』にハマりにハマって、最終的には揃って理系から文系へと鞍替《くらが》えすることになりました。

そんな辰雄との仲良し具合を知って「ほほぅ！」と神西が気になり出したのと同じ頃に、『百年文庫26　窓』（ポプラ社刊）に収録された神西二十五歳頃の小説「恢復期《かいふくき》」をたまたま読んだのです。するとこの小説がまた大変にワタクシ好みの小説であったために、神西がさらに気になり出して、他の作品も読んでみたい気持ちがいや増しました。

しかぁーし！　神西の作品、プリーズ！と思っても、翻訳作品以外は残念なことに絶版ばかりで入手も困難、古書価も高め。一番手っ取り早そうな方法が、まさかの「全集読み」という……。

なかなかにハードル高めやで！とながらく躊躇《ちゅうちょ》していたものの、ある日あるとき、ゲットしたい気持ちがこらえきれなくなって、全六巻揃《ぞろい》の全集（翻訳作品の収録はなし）を「エイヤッ！」とばかりに購《あがな》ったのですが、買って本当によかった！

神西が十代の頃には大変に美しい詩を書いていたことや、物した数多くはない小説において、案外と頻繁に「女性視点」で話を書いていたこと、またここまで散々述べてきたような「厳しい」人となりが伝わる作品もあれば、逆に「やさしさ」を感じさせる作品も、厳しさとやさしさを併せ持つ作品だって書いていたことなど、など、などが、存分に堪能できました！　全集って、最高です☆

そんなこんなで神西の著作を読むにつけ、こんなに言葉への造詣が深く、また言葉に対して真摯なひとがいたなんて！と尊敬の念が高まる一方で、こんなにすごいのに正直なところ今では全然といっていいほど、翻訳以外の作品が読まれていないひともいないのでは?という事実に、それはもったいなさすぎやん!!と愕然としてしまいました。

神西は、翻訳者であるばかりではなく作家でもあったひとなのです。とにもかくにも神西の書いたさまざまな文章が、もうすこし読まれる世の中になってほしーい!

と、イキリ立ったことがまさに「やさしい系文士・神西清」について書きたくなった動機なのですが、神西の創作物を深く味わうために、辰雄との関係性や、そこからわかる神西の性質なんかをあらかじめ知っておくことはぜんぜん悪いことではないとわたしは考えているので、そういった事ごとがよくわかる箇所を、『神西清全集』から引用していきたいと思います☆

辰雄と神西との関係☆

まずはこちらの随筆からご覧いただきたく!

その頃のことを、彼〔堀辰雄〕の選集の一冊に附《つ》けた解説で、僕は次のように書いたことがある。

——未来の数学者を夢みて、一高の理科(ドイツ語)に入学すると早々、十七歳の少年堀は或る悪友の手びきで、はじめて萩原朔太郎の詩の味をおぼえた。間もなく出たこの詩人の第二詩集『青猫』は、たちまち彼の座右の書になった。室生さんと知り合ったのもその頃のことである。〔…〕散歩とか快適とかいう字は、実によく若い日の彼の生活を現わしている。彼は自分の快活さを何かしら憂鬱《ゆううつ》がっているような、飽くことを知らぬ散歩者だった。……

この文中にある悪友というのは、じつは僕のことなのだが、三十三年といえば決して短くない交友期間を通じて、僕が彼にしてやれた唯一の善事は、おそらく彼を朔太郎の詩に近づけたことぐらいなものだったろう。

——神西清「静かな強さ」

もしも辰雄と神西との生前の付き合いのあれこれを知ったひとがこの文章を読んだなら、きっと誰もが神西について「限りなくやさしい！」と評するような彼の性質が、この文章には如実にあらわれているのです。

というのも、ときに自分の仕事や家庭すらも擲《なげう》って、生前には辰雄の暮らしのために、没後には辰雄の文学（というか文学も含めた辰雄の生きた証しを残す！レベルの話）のために、神西は東奔西走しています。その奔走具合は半端なく、辰雄の弟子的な立ち位置にあった福永武彦は「神西さんの場合には、あんなに堀さんのために損した人はいないような気がするんですけれどもね」といっているほどべらぼうに親切です。
第三者から見れば、自分の時間を削りまくって辰雄によかれとあれやこれやしてあげたことだらけなのにもかかわらず、神西の主観では「僕が彼にしてやれた唯一の善事は、おそらく彼を朔太郎の詩に近づけたことぐらい」といった塩梅です。

神西さん！　あんはん、ええひとやーっ!!

そんなわけで、神西が辰雄のために「息を吸うように当たり前」にしたことの、ほんの一部を挙げてみます。

・大部分を神西が訳したといって過言ではない「田園交響楽」（『アンドレ・ジイド全集第三巻』所収、建設社刊）を、長らく辰雄と共訳のかたちにした（辰雄にも印税が入るように）。
・辰雄と、その周辺の文学者たちの夢と希望と「こういう雑誌がつくりたい！」がつまった同人誌『四季』への精力的な助力。特に、戦後の第三次『四季』では実質上の編集を担当（余談ですが、遠藤周作の原稿が初めて採用されたのはこの神西時代の『四季』）。
・辰雄が病気で困窮すれば、何くれとなく世話をする！　まさに東奔西走で、辰雄が書いた作品がすこしでもお金になるよう細々《こまごま》とした版元とのやりとりを代わりにおこなう、作品が映画化するとなるとこれまた細々とした雑務を引き受ける、など。
・辰雄が読みたがっていた本は、見つけ次第で即送る！

……みたいなー！

『堀辰雄全集』に収録された書簡を見ても、辰雄が心置きなく神西に甘えているぜー。そして神西は文句ひとつついわずに、辰雄の力になっている！

それに、「神西には何いったって許される！」的な精神が辰雄には根付いていたのでしょうか？　若かりし頃から

僕自身が君に手紙を書かないのは少しも気にならぬが、君が僕に手紙を呉《く》れぬとどうも気になる。

――堀辰雄から神西清宛、一九二八年（昭和三）年十二月二十三日

二月号に書かなかったら寄稿家から除名するぞ　〆切は来月五日だ　だが来月は旅行がしたいから今月中に書いてしまえ
――堀辰雄から神西清宛、一九二九（昭和四）年十二月二日

と、なんともジャイアン的な態度で神西に接しているではないかーい！　が、もちろんこのようなやり取りでふたりの友情にひびなんて入るわけもなく、その後もずっと仲良しでした☆　なんせ病弱で自分から遊びに行けない辰雄は、「遊びに来なYO！」とちょいちょい神西を誘っています。ただし、辰雄の晩年近くになると

まあそのうちゆっくり会って、話したい、手紙では面倒くさい、

——堀辰雄から神西清宛、一九四七（昭和二十二）年三月十二日

といった感じで誘いかたがどうにも雑《ざつ》くなっている！　もちろんこれも親しさゆえで、神西に対するほどではなくとも詩人の立原道造にも辰雄はまあまあオラオラな態度を見せています。あれですね、オラオラは辰雄にとっての一種の仲良しバロメーター☆

ちなみに私生活だけではなくて仕事においても、神西には「あれやっといて、これやっといて」的なお願いごとの手紙を辰雄はたくさん送っています。

「四季」[★1]は廃刊とせずに最終号あたりで一時休刊というかたちにしておいて貰いたい　「四季」は僕一人の雑誌ではないから他の同人が再刊するときのことも考えなくてはいけない　その時迄僕が「四季」の名義を預かっておく形にしたい　そして他の書店から再刊の折り

にも角川書店としては心よく無条件で再刊させてほしい　そのことはかたく角川君に約束しておいてもらいたい

——同前、一九四七（昭和二十二）年二月十日

文學界にのせた写真もしもういらなくなったらこっちへすぐ返送するようにたのんでおいてくれ、

——同前、一九四九（昭和二十四）年十月十五日

といった塩梅です。特に最初の手紙には、やり遂げるならば地味に面倒くさそうなお願いが、さらさらと簡潔に、しかし盛りだくさんに羅列されているではないかーい！　それでも辰雄が頼んだならば、神西は決して無下にはせずに、きちんとそのために動くのです。

★1　『四季』…一九三三年に堀辰雄のひとり編集で作られた第一次（二冊で終刊）を皮切りに、辰雄・三好達治・丸山薫の編集で刊行された第二次（八十一冊で終刊）、辰雄と神西清の編集で角川書店から刊行された第三次（五冊で終刊）までと、辰雄没後にそれぞれ丸山薫と田中克己を中心に刊行された第四次・第五次の、都合五次出た詩を中心とした文芸雑誌。フランスの文芸雑誌『コメルス』のような雑誌を目指した第一次『四季』刊行時には、神西も編集を手伝った。立原道造や津村信夫などの「四季派」と呼ばれる詩人が最も活躍したのは第二次の『四季』。

神西が辰雄のために動いた最も有名なエピソードを次に挙げます。辰雄の死後、彼の初めての全集が刊行されるときの話です。

角川書店の初代社長で折口信夫の教え子でもあった国文学者の角川源義《げんよし》は、そもそもが「リスペクト辰雄!」なために、角川書店創設時には逐一辰雄に相談して意見を聞いては仕事にあたっておりました。そのような関係もあって、「堀辰雄の最初の全集は角川書店から出版する」という決め事が、いわば「内定」していたのです。

……が! 今でこそ押しも押されもせぬKADOKAWAですが、辰雄が亡くなった当時の角川書店となると、設立からまだ八年ほどしか経たない新興の出版社。遺族が印税できちんと暮らしていけるように、できれば老舗の出版社から全集を出してあげたい!という友人らの慮りもあって、ほぼ確定していた「角川書店から刊行」を覆すために、身も心も粉にして働いたひとこそ神西でした。角川の師匠であり辰雄を可愛がってもいた折口信夫のところへ直談判にも行っています。

そのとき神西が、そして折口も、皆が皆それぞれにつらいなかで、辰雄と遺族のためにどのような行動をとったかが、折口の弟子・岡野弘彦の随想からよくわかります。

堀さんの葬儀の後、半月ほどたった頃、神西さんがひょっこりと〔折口信夫の住む東京・品川区の〕出石《いずるいし》の家を訪ねてこられた。〔…〕

〔折口談〕「そう、神西君はほんとに言いにくいことを言いに来たんだよ。堀君の全集を、角川書店から出そうという計画が進んでいたのだが、堀君が亡くなってのち友人たちが相談して、新潮社から出させようということに話が変わったのだ。それで、角川が全集をあきらめるように、僕に説得してくれと言いに来たんだよ。教え子の角川のところから堀君の全集の出ることを僕がどんなに嬉しく思っているか、もちろん十分知っての上でだよ。〔…〕角川には可哀想だが、ここは歯を食いしばって、より大きくなるための忍耐をさせるよりしようがない。堀君のためには、角川も随分一生懸命になっていたんだから、容易には聞き入れないだろう。それにしても、神西君は良くも思いきって、僕に言いに来たものだ。堀のためならと思いきって来たのだろうが、堀君はうらやましいほど、いい友人を持っているね。」

と話された。

――岡野弘彦『晩年の折口信夫』

最終的に辰雄の全集は新潮社から刊行されたのですが、このことが原因で、神西と角川との間に前々から入っていた「亀裂」（辰雄と神西の書簡から、神西が角川に対して不信感を抱いていたことがうかがわれる）は、もはや「確執」となり、当時、世間の耳目《じもく》を相当集めたそうです。それでも神西は行動したのです。辰雄はすでに亡くなっているにもかかわらず……泣けるーっ!!

これだけのことをしているのに、本人的には「僕が彼にしてやれた唯一の善事は、おそらく彼を朔太郎の詩に近づけたことぐらい」って、神西はやっぱり、はちゃめちゃにやさしいやないかーい!!

と、すこぶるやさしい神西ですが、十代の頃には、いうてまだ若造だったためか、辰雄ともちょいちょいとやりあっており、萩原朔太郎の詩をめぐっては、こんなやりとりもありました☆

ことの起りは、僕〔神西〕が中学時代から朔太郎の『月に吠える』に惚れこんでいて、そのビザールとも病的とも言える欲情主義を、数学志望のこの美少年の前で吹聴したのに始まる。堀辰雄は最初すこし抵抗しているらしい様子だったが、やがて朔太郎の第二詩集『青猫』が出るに及んで、たちまちこの放浪詩人の俘《とりこ》になった。思うに『月に吠える』の主張をなしているあの陰気なエロティシズムは、堀辰雄の世界のものでなかったに相違ない。ところが僕は、いささかどころか大いに不満であった。『青猫』の朔太郎は、欲情の音楽から一種典雅な抒情主義へ、ひらりと転身しているように僕には思えた。〔…〕

僕は朔太郎のこうした新しい調子に丸めこまれた堀辰雄に、何か我慢のならぬスノビズムを感じとって、それから暫くは彼の前で小っぴどく朔太郎をやっつけるようになった。

——神西清「静かな強さ」

自分で読めとススメたのに、好きなところがガッツリ同じじゃないとダメだなんて、どういうことーっ!?　あるいはあまりにも心酔している辰雄を前に、萩原朔太郎への嫉妬心が芽生えてしまったのでしょうか。ススメた張本人が萩原をやっつけているではないかーい！
ちなみに神西の娘・敦子も父の「やきもち」について書いています。

「ドーン」と書斎のドアが開く音で、それまで一緒におしゃべりをしていた母、私、妹はパッと離ればなれに散る。三人が一緒にいると、父がやきもちを焼くのである。

——神西敦子「神西清　遠い日々への回想」『父の肖像Ⅱ』

こうなると身勝手というよりも、一周回って「かわいいがすぎる！」といいたい気持ちでいっぱいです（しかし当たられている当事者たちは、たまったものではないとも思う！）が、もしも神西があまりにも善いトコロしかないひとであったなら、神々しすぎて親近感を抱きづらいので、彼がまあまあ大人げないひとで、かえってよかった！
立ち戻り、萩原朔太郎の詩に関するやり取りについては神西曰く、「思えばこれが、彼が僕とした最初の喧嘩であった」らしいのですが、おそらくこの喧嘩前後に、文学とは関係ない次のようなことでも、うっすらとモメていた模様☆

ただし白状すると、僕自身の手で焼き捨てた手紙が一通ある。ごく初期のもので、その内容が僕の癇《かん》にさわったのであった。一高時代の堀君は写真にものこっているように、愛くるしい非常な美少年で、寮生活ではずいぶんとお稚児さんあつかいにされて騒がれたものであった。そして彼がうるさい寮生活をやめて通学しだしてから、僕が萩原朔太郎熱をふきこんだりなど、あまりしばしば彼の自宅を訪れるので、彼は僕の文学的友情！を、当時寄宿寮ではやっていた衆道的色情のあらわれと誤認し、かなりきびしい拒絶的文面を僕にたたきつけたという次第であった。もちろんその種の道を解さぬ僕は憤然としてその手紙を火鉢でもやしたのである。これがおそらく最初のけんかであった。ただしこのエピソードは、堀君に斯道《しどう》の性癖があったことをものがたるものでは決してない。ぜんぜん逆であることは改めて言うまでもない。

——神西清「年少のころ」

ここにも「最初のけんか」と書いてあり、また萩原朔太郎の詩が云々と出てくるので、きっと同じ頃にちょいちょいしょうもなめの喧嘩をしていたのだろうなー。

ところでここでもまた辰雄がお稚児さん扱いされています！　時期的には龍之介の章で書いたお稚児さん事件よりもすこし前のことかと思われますが、少年時代の辰雄ってよほど美少年だったのですね☆　ただし、彼が世間でいうお稚児さんっぽい見た目ながらに決してそうではく、むしろチャキチャキの江戸っ子的な気質を持っていたことは辰雄の章でも述べましたが、この文章からも十分にうかがえます。

さて、話を本筋に戻します！　ときに喧嘩っぽいことにもなっていたふたりですが、ほぼ同じ頃に文学への道を歩み出し、生涯その道に生きた神西と辰雄のそれぞれの文学に親しむために、相当重要ではないかと見受けられる箇所を以下に抜粋します☆

堀だけが正しく使うことのできる「不器用な」という言葉

——神西清「瑪瑙《めのう》を切る——『ルウベンスの偽画』に寄せて」

彼〔堀辰雄〕のいう私小説なるものは、畢竟《ひっきょう》己《おの》れの生命の姿を見守るために生まれた独特の形式なので、日本で言われる私小説の通念からははみ出ているものである。

——神西清『風立ちぬ』

以上二つの引用は辰雄の文学を読む上でとても大切なポイントなのですが、神西が辰雄をこのように評することができるのも、それぞれが「文学」に向き合ったときに、妻や弟子ですら立ち入れないほどの深い絆が彼らの間に存在したからです。お互い以上にお互いの文学を理解したひとはいなかったといっても過言ではありません。
そして、それぞれの文学への道しるべとして最も重要だと思われるのが、堀辰雄がベケットやクルチウスのプルースト論からインスパイアされて執筆したエッセイを受けた、神西による次の文章です。

君をフローラ型〔植物型〕とするなら、僕などはさしづめ動物型《フォーナ》でもあろうか。〔…〕手みじかに言ってしまえば、僕はフォーナ界にあって生命の静態を愛し、君はフローラ界に棲《す》んで却《かえ》って生命の動態にひかれただけのことではなかったか。そうした禀質《ひんしつ》上の差異が、別々の秩序の棲み手どうしを逆に近づけていたのではなかったか。フローラ界といいフォーナ界といい、その中間的などっちつかずの部分を紐帯《ちゅうたい》として接続した全一な生命界の二つの領域を指す名にほかなるまいが、少くも僕はそのフォーナ界のうち稍々《やや》フローラ界に近い場所に棲むものとして、異質の者たる君のうちに或る同質を錯覚していたのではなかったか。〔…〕話がここまで来ると、いきおい、ではフローラ界における君の位置如何という問いが、意識に一応はのぼらざるを得ない。そしてどうやらこれが、堀辰雄論をもするのだったらその論の核心となるべき問題であるらしいのだが、〔…〕

——神西清「堀辰雄への手紙——摂取と純粋」

……めちゃくちゃ大事やないかーい!!

「神西と辰雄」＝「植物に惹かれる動物《フォーナ》と動物に惹かれる植物《フローラ》」という見立ては、神西と辰雄それぞれの文学を読めば読むほど納得がいく上に、各々の小説や論述、あるいは翻訳が展開されるに際し、どのような言葉が取捨選択されたか、またそれはなぜなのか、といった事柄を理解したいとき、その道筋ともなるのです。

またも繰り返してしまいますが、こういったふたりのあれやこれやの関係性をあらかじめ知っておくことは、彼らの文学にアプローチするにあたって決して悪いことではないといいたーい!!

そして、そのことを踏まえて、いよいよのいよいよで、ついにです!

この章の最後を飾る「神西清の作品論」にいってみたいと思います☆★☆

女性の心情を描く名人

神西は、ツルゲーネフを評してこのような論述をしています。

ポール・ブールジェという作家は、ツルゲーネフを論じた一文のなかで、「想像的な作家にあっては、その女性像の創造のうちにこそ、必要な試料を入手することができる」と述べています。これはまことに至言であり、特にツルゲーネフの場合、ぴったり当てはまる言葉であります。

——神西清「ツルゲーネフの女性たち」

「想像的な作家にあっては、その女性像の創造のうちにこそ、必要な試料を入手することができる」というブールジェのツルゲーネフ評に同調する神西ですが、その言葉は神西清について評する場合にも、同じくぴったり当てはまるのではないかしらん！

というのも、わたしが神西の小説において「面白ーい！」と思っているところは、前章でもちらりと述べましたが、女性が主人公の物語や、女性の心情を描いた物語が案外多い点なのです☆

「ひとり舞台」[★2]、「見守る女」[★3]、「失はれたもの」[★4]、「卯女子《うめこ》の日記」[★5]と、枚挙にいとまがないほどに女性視点の話があるし、また、厳密には女性視点ではない話、たとえば「長篇小説（坂上《さかのうえの》郎女《いらつめ》）一部」と付された「母の秋」においても女性の心の機微を容易に想像できる記述がたくさん見受けられるのです。

神西の女性的な眼差しが伝わる一例として、先ほど挙げた作品のなかから「見守る女」の語

り手・時子の言葉を引いてみることにします。時子が菅原孝標女《すがわらのたかすえのむすめ》の『更級日記』に出てくる歌について

これを詠んだのは慥《たし》か作者が十五になるかならぬ小娘の時代だつたことを思ふと、つくづくその不幸な生れつきがいたはしく思はれる、夢を追わずには居られぬ者はもとより不幸には違ひないが、さういふ素質を負ひながら而《しか》も早く夢を見失はなければならぬ運命は尚更、

と述べれば、会話の相手である健吾は

★2　「ひとり舞台」…ある女性のひとり語りのかたちをとった短篇小説。小説「垂水」と設定を同じくするが、時や視点が異なる。

★3　「見守る女」…大人になりゆく娘の成長を、『更級日記』に触発されて綴ることにした、母の目線で物語がすすむ日記体小説。神西清曰く「昭和八年の晩秋の一夜ひと息に書いたもの」であり「系譜的には『垂水』の風景の延長上にある」短篇小説。

★4　「失はれたもの」…罪を犯した女性が、自身と母とに起こった出来事や心情を手紙に綴る体裁をとった書簡体小説。

★5　「卯女子の日記」…「恢復期」同様に卯女子の日記の体裁をとった短篇小説。「恢復期」は一九三〇年二月に『文藝』に掲載され、「卯女子の日記」は同年六月『詩と詩論』の第八冊に掲載された。「恢復期」を縮めた作品。

さういふ才智から來る戯《たわむ》れが、感動の的を射ることもよくあることです。勿論ごまかされて甘えてゐるのもいいが、智の遊びが有機的な感情にまで變化《へんか》してゆく道ゆきを、自分の氣《き》持《もち》の中に探るのも隨分と面白いことではありませんか

と応えます。彼の言葉に時子は、

それはあらゆる美しい心の動きは、歌の鑑賞にしろ戀の思ひにしろ、皆あの方の仰しやるやうなからくり（さうさう、感情移入とか仰しやつてらした）に操られてゐるのには相違ないけれど、そのからくりを無慙《むざん》に裸にして見たところで、そこからあらためてまた美しい果《み》が生めるものだらうか知《し》ら。

とすこし腹を立てながら心中思うのですが、なんせ「（さうさう、感情移入とか仰しやつてらした）」のかっこの使いかたやら、「さうさう」や「とか」といった言葉に、とっても女性を感じるぞ！

ところでこの場面には、神西的「女性の物の見かた」と「男性の物の見かた」とが書かれているところも見逃せません。時代背景もありましょうが、男性は理論的、女性は感覚的、といった考えかたに近いのですが、ここで最も大切なのは「主人公かつ語り手は、男性である健吾

ではなく、女性である時子」というところです。なぜそれが大切なのかといえば、仮に前述のブールジェのツルゲーネフ論を神西にも当てはめた場合、時子の言葉は神西の考えの一端を示すことと同義になるからです！

であるからしてイコール神西な時子の考えを要約すれば「感動に理論は必要ない」。この考えかたは、いろいろな神西作品を読むにあたって押さえておきたいポイントです☆

批判文や批評文を書く場合ならばいざ知らず、こと感動という「あらゆる美しい心の動き」が起点となって物語を紡ぐとき、いちいち全部、理論的に説明できずともよいのです！

このことをしっかりと踏まえて、それでは次に、なにかしらに対する「感動」や「美しい心の動き」が根本にあるように感じられる神西の小説のなかから、「女性の心情を描いた小説」の最たるもののひとつ！といいたい「恢復期」を読んでいきたく思います☆　わたしが「神西の作品をもっと読みたい！」となったきっかけの小説でもあるのですが、一般的にはこれが神西の処女作といわれております☆★☆

「恢復期」を読む

「フローラに惹かれるフォーナである神西」ということも踏まえ、一九二九〜三〇（昭和四〜

五）年頃に執筆された「恢復期」の、まずはあらすじからどうぞ！

「恢復期」あらすじ前半

十八歳の卯女子《うめこ》は、半年ほど前から熱病に罹っている。突然の母の死。それ以来下がらぬ熱が、記憶や色彩感覚を卯女子からすべて奪い去っていったのだが、百合さんとともに、海辺の温泉街で療養を続けるうちに、ようやくすこしずつ恢復に向かっていく。恢復していくなかで、「疲れないように一日に三枚だけ」という約束で、しかしまだ小さな紙切れ三枚ですら書くと疲れてしまうような身体でありながらも、中身を嚥《の》んだあとの薬包紙に万年筆で日記のようなものを、自分の体温表代わりにと綴《つづ》りはじめる。

一週間降り続いていた雨がようやく上がり、雨が上がるのと時を同じくして熱も下がりはじめたため、見晴らしのいい二階にベッドを移すことを医者から許された卯女子。二階のヴェランダからは海が見えるのだ。その部屋から海の景色を見ていると、何かしら「忘却」しているのではないかという不安に苛《さいな》まれていく。寝たり起きたりを繰り返していたある日の夕暮れに、階下にはなかった部屋のなかの色の変化に突然気づき、複雑な調和の世界の存在を知るが、自分の身体はまだそれに耐えられぬと眼を閉じる。

そんな卯女子の日々を手紙に託し、画家である彼女の父に百合さんは送っていた。父から返事が届き、次《つ》いで本人もやってきて、しばらくの間、三人は海辺の街でともに過ごす。父は「私〔卯女子〕の恢復の第一のしるし」となる『アングル随想録』を卯女子に手渡し、再び東京へと戻っていった。

身体の恢復と足並みをそろえるように、『アングル随想録』に記された言葉が卯女子の心にそれまでになかった感覚を与え、そして舞台は海辺の温泉街から軽井沢へと移ってゆく……

といった話の運びなのですが、とりあえずのところ「薬包紙に文章を書きつける」という設定からして好きだーっ!!

しかも、単行本『恢復期』（角川書店刊）の「巻末言」によれば、この作品の執筆にあたって、神西も卯女子と同様、毎日すこしずつ薬包紙に細い万年筆で下書きを綴っていたそうです。そんな神西清が、なんかもうわからんくらいに好きだーっ!!

と、この物語を「好きだ!」と思うのは、多分に感性の問題によるところが大きいのですが、神西の残した衝撃的に半端ない語彙力で書かれた評論や、完成度は「恢復期」よりもさらに高いと感じる他の小説をどれだけ読んでも、「やっぱり『恢復期』がとても好きだ!」という結論にいたっているのは、神西の小説が持つ特徴の一つである「女性視点」の話だから、というだけではありません!

紛《まが》うことなく神西清らしさが発揮されているのに、同時に違和感なく少女である!というところにいつも感動するから、この小説が好きなのです。

その二つの融合は、もしかしたら「厳しいのにやさしい」という性質にも通じるのやもしれませんが、なんせ「少女めいているのに神西！」と感じる繊細な眼差しが「恢復期」の端々に見受けられ、心の底から神西清以外にこの小説は書けん！と読めばいつでも感動します。
この「神西しか書けん！」を具体的に示すため、まずは物語の冒頭を引いてみます☆

一九二八年六月七日（熱海）
大いなる熱が私を解放した。私は再び鎔和《フュゼ》された人間だ。いま霧のなかから靜《しず》かに私の前にたち現れるのは、私の曾《かつ》て知らなかった新たな囘轉《かいてん》をもつ世界である。〔…〕この私が多分すべてを名づける者になるであらう。が今のところ私はただ、眼の前にひろがってゆく此《こ》の限りない無秩序を愉しい期待の眸で眺めるだけだ。……いま私は、限りない無秩序と書いた。もう此處《ここ》に過誤があるのではないか。私は果して、正しく無秩序と呼ばるべきものをさう呼んだのだろうか。

——神西清「恢復期」

始まりからして「無秩序」という言葉一つを使うにも、妥協をゆるさぬこの感じ！　本当にここで「無秩序」という言葉を使用するのが正しいのかどうかを徹底して考え抜くところが、原稿を真っ赤っ赤にしてしまった神西っぽいと思うのですが、ところでこの文章の後に、現在の私の世界は、一つの平面の上に單調《たんちょう》な布置《ふち》を形づくる幾つかの色と形とから成つている。ここに私が單調といふのは、それらがお互いに何の觀念《かんねん》的な聯繫《れんけい》をも強《し》いられていないからだ。然《しか》しそこには、何という調和が憩うてゐることだらう。秩序なぞは欲しいとも思へないほどの靜かな調和が。…私は平和をたのしむ。私は平和をたのしむ。

という段落があるのですが、こういった視覚的な描写も神西らしいといえそうです！

実は、前述の「巻末言」に、「恢復期」が書かれた背景として「三人の画家〔大久保作次郎、アングル、ロート〕のお蔭を蒙《こうむ》っていることになるかも知れない」と神西自身が書いていて、また「私はひょっとしたら、視覚型の小説作りなのかも知れないが、はっきりしたことは友人にでもきいてみなければ分らない」とも述べているからです。

「恢復期」の話から逸れますが、神西の代表作の一つ「垂水」[★6]について、彼自身は「その着想の動機は、おかしな話ではあるが一枚の古ぼけた写真であった」といい、また初期の習作「獅子の食事」[★7]については「アンリ・ルソーの或る画《え》に導かれて生れた作品」といっているほどに、

★6　「垂水」…幼少の頃から心を惹かれていた一枚の写真（現・神戸市の垂水の松林のなかにある茶室風の小さな家の軒さきで、高貴なひとたちが団欒）に着想を得た小説。

目にしたもの、特に絵画や写真から着想を得て物語をつくることがままあったことを明かしています。そんな神西の趣味は写真を撮ることでしたが、以上のような性質を持つ神西の世界と卯女子の世界――幾つかの色やかたちがふち取る、調和の取れた平面の世界――とは、さほどに違わないのではないかと考えられるのです。

この小説を読んでいると考え出すことの一つが、「画家の視点と作家の視点との違い」、いい換えるなら「描写すること」と、「物語ること」や「想像すること」との違いなのですが、それはさておき「恢復期」の話に戻ります。

「描写」と「想像」の違いを念頭に置きつつ、「恢復期」を最後まで要約していきます！

「恢復期」あらすじ後半

原因不明の熱にうなされ、一旦は記憶やら色彩感覚やらのすべてを喪失したかのような卯女子であったが、心身の恢復とともに、目に映る海や雲から、この世界にあふれる「色彩」を再び発見する。

それればかりではなく、父に与えられた『アングル随想録』に書かれた言葉と、海辺の温泉町から山間の高原へと移動したことで、目に見える景色が変化した経験とに導かれて、「想像」をその支配下に置く「色彩」だけではなくて、「描写」をその支配下に置く「線（デッサン）」＝「現実」の存在をも新たに発見する。

「想像」に加えて「現実」を知ったことが、子供から大人へと変わりゆく十八歳の卯女子に「新しい世界」をひらく。またその「新しい世界」は何かしら明るい予兆を感じさせる世界であるのと同時に、デッサンのように現実をあるがままに見たことで、実はすでに身近に存在していた愛に気づくことができた。

しかし、その「愛」の色彩はわからない。色彩はわからないけれど、「愛」がなにかはよくわかる。それは記憶が帰還したからかもしれないと思う卯女子だが、なんにせよ自分の生命に欠けていたものが美しく満たされるのを感じ、まったく安らかになった。

ここで物語は終わるのですが、今、わたしが物語の結末まで書いてしまうのをよしとした理由は、話の筋だけではなくて、綴られる一文、一文それ自体が、心に響く作品だからです！　もしも結末を先に知ったとしても、そのことが「恢復期」を読む妨げには別段なりません。

というわけで次には、そんな魅力的な一文、一文のなかから、先ほどの要約で触れた「色彩」と「線（デッサン）」の話に関連する箇所を、いくつか挙げてみたいと思います☆

★7　「獅子の食事」…饒舌かつ健啖家の、まるで獅子のような女性と一時期昼食をともにした『「私」の日常』と、「その日常からの連想」とが次々に展開される幻想的な小説。アンリ・ルソーの絵に着想を得て生まれた習作。

（夕暮）

私は色の變化に突然氣づいた。階下《した》の部屋にはなかつたものだ。この部屋は生きた光を持つている。〔…〕何ものにも吸ひとられずに生きてゐる光。この光は影を持つてゐる。それが色に先づ奥行《ま》を、次に變化を與《あた》えるのだ。——おだやかな平面の調和が崩れる、もっと複雑な調和が新たに結ばれる。

山の雲と海の雲とは同じではない。海の雲には線がなくて色彩だけである。山の雲は先づ何よりも先に線で描かれなければならぬ。そしてこの後者は私が今まで知らなかつたものだ。

——線は色彩の境目ではない。それは色彩の基調なのだ。

熱情さえも線によつて現わさるべきである。——

昨日書きつけて置いた言葉〔『アングル随想集』から卯女子が抜き出した言葉〕をもう一ど此處に。私はこの言葉が氣に入つたのではない。私は怖いのだ。

くつきりとした明暗、それを劃《くぎ》つている濃い線のほかに、全く性質の異《ことな》つた線の存在を私は次第にはつきり了解しはじめたのである。休むために、静まるために夕暮の風がふたたび流れはじめる影の多い黄昏《たそがれ》を、私は白晝《はくちゅう》よりも意味ぶかく、生命に滿ちたものに感じはじめたのである。

それぞれに物語を構成する上で欠けてはならない部分部分でありながら、一篇の詩のようにそれのみで完結していると感じます。

だから、綺麗な空気を胸いっぱいに吸いこむがごとく、美しい文章に触れて清々しくなりたいようなときに、「恢復期」をパッと開いて、現れたページをちょこっと読んだりします。身体のすみずみまで「ああ、美しい！」で満たされて気持ちが良くなるからです☆

美しさ以外の話をすると、たとえば次に挙げる箇所からは、なんなら神西清が翻訳をするにあたっての心構えめいたものすら受け取れそうです！

「卯女子、お前はあの岬の下の海が持つてゐるこの色に氣がついたかい。」
「いいえ、お父様。……でもじつと見つめていますと、段々見えて参《まい》るやうですわ。……もしかしたらそれは、今しがた岬のはずれに浮《うか》び出た白い雲の落す影ではございませんこと？」「……」
「お前の見方は正しいとも言へる。しかし本當は、この色についてはあの雲だけを注意しない方がいい。これは畫面《がめん》で言ふとこの右寄りのあたりに群がつてゐるさまざまの象《かたち》が混り合つて生れ出た、説明《せつめい》のできない調子なのだから……」

ここを読んでわたしは、神西の翻訳が意訳といわれる所以と、またそういわれたとしても、むしろ本質を見事に捉えた名訳だ！と感じることとに合点がいきました。訳すひとつの言葉の意味だけを捉えるのではなくて、全体を見て、その上で全体のなかにあるひとつの言葉として訳すからこそ、直訳にはならないのだな！

画家である卯女子の父がひとつの影を描くとき、その影自体と直接に影を落とす原因となる雲のみを見るのではなくて、そのあたりに群がっているさまざまの「象」を見、また光も見てからようやく影を描くのと同様に、神西清はひとつの言葉の背景を無数に探るなかで、トランスレーションというかエヴォリューション寄りのトランスフォーメーション！な感じで、外国の言葉を日本語へと置き換えていったのです。いうなれば「ザ・きよし」。唯一無二の翻訳者だ！と、宣言したいくらいです!!

ゆえに「神西清が翻訳文における日本語のレベルを底上げした」といっても過言ではないと自信を持っていいたいわけですが、とにもかくにもニュアンスは多少違えども、多くのひとたちが「処女作にはその作家のすべてが詰まっている」といっているまさにそのことを、わたしは神西の処女作から感じています。

そんなこんなで「恢復期」が神西の小説のなかでも特に好きな作品となったのですが、発表当時には室生犀星が「恢復期」を褒めたそうです☆★☆

SA・SU・GA！　YES！　SA・I・SE・I!!

ちなみに堀辰雄にも「恢復期」という作品がありますが、こちらは『小説の愉しみ　福永武彦対談集』（講談社刊）収録の鼎談「文学的出発のころ」によれば、神西の「恢復期」の発表後に、もともと別のタイトルで発表していた作品を「恢復期」と改題したそうです。やっぱり仲良し！　おそろいだね☆

描写することと物語ること

さらに「恢復期」をみていくと、前述の父と卯女子の雲に関する会話のあとには、

「かうしてじつと流れる雲や飜《ひるがえ》る波やを見てゐると、お前は物語を思ひはしないかね。もし物語を思つてゐるのなら、その同じ眸でお父さんの畫《え》を見るのはおやめ。お父さんの畫

は――その線の一つ色彩の一つもが何も物語つてはいないのだから。私は記憶のつながりは言ふまでもなく、記憶のしるしさへもすつかり棄てた人間なのだから。私は畫家《がか》なのだから。……

という、ガツーン！と頭を殴られるような、衝撃の言葉が続きます。

「描写すること」と「物語ること」は、似て非なる!!

しかし、その二つを完全に分けて考えるのではなく、むしろ異なる二つの事柄をどのように調和させるのか……それが、神西文学を読んでいく上でのキモだと考えます。フローラに惹かれるフォーナということです！

というわけで、処女作「恢復期」からどのようなことを感じたのかや、そこからわかる神西の性質についてなどをあれこれ語ってまいりましたが、ラストに神西の小説「母たち」からとあるパートを取り上げて、この章を終わりにしたいと思います☆

このパートからは、もともと理系で建築に興味のあった神西が文系の道へと進むことになる萌芽が、萩原朔太郎の詩に感銘を受ける以前からもとより神西のなかに確かにあったのだ！ということが感じられます。それは、「描写すること」と「物語ること」とを調和させることができ得る性質にも繋がります。

「母たち」は神西清めいた主人公の「私」が、婚約者へ宛てた手紙のなかで、自分からみた母についてを記したかたちの小説です。「母『たち』」とタイトルが複数形である理由を説明するとネタバレ感がすごいのでそれについては端折《はしょ》ります！　取り上げたいのは小説の中盤、主人公の「私」が中学生になったあたり☆

私は中學へはいると間もなく、建築といふものに烈しい熱情を覺《おぼ》えはじめた。〔…〕やがて私は方眼紙を買つて來て、自分で設計するやうになつた。そのうちに私の空想は、五十坪から百坪でまとめて、そこに住む人々の數《かず》も品格も限定されてゐる、當《あた》り前の住宅建築では我慢ができないまでに昂進して行つた。さうした私を心酔《しんすい》させたのは、當時《とうじ》の私の家からあまり遠くない見附に臨んでゐる或るルネサンス風の宮殿だつた。〔…〕私はその内部を想像した。〔…〕表廣間《おもてひろま》の階段の幅、その大理石の手欄《てすり》の傾斜度、天上の穹窿《きゅうりゅう》の高さ、奥庭に面した廻廊の樣式、さういふ細部を私は熱心に思ひ描いた。〔…〕やがて鐵柵《てっさく》の周圍《しゅうい》をぐるりと歩いて見、その歩數《ほすう》から前庭の面積や建物正面の延長を割り出さうとした。……かうした觀察《かんさつ》を終ると私は急いで家へ歸《かえ》つて、その日の印象や新たな發見を、方眼紙の上に再現しようとするのだつた。勿論それは色々に變形《へんけい》され工夫し直された形であらはれた。〔…〕彫像も巧みに排置され、そして私はその家に三人の少女とそれに仕へる奴隷たちを住まはせた。〔…〕それぞれの部屋はその住み手を完全に外界から遮《さえぎ》るやうに工夫されてゐなければならず、またそれぞれの精神《せいしん》や肉體《にくたい》の美しさを、全く他からの拘束なしに解き放ち、伸々と成長させるやうに設計されなければならなかつた。少女たちは夕暮になると奥庭の水盤のほとりで落合つて、それぞれの一日の思念を語り合ふのだつた。その物語の内容も、設計者である私の仕事だつた。

……いかがでしょうか！　建築物そのものに対する観察の精緻さに加えて、少女たちが夕暮れに庭で語り合う物語さえも設計者の仕事の範疇に収める過程の、この違和感のなさよーっ!!「私」にとって、「建築」（＝描写すること）と「詩」（＝物語る・想像すること）とは無理なく調和しているのだと気づかされます。

また「内部を想像」することは無論「物語る」ことに通ずるのですが、闇雲に想像するのではなくて「鐵柵の周圍をぐるりと歩いて見、その歩數から前庭の面積や建物正面の延長を割り出さう」とします。実地調査をきちんとした上で、想像したことに無理が生じていないかを確かめ、しかるのちに「新たな発見を方眼紙の上に再現」し、「色々に變形され工夫し直された形」で現れたものに、「三人の少女とそれに仕へる奴隷たち」（＝ファンタジー）を住まわせる。このメソッドが、理系と文系の調和を生み出しているといってもよいかと思われます。

想像→描写→再構築（描写）→想像……といったプロセスを当たり前におこなうことができ、そしてそれを楽しめるのが「私」であり、神西清なのでございます！

神西の神髄は、一見イコールで結びつけることが難しい事柄に、相通じるものを見出せる点にあったのではないでしょうか。もともとそういう素質を備えていたからこそ、「描写する」と「物語る」、あるいは「理系」と「文系」、あるいは「厳しい」と「やさしい」といった、相反するとまではいわぬけれどもなかなかに両立しづらい事柄を無理なく調和させることができたのだと思う！　さらにいうなれば、そんな神西だからこそ、大きな仕事をいくつも遺《のこ》した「翻訳」の分野でもって、今なお高く評価されているのではないかしらん。

……が！　大事なことなので何度だって繰り返して叫びますが、しかし神西は翻訳だけにとどまる文士ではないのです!!　創作物が素晴らしく、また「やさしさ」を感じる人柄も素敵なのだーっ!!

神西清が、好きだーっ☆★☆

というわけで、全集には収録されなかった書簡もいつの日にか整理・刊行されることを願いつつ！　さらには神西の創作物がもっとたくさん再刊&再発見されて、もっと気軽に神西の作品を手に取ることができる日がやってくることを願いつつ!!　「やさしい系文士・神西清」の章を終わりとさせていただきます☆

そして次章は、ついに最後の文士となりました！　辰雄の秘蔵っ子であり、神西とは「建築」という共通項も持つ建築家で詩人の「立原道造」について、語っていきたく思います☆★☆

文士ノオト
13

中村真一郎《なかむらしんいちろう》

一九一八～九七年。現東京都中央区生まれの小説家で文芸評論家。開成中学校時代に福永武彦、第一高等学校時代に加藤周一と出会い、生涯の友となる。加藤は後に堀辰雄の主治医となった。一九三八年、東京帝国大学フランス文学科に入学。信州追分に立原道造を訪ねる。翌年、同人雑誌『山の樹』に参加、堀田善衛《よしえ》を知る。一九四一年、ネルヴァルで卒論を執筆。卒業後は衆議院嘱託として働く一方、辰雄に師事し執筆に勤しんだ。同年、ネルヴァルの『火の娘』の翻訳書を青木書店より刊行。翌年以降は『四季』に詩や小説を発表。この年に福永や加藤らと「マチネ・ポエティク」を結成。定型詩を試み、朗読会をおこなった。福永、加藤とは一九四七年に『1946・文学的考察』を、翌年には『マチネ・ポエティク詩集』を、真善美社より刊行。彼らの文学的姿勢は、本人たち曰く「戦時中に親しんだ西洋殊《こと》にフランスの近代文学と日本の古典文芸をよりどころ」とするものである。一九四七年、真善美社の「アプレゲール・クレアトリス（創造的戦後派の意。命名は中村真一郎）」叢書の第二作として『死の影の下に』を発表。その後、作品や評論を多く物し、名実ともに「戦後派」を代表する作家となった。

── 文士ワンポイント

芥川龍之介が愛用していたパイプは、龍之介没後は辰雄に、そして中村へと受け継がれた。

文士ノオト
14

池田健太郎《いけだけんたろう》

一九二九〜七九年。愛知県豊橋市生まれのロシア文学者。東京大学仏文科在学時代から神西清に師事した。同大学院卒業後は立教大学や東京大学で教鞭を執る。一時期は創元社に勤務。神西没後、福永武彦編となる『神西清詩集』は東京創元社から発行されている。スローニムの『ロシア文学史』や『ソビエト文学史』、またツルゲーネフの『散文詩』など、神西との共訳も多々。今なお文庫で流通する神西の訳書には、池田の解説が付されているものもある。『チェーホフ全集』は、神西没後に原卓也とともにその訳業を引き継ぎ完成させた。一九七五年、『プーシキン伝』で読売文学賞受賞。また一九七九年には『「かもめ」評釈』にて芸術選奨新人賞を受賞するも、同年急逝。没後に池田健太郎賞が設立された。

文士ワンポイント

神西唯一の弟子ともいえる池田は本名を豊というが、病弱だったため「もっと健康にならなければ」と神西が筆名を「健太郎」と命名。師を心底尊敬していたからか、字も、またパイプを加える癖や身振りまでもが似たために、神西の家族や近しい編集者の間では「そっくりさん」とあだ名された。余談となるが池田の弟子で恋人でもあった佐々木千世（池田が神西から引き継いだ『チェーホフ全集』の翻訳の下請仕事もこなした）は開高健とも関係があった。佐々木は開高の『夏の闇』のヒロイン加奈子のモデルで、『ようこそ！ヤポンカ』の著作があり、当時は「おんな版小田実」といわれた。

文士ノオト

15

三島由紀夫《みしまゆきお》

一九二五〜七〇年。現東京都新宿区生まれの小説家で劇作家。学習院中等科在学中に「花ざかりの森」が、国文学雑誌『文藝文化』に掲載される。学習院高等科を首席で卒業し、東京帝国大学に進学。一九四四年、七丈書院より『花ざかりの森』を刊行。翌年、召集されるも誤診もあり入隊不可。戦後、鎌倉に川端康成を訪ね、師弟に近い関係を築く。一九四六年、太宰治を囲む会に出席も太宰とはソリが合わず、最初で最後の出会いとなる。翌年、大学卒業後は大蔵省に勤務するも、九ヶ月後に辞職し執筆に専念。一九四九年に『仮面の告白』を河出書房より刊行。神西清が高く評価。以後、次々と作品を発表。一九五一年、朝日新聞特別通信員として世界旅行に出発。痩身の三島はこの旅でさらに肉体美に惹かれ、数年後ボディ・ビルを始めた。一九五四年に「潮騒」、一九五六年に「金閣寺」を発表。一九六一年、細江英公の写真集『薔薇刑』のモデルとなる。一九六七年、自衛隊に体験入隊。この体験は三島が指導した民兵組織「楯の会」の成立に繋がった。一九七〇年、「豊饒の海」の最終回を書き上げ、「楯の会」の隊員四名と自衛隊市ヶ谷駐屯地に赴く。自衛隊員らにクーデターを促すも成らず、割腹自殺を遂げる。その死は日本のみならず世界中に衝撃を与えた。

―― 文士ワンポイント

文士の親睦会・鉢の木会に途中加入も同会会員の神西没後に吉田健一と揉めて脱会。

第7章

ロマンチック系文士

立原道造

立原道造《たちはら・みちぞう》

一九一四～三九年。現東京都中央区生まれの詩人。また建築家。代表作は『萱草に寄す』、『暁と夕の詩』。第一回中原中也賞受賞。堀辰雄に兄事し、『四季』に寄稿。音楽を好み、辰雄の結婚祝いに二枚のレコードを贈った。将来を嘱望されるも、結核のため二四歳で夭折。形見分けで辰雄は「木苺のお酒」を受け取った。

イッツ・ア・道造マジック！

最後にご紹介したいのは、「ミチ・タチ」こと、詩人の立原道造《たちはらみちぞう》でございます！　まずは簡単にではありますが、プロフィールからご紹介していきたく思います☆

師の堀辰雄と同じ結核という病のため享年わずか二十四歳で亡くなった道造は、一九一四（大正三）年に現東京都中央区で木箱製造業を営む家（近所の三越に呉服などを入れる木箱を卸していた）に生まれました。生涯家業を手伝うことはありませんでしたが、五歳のときに父が亡くなったので道造が家督を継ぐかたちとなり、店の名前は「立原道造商店」（……という名の雑貨屋さんがもし今あったら絶対に通いたいところ！）に改称。肝心の道造はといえば、子どもの頃には科学雑誌を愛読したり天体観測に夢中になったり、また、青年時代には鉄道切符の収集にハマったりしていましたが、幼少期から本も大好きで、十代前半には短歌に勤《いそ》しみ、十代の後半ともなれば短歌に加えて小説や詩もよくし、仲間たちと同人誌を出すこともありました。作品を創作する一方で、職業として目指した建築家になるために東大では建築を学び、卒業後には無事有名な建築事務所に入っています。

そんな「タァト」は、若かりし頃から龍之介の「河童」や「歯車」を愛読していて、犀星や、特に辰雄に可愛がられ、また神西の親しい友だち・竹山道雄の教え子でもありました！

……と、紹介すると立原道造と鱒二との間にはまるで関係がないかのようにも見えるのですが、「あっ！　そのひとで!?」な繋がりがあるので、そのことは後で記します☆

ちなみに「ミチ・タチ」、「タァト」、あるいは「ｔａｔ」や「トマ」、といった名はすべて立原道造の十代のニックネームで、主には手紙の署名に使い、名前によっては筆名として使うこともありました。その他、前田夕暮主宰の雑誌『詩歌』で彼が口語自由律短歌を発表[★1]していたときには、「三《み》木《き》祥彦《あきひこ》」[★2]というペンネームも☆

わー、なんせ名前が多いではないかーい！　なので、ここでは本名の「道造」あるいは「ミチゾー」と呼ぶことにします！

ところで道造については「ロマンチック系文士」と名付けたい!!　その理由について、これから存分に語っていきたく思います☆★☆

多彩なニックネームを持っていた道造の作風が概ね「ロマンチック」であることは、詩人・立原道造の仕事の一端なりともうかがい見れば、きっと誰もが首肯するところかと想像される

★1　立原道造は『新古今集』をはじめとした日本の古典にも明るい。

★2　自らの「歌ノート」のなかで用いた歌人の島木赤彦に由来する「山木祥彦」の名と、ニックネームの「ミチ・タチ」とを組み合わせ、最終的に「三木祥彦」とした（『立原道造全集第六巻』年譜）。

ので、まずは彼のもっとも有名な詩の全文を、引いてみたいと思います☆

夢みたものは……

夢みたものは　ひとつの幸福《こうふく》
ねがつたものは　ひとつの愛
山なみのあちらにも　しづかな村がある
明るい日曜日の　青《あお》い空がある

日傘をさした　田舎の娘らが
着かざつて　唄をうたつてゐる
大きなまるい輪をかいて
田舎の娘らが　踊《おどり》ををどつてゐる

告げて　うたつてゐるのは
青い翼の一羽の　小鳥
低い枝で　うたつてゐる

夢みたものは　ひとつの愛
ねがつたものは　ひとつの幸福
それらはすべてここに　ある　と

――立原道造「夢みたものは……」

これぞ「ザ・ロマンチック」と名付けたくなる、道造の詩なのでございます☆★☆
しかもロマンチックなだけではなくて、駆けつけ一杯ググィ！と読めば、忙《せわ》しない気持ちのときですら、連をひとつ、またひとつと読み進めるうちに、だんだんと心が落ち着いてくる気がするよー。そして目の前に美しい青色が広がっていくというか、あたりに綺麗な空気がサァーッと満ちてくるというか、なんせ美しいもので心が満たされ、この詩に書かれている通りでひとがこの世に生まれてきて願うものなんて、実際のところ愛しかないやんなー、みたいな清らかな気持ちになってくるのです！

イッツ・ア・ミチゾー・マージック!!

読み手のみなみなまでをも清澄《せいちょう》な気持ちにする上、なんならすこしばかりポエマーにもしてしまうという、ある意味でオソロシキ魔法の使い手・ミチゾーですが、そんな彼の詩のなかでおそらくもっとも読まれているのがこの「夢みたものは……」ではないかしらん。事実、数多ある詩のアンソロジーのなかでこの詩を目にした経験は、一度や二度ではありません。

そよ風をゼリーに

そんな「夢みたものは……」を目にするたびに、「こりゃー、大変にロマンチックだなー!」と常々思っていたのですが、あるときさらに衝撃的にロマンチックな道造の言葉と出会い、一気に彼への興味が迸《ほとばし》りはじめたのでした! それこそ

五月のそよ風をゼリーにして持って来て下さい。

です!

どこでこの言葉と出会ったのかはもはや覚えていませんが、読んだ瞬間にノックアウト☆ というのも「風をゼリーに」するだけでもすごいのに、「五月のそよ風」をゼリーとすることで、さらに明瞭に透き通ったターコイズブルーの、スッとしているけれどもちょっと甘いような「そ

よ風のゼリー」を容易《たやす》く想像させるからです。ミチゾー、すごすぎる！

驚愕のこのフレーズは、詩なのか一体何なのか!?と調べてみれば、道造が亡くなる間際、入院中の彼のもとへと見舞いにやってきた若林つや（同人誌『日本浪曼派』に参加）に「何か欲しいものは？」と聞かれて口にした言葉でした。引用します。

立原さんの逝く丁度一週間ばかり前の雨の日に、私たちは中野の病舎にお見舞にいった。〔…〕「何か欲しいものがあれば、注文なさるといいわ」と私がいうと、「それでは注文を出しましょうか、一度ずつでおしまいになる小さな缶詰をいくつも欲しいのです。そうすると食事の度に楽しみでしょう。それがサンタクロースのおじいさんが持ってくるような袋の中に入っているとーそううれしいな――」といい、その日友人が贈ったみどり色の小さい洋書を開き、「最も寂寥《せきりょう》な者こそ遂に道を発見する」という扉にかいた新しいペンのあとを、じっとながめるようにしていたが、左手で本をふせると、それからもう一つ欲しいものがあります、五月のそよ風をゼリーにして持って来て下さいといい、非常に美しくておいしく、口の中に入れると、すっととけてしまう青い星のようなものも食べたいのです――ともいった。

――若林つや「野花を捧ぐ」『四季　立原道造追悼号』

もうもうこんなん、ノックアウトに決まっているではないかーい!! 最晩年の病床にあってもこのような言葉を紡ぎ出すことができるだなんて、道造さんよ、あんはん一体、何者ですねん! ……て、詩人なのですが、この言葉と出会い、詩人というものは常に詩人として生きているのだな、と深く感動したのです。

死の間際ですらこのような発想ができるその心持ちに限りない尊敬の念を覚え、他の道造の詩や文に触れてみたくなったので、『立原道造全集』(角川書店刊) をゲットすることにしました。

そしたらわんさか、心震える言葉の数々があるやないかーい!

溢れひたす闇に

美しいものになら　ほほゑむがよい
涙よ　いつまでも　かはかずにあれ
陽は　大きな景色のあちらに沈みゆき
あのものがなしい　月が燃え立つた

……どうでしょうか! 美しく燃え立つような、この感受性よ!!

あるいは

君だけが花の微笑を知っている。君だけが胸のなかにいいにおいのする土地を持っている。

――立原道造から田中一三宛、一九三七（昭和十二）年一月七日

のような、静謐《せいひつ》で美しい感覚も見受けられます。たまりません！

他にも、「貝殻みたいな午後があつた」（「窓」）といい、「鉄道の柵のまはりに夕方がいた」（「綠蔭倶樂部」）といい、「お母さん色の海の　においにまざって」（高尾亮一宛書簡）なんて表現が、随所に見られるではないですか！

ページを繰れば繰るだけ斬新な感動を覚えましたが、「極めつけ！」となったのは次の二つです。

するとぼくに今いちばん大切なのは、文学や詩やあたらしさの発見でなく、ぼくに飛びついてぼくに挨拶することだけのように思われて来た。

――立原道造から江頭彦造宛、一九三四（昭和九）年八月上旬（推定）

☆僕はお風呂に入るように詩のなかに浸る　身体を洗うようにシャボンで言葉を掃除しよう
――立原道造「『代数ノート』より」

なんてことを、いっているのですものーっ！　ぼくに大切なのはぼくに飛びついてぼくに挨拶すること、という感性にもびっくりしましたが、詩を書くことが、言葉にとってお風呂の役目を果たすとは！

考えるだにいい得て妙ですが、独特なる表現がなんせすごいでがす！　そして引用の二つめに「☆」ジルシが使われているところも見逃せぬ……。というのも辰雄同様に道造もまた、文章のなかでちょいちょい「☆」ジルシを使用していたのです。

SHIN・KIN・KAAAAAAN☆★☆

と、ビバ「☆」ジルシの件についても引用するとなるとキリがないため、それはさておいて、もう一つ！　道造の感受性がよくわかる文章を引いてみたいと思います☆

いつでも紙とインキが

いつでも紙とインキがなくなる日に
僕には天來の妙想がやつて來たものだ
といふことは鉛筆でよい詩を書いたといふのぢやない
おわかりでもあらうがそんな詩を
この貧弱な脳髄《のうずい》からちつとはましな空間に飛ばせたといふことだ
〔…〕
僕は傑作とどうにかして身を結びつけたいのだ
まあ一生に一行のすばらしい詩句が欲しいのだ

——立原道造「いつでも紙とインキが」

読めば読むだにこのような気質とあっては、道造が犀星や辰雄に可愛がられた理由にもすんなりと納得がいくわけですが、何を隠そう彼はあの儚げなようでチャキチャキであった堀辰雄の秘蔵っ子☆　となると、ただただ「道造はロマンチックである」と伝えるだけでよいのかどうか問題が勃発です！

ゆえに、彼が「どういったロマンチックさを持つのか」をまずは考え、そこから自ずと立ち上がってくる「ミチゾー像」をこそ、述べていきたく思います！（↑今更ですが、これが本題です☆）

剛さや包容力としてのロマンチック

そのことをわかりやすく説明するために、仮に犀星の文学や詩や俳句を「ロマンチック」と解し、道造の作品群も同じく「ロマンチック」だと解すとします。その際、おのおのの作品が生み出す「ロマンチック」は、果たして同じだといえるのか。

わたしは「あまりいえない」と思っています。なぜならば犀星のロマンチックは、「乙女子の犀星」(犀星の章を読まれたし☆)であるからには乙女心が感じるそれであり、一方で道造のロマンチックとなると、乙女心というよりもむしろオトコ心に属するとでも申しましょうか、なんせ剛《つよ》さやときに包容力すら内包しているように感じられるからです。

結果として、犀星のロマンチックは異性からの共感にも繋がり(とはいえ性別が違い着眼点が同性とは異なるからか、「ロマンチック、そこなんや!」という驚きもまた生まれる)、道造のロマンチックは異性からの「共感」以上に「モテ」を生み出している部分が多いと思う!

こういう意味において、道造と辰雄のロマンチックには近いものがあり、また犀星と神西のロマンチックにも近いものがあると勝手に感じています。(そして、この四人のはざまに位置するような「龍之介のロマンチック」と、ちょっと色々別ベクトルな「鱒二のロマンチック」という、個人の見解です!)

さておき、「道造のロマンチックは、モテに繋がる！」といい切ったところではありますが、道造最後の恋人・水戸部アサイさんの言によると、実際の彼はあまりモテなかった模様です（『立原道造への旅』）。……あれ？

「おぬし、きっとモテるじゃろう！」と道造の作品を読んで思ったのですが、リアルタイムではあまりモテてはおらぬ！　しかし考えてみれば、モテなかったからこそ、短歌や小説や詩のなかに、その時々に好きだったひとや恋人に向けての気持ちを書いていた部分もあったのでしょう、彼の作品が生まれる背景に恋愛要素が絡んでいたことはしばしばです。

といって道造とてモテるために書いていたわけではないのでしょうが、異性を意識したそれらの文章を読むと、結果としてモテに繋がってくるというか、ハートにキュキュン♡とくるわけです。だから、道造はファンに手を出せばうまくいったんじゃないのかなー？

なんて、あらぬことを思ったりしながらですが、実際の彼はモテなかったし、背は高くとも痩せ細っていたので肉体としては「脆弱」で、本人はそんな自分の体型にコンプレックスを抱いていた気配があります。晩年の道造は旅に旅を重ねて体に無理を強いたことも大きく影響し、齢《よわい》二十四にして結核がもとで亡くなっているのです。

彼が「二十四歳で亡くなった」という事実は、詩のアンソロジーなどに記される著者のプロフィールから比較的よく知られていることかと思われるのですが、その情報も合わさってわたし自身も「弱く儚く、若くして亡くなった、繊細でロマンチックな詩人」という印象を立原道造に対してずっと抱いていました。

……が！　読めば読むほどに、どうも儚さとは無縁な作品もあれば、手紙においては親しい相手であればあるほど、圧強《あっつよ》めな言葉遣いをすることもあるとわかってきました。

道造自身、「健康ではない」という以外の意味において、果たして自分のことを「弱くて儚い」と見なしていたかとなると、相当疑問でもあります。

ただ、亡くなる二年ほど前からは自分でも如何ともしがたい体調不良があったり、友人たちが「立原が心身ともに疲れているぞ！」と噂したりというようなこともあったのですが、作品を見る限りでは、儚さだけのひとであるとはまるで思えないのです。

格子ぶち破って脱出☆事件

というわけで、次は道造の「実は骨太☆」な一面を知らしめてくれるエピソードをご紹介したいと思います！

軽井沢や追分に滞在する堀辰雄を何度か訪ねていた道造は、辰雄の常宿「油屋旅館」でトンデモナイ目に遭っているのです。

それは「格子ぶち破って脱出☆事件！」とでも呼びたいような出来事で、一九三七（昭和十二）年十一月十九日、追分に滞在していた道造は、辰雄に会うべく詩人の後輩・野村英夫[★3]と一緒に油屋旅館まで出向きました。けれども残念なことに辰雄は不在。宿で彼の帰りを待つことにしたのですが、この宿で一歩間違えれば焼け死んでいてもおかしくないレベルの火事に遭遇してしまうのです！

——午後三時ごろ隣りの家から出火し、三百年もの歴史をもつこの由緒ある宿の建物も三十分ほどで焼けおち、五時にはまったく灰燼《かいじん》に帰してしまった。最初の目撃者は野村英夫で、彼〔道造〕は野村といっしょに煙の中を逃げたが、逃げ遅れ、二階の表の格子戸を破って絶叫し、消火にかけつけた土地の鳶職《とびしょく》によって辛うじて救い出された

——年譜『立原道造全集　第六巻』

想像するだに結構なシチュエーションですが、プロフィールからイメージされる「立原道造」

★3　野村英夫…一九一七～四八年。現東京都港区生まれの詩人。病気療養のためしばしば追分に赴き、立原道造と知り合う。道造の紹介で堀辰雄の知遇を得た。「四季派」の詩人のなかでは当時最年少で、辰雄には「野村少年」と呼ばれ可愛がられた。二十代でカトリックの洗礼を受ける。結核により三十一歳で没。辰雄の随筆「雉子日記」には、ある正月に野村英夫とふたりで空気銃を持って雪のなかを歩いたことが記される。没後に刊行された『野村英夫詩集』（角川書店刊）は、跋文を辰雄が執筆し、遠藤周作が編集に携わった。

は、仮に火事にあえばそれもまた運命、と儚く散ってしまいそうなひとでした。しかし実際の道造は、格子を破って絶叫してでも、強く生きたいと願うひとだった――！

しかも、このとき道造が追分にいたのも何なら予後をよい環境で過ごすための療養だった上に、この火事の二ヶ月前には辻野久憲、一ヶ月前には中原中也、と知己の文学仲間が若くして次々に亡くなった時期でもありました。

このようなタイミングで起こった火事だったのに、それでも「自分も焼け死んでもいいや」ではなくて、絶叫してまでも生きようとしているのです。このエピソードを知って、道造に対する見かたがわたしのなかで劇的に変わりました。

で、もうすこし調べてみると、この「ぶち破り事件」から遡ること数年前の一九三〇（昭和五）年。東京府立第三中学校（現都立両国高校）の四年生だった道造は学級委員をしていたのですが、生徒達にとっては「弾圧」と感じられるような流れで転任が決定した校長・広瀬雄《たけし》のために、学内で怒鳴りながらスピーチをしたこともあれば、幾人かの生徒とともに府庁に押しかけ、校長先生を転任させないようにと直談判！といった激烈な一面があったことが判明です！

ちなみに道造の通った府立第三中学校は芥川龍之介や堀辰雄の母校でもあり、道造は「芥川龍之介以来の秀才」といわれるほどに勉強ができました。間に挟まれた辰雄はどうだったのかも気になるところですが、このとき道造が府知事にその転任を取り止めるべく願った校長・広瀬雄こそ、龍之介の在学時には五年間その担任をし、また辰雄の在学時には当時自らの隣家に住んでいた犀星に辰雄を紹介したそのひとです☆　ノー広瀬、ノー文士！　校長先生のキーパーソン度がすごいでがす!!

話を骨太☆に戻しますが、そういえば道造は、「僕は、僕のいのちというものに限りない感謝と信頼をささげる、それの持ち耐え得る寂寥と困厄の予測された大きさのゆえに——。強くないものの醜さを知ったのだ、力こそすべてだ、美しさもまた力の名になったのだ」とも、一九三六（昭和十一）年に建築家の柴岡亥佐雄《いさお》に宛てた手紙に書いている—！　限りがあるからこそ気づくこともある、という話ですが、この言葉からしても道造が精神的には力強さに惹かれていたことがうかがえます。

すこし視点を変えます！　詩の草稿などが記された「昭和八年ノート」なる道造のノートが残されているのですが、このノートを読んでいると徐々に目立ってくるのが、なんだか不思議な印象の「夢日記」。それがどうも現実と地続きのようでありながらも決してそうではない奇妙さを内に宿した独特の気配を放っているので、次に引用してみます！

8月2日の夢

〔…〕お母さんと一しょだと思ったら、別の人だった。お汁粉が来る。宿屋の番頭みたいな人が持って来るがその人にお汁粉の食べ方の礼儀だの、どうしたらうまいのかきいたりする。お汁粉のなかに油をいれるとうまいというが、どうやらそこのお汁粉はすこしへんで、ゆばみたいなものが浮いている、よく味わってみている。別に甘くもない。おかしいと思っていると、そこの室の壁は動くようになっていて、プールみたいな湯殿がある。僕の連れは達夫〔道造の弟〕だった。ふたりで泳ごうとするが、狭い。窓の外に何か河でもあるらしくて、船が通る、人たちは、卑猥の言葉のうたをうたっている。

8月14日の夢（再び御岳で）

僕は、牢へ入れられた。それは立体的迷路である。歩き回ると、上の方に青い草原が見えた。僕は、どうにかして脱け出すことを望んだ。〔…〕

やがて着いたのは町場だった。ラジオが何か犯罪を告げている。憎むべき犯罪だそうである。僕はそれをきいているうち自分がその犯人のような気がした。突然その考えに支配されてしまう。僕は石本の父のいる朝鮮へ逃げて行くのだと思い込んでしまうのである。石本の父の罪とその犯人の僕にはかかわりない筈の罪が僕の身体で二倍になった、僕はもう自由の身でない、僕は逃げまわらねばならない。

誰の夢であっても夢であるからにはどれも同じようにちょっと変であるのかもしれないのですが、それにしたって「昭和八年ノート」の「夢日記」から受ける印象——何だか逃げている感やら泥くささやら——は、ロマンチックな道造の詩のイメージとはまた違っており、いっそのこと「つげ義春《よしはる》風な夢日記」とでもいいたいくらいです。一部の作品（たとえば「オメガぶみ」といった小説など）の雰囲気とはいささか通じるところもありますが、どちらにしたところで諸々鑑みても、やっぱり道造は「儚げ」ではなーい!!

そして「そもそもにおいて道造は弱くて儚げなひと」というフィルターを取っ払ってその作品を改めて見てみれば、モテに繋がるような強靱さを纏っているものも結構あるぞ！と思われるのでした。

造本にみる道造の美的感覚

とはいえ、第一に挙げられる道造の性質となると、それはやっぱり「ロマンチック」ではないかしらん？　なぜならば、美しいものを愛する心と、自分なりの美意識がきちんとあったからです。だからこそ犀星や辰雄に可愛がられ、神西には一目置かれていたわけです（「鹿の記憶など」『水を聴きつつ』）。そして、龍之介が長生きして道造と出会っていれば、彼だってきっと可愛がったことでしょう！

そんなこんなな道造の、ロマンチックさを内包した美的感覚をお伝えするには、「鉛筆・ネクタイ・窓」という随筆と、彼の「自装本」について語るのがよいやもしれません！

僕は、自分のかんがえを色鉛筆で辿ろうとする。あの黒い線を紙の上にのこしてゆく普通の鉛筆がなんとなくきらいなのだ。黒い字でかんがえた思想と緑の字や青い字でかんがえた思想とは自然にどうしてもちがっているようにおもわれる。

——立原道造「鉛筆・ネクタイ・窓（Ⅰ～Ⅲ）」★4

結果としての最晩年に「普通の鉛筆で考えた思想」は「緑や青の色鉛筆で考えた思想」と「自然にどうしても違っている」ように感じていた道造は、十二歳頃（一九二六年）にはすでに、毛筆による手書き和綴本《わとじぼん》の戯作集『滑稽読本・第一』を自ら造っているのです。そして、画家・深沢紅子《ふかざわこうこ》★5が『立原道造全集』の月報に寄せた随筆「堀さんと立原さんのこと」には「立原さんが自分で一字一字色を変えながら書いた堀さんの小さな詩集」という記述があります。これは彼が十八歳（一九三二年）頃に造ったという自装の『堀辰雄詩集』を指すようです（『堀辰雄全集　第六巻』の年譜によると、この本は現存しない模様）。ふーむ、「一字一字色を変えた」という装丁が気になります。見てみたーい！

さておき、今でこそ全集だけでも都合五回も刊行されている道造ですが、生前に発行された彼の本は、さほどに多くはありません。それも、きちんと印刷されての出版となると、『萱草《わすれぐさ》に寄《よ》す』と『暁《あかつき》と夕《ゆうべ》の詩《うた》』の二冊の詩集と翻訳したシュトルムの『林檎みのる頃』（ただし、発行した山本書店が潰れたため印税はもらえず）の、三冊のみ！　没年を考えるとすくないわけではありませんが、決して多くもありません。

後で詳しく述べますが、彼はいわゆる「公刊」にはこだわっておらず、むしろ先ほど挙げた『堀辰雄詩集』のように、誰かの作品であっても自分の作品であっても、自ら編みあげては自装し、一冊だけ、あるいは数冊だけ本を手造りすることを楽しんでいました。

たとえば『堀辰雄詩集』を造った十八歳の頃に、「人魚書房」発行として手製の四行詩集『さふらん』も造っています。「人魚書房」の名もロマンチックかつ、人魚詩社（室生犀星・萩原朔太郎・山村暮鳥による出版社の名）を思い出させるわけですが、「判型は菊半裁判、表紙は薄ベージュ色堅紙、本文は奉書紙で十二頁、詩は黒インクのペン書きで全十二編」（前掲全集『第六巻』）といった具合で、本の装いにももちろんこだわりまくりです！

★4　執筆時期は立原道造生前最後の旅となる長崎へ出発する前の、一九三八（昭和十三）年九月より十一月までの間と推定されており、その根拠は『立原道造全集　第六巻』に詳しい。

★5　深沢紅子…一九〇三〜九三年。岩手県盛岡市生まれの画家。一九一九年、東京の女子美術学校の日本画科に入学。後に油絵科に転科し、岡田三郎助の門下となる。一九二三年、画家の深沢省三と結婚。詩人の津村信夫を介し、立原道造と親しむ。道造の葬儀の日に初めて出会った堀辰雄ともその後親しくなり、『堀辰雄詩集』（山本書店刊）や『幼年時代』（青磁社刊）の装丁や挿画を手がけた。

『立原道造全集』の魅力

さて、それではここでわたしがゲットした角川書店版『立原道造全集』の魅力について語りたし！　なぜならば、この全集は現在における「最新の全集」ではないものの、監修と編集に名を連ねているのが道造の生前に相当密な関係にあったひとたちばかりなので、各巻の解説が素晴らしくよいからです。加えて資料担当となる堀内達夫の、熱狂的な道造愛よ！　その資料の調べっぷりよ!!

たとえば今しがたお伝えした道造が造ったある本の体裁について、なんなら書影一枚入れたら済む話やもしれないところを、延々何行にもわたって「これでもか！」とばかりに細かく説明しているところなんかがたまりません（『第一巻』のみ書影あり）！　もしも書影が入っていれば、書影を一瞥《いちべつ》して「へー」といって終わっていたかもしれませんが、こうまで微細に、しかし言葉のみにて説明されると、なるべく現物に近い本のかたちを思い描きたくなってくるため想像力をフルに働かせつつ、読者も頑張るわけなのです☆

ちなみに道造の手製本『さふらん』の体裁について、全集に記載された前半部分を書き写すと次のようになります。

詩集『さふらん』杉浦明平所蔵本

＊判型は菊半裁判（縦十五×横一〇・八センチ）。表紙は薄ベージュ色堅紙、表に毛筆（墨）で縁近く子持ち罫の枠を描き、更に縦線で三等分した右から「西暦一千九百三拾二年／詩集「さふらん」／発行人魚書房」と表記（表2、3、4は無記）、これに薄硫酸紙を被せたものである。但しこの筆書きは鉛筆による下書きをなぞったもので、一部にそのズレが消されずに見られ、また「発行人魚書房」の文字は毛筆と鉛筆書きの二種が並記されたままで残っている。

——堀内達夫による編註『立原道造全集　第二巻』

なんという細かさ！　と、驚けどもなんならこれはまだライトなほうの説明で、さらに鬼気迫る感じで細かい説明がなされている箇所もあれば、説明だけにはとどまらず、探偵顔負けな推理力を発揮しているところもあったりします。道造の原稿に執筆期間があやふやなものがあるときには、「使われている原稿用紙の印刷インクの掠《かす》れ具合が一緒だから、この作品とこの作品は同時期に書かれたはず！」……みたいなー！

そんなこんなで、堀内による編注が「ますますｇｏｏｄ☆★☆」感を強め、結果、さらにたまらん全集となっているわけですが、この「ｇｏｏｄ感」は、好みの問題から生じているというだけではなくて、一見不必要に思われる細かな情報こそが、実は道造の作品にとってはかなり重要であるために生まれているといえそうです。

詳しく説明します！　ある言葉が元々鉛筆で書かれていたのかそれとも色鉛筆で書かれていたのかといったようなことは、何らかの作品を読んで味わいたいとき、基本的にはあまり重要ではない部分だといえるのかもしれません。むしろ、その作品が生み出された在りし日の道造の姿を、こうかな、ああかな、とニマニマしつついろいろに想像したい読者（ファン）が必要とする情報、いわゆるオタク好みの情報である気配もないではありません。もちろん、そういう意味においても情報は細かければ細かいほどｇｏｏｄ☆なのですが、こと道造の全集においては、それのみにて終わる話ではないのです！

繰り返しとなりますが、道造自身が鉛筆から生まれた思想と色鉛筆から生まれた思想とは違う、と感じていたのです。であるからには、作品が記された色（＝道造にとっては思考の一端を表現するもの）や紙質、あるいは本としての形態（装い）といった情報を読者に伝えることは、作品の掲載順序を決めるのと同じくらいに、「立原道造の全集」にとっては大事なことだといえるのです。ゆえにファンの心をくすぐるかどうか問題以上に、作品を味わう上で一見不必要そうであるそれらの情報が実は必要不可欠であり、そしてそんな情報が満載だからこそ、この全集は「ｇｏｏｄ☆★☆」かつたまらんわけなのです！

ちなみに『立原道造全集』は一色刷りなのですが、言葉が駆使されていることで、すわ多色刷りか!?と錯覚するほどに、道造の作品が書かれた当時の、オリジナルな用紙の質感やらそのとき使われたインクの色味やらが、まざまざと眼前に浮かんでくるのです。そのあたりが半端なく、だからわたしはこの全集を愛読していてなかなか最新の全集を読むところまで辿りつかないのですが、最新版の全集にはきっとまた新たな発見なども色々と記されているのだろうなー。気になるなー。そして、読んだら読んだできっと大概夢中になるのだろうな。いつか、読みたーいっ！

と、叫んでしまいましたが、秀逸な全集ができあがるには、やはりそのひとのことを心から理解する編集委員が仕事にあたってくれるかどうかが相当大きな分かれ目であると感じます。そういう意味で、親友の堀辰雄も、唯一の弟子である池田健太郎をも先に見送ってしまった神西清は不運であったのやもしれません。刊行された『神西清全集』も内容はよいのですが、「全集」というにはたくさんの情報が足りていない……。書簡、プリーズ！

と、再び叫んでしまいましたが、ところで道造は手造りの自装本として、『さふらん』以外にも袋綴じの和装本となる詩集『日曜日』や、「立原道造第二詩集」と称した『散歩詩集』（鳥の子紙に本文を書き、畳紙《たとうがみ》に納めたかたちの詩集）を造っています（他に『ゆふすげびとの歌』など）。

それらのあとで、シュトルムの翻訳本『林檎みのる頃』が山本書店から刊行されたのを皮切りに、一九三七（昭和十二）年七月四日頃に、ようやく処女詩集『萱草に寄す』が風信子《ひあしんす》叢書として風信子詩社より特製十一部と楽譜版百部で発行され、次いで第二詩集かつ生前最後の詩集となる『暁と夕の詩』が同じく風信子詩社（発売は四季社）より特製十五部と、『萱草に寄す』と同型の楽譜版百五十部のかたちで発行されたのですが、ともに販売目的ではなくて主には師友に配るための、いわゆる私家版として世に送り出されています。

その他、少部数限定の同人誌『こかげ』や、編集もした同人誌『未成年』の刊行、第二次『四季』や『コギト』などへの執筆がありますが、立原道造の作品のみが収められた書籍の発行となると、生前はこの三冊のみとなります。

アマチュアでありたい！

『文士が、好きだーっ!!』を書くにあたっての大前提として、「文の腕一本で勝負するところの『文士』」と最初も最初に書いたのですが、実際のところ道造は文一つで世を渡ったこともなければ、ある意味においては渡る気もありませんでした。

それでは道造は「文士」であったのか、なかったのか……といえば、それはもちろん「文士であった！」の一択で、そのことは次の道造の文からも明らかです。

実際、愛する熱情だけじゃだめかも知れないが、文学を愛さないで文学するなんていうのはそれを結局傷つけるだけなんだ。だから、真の芸術家はアマチュアのことが必要なんだ。アマチュアというのは、辞書の定義によると、「職業にしないで詩を愛する人」と書いてある。〔…〕「文学に一生をかける云々」の言葉はまだ甘すぎる。きまりきったことじゃないか。あれからもっとそれこそすてみに突き進んで行って生き生きした文学にぶつかるんだ。先ず心臓を賭けなければいけない。

――立原道造「手帖」

道造はなんならアマチュアでありたかった。純粋にただ詩を愛していたかった。そのような考えのひとを、「文士」とはいえないのかもしれません。しかし、これだけの決意でもって文に向かうひとのことを「文士ではない」だなんて、一体誰がいえるものでしょうか！

「文の腕一本で勝負する」という決意も文士にとっては相当に大切なことですが、それ以上に「生き様において文士かどうか」が肝腎要《かんじんかなめ》ではないでしょうか。「芥川賞や直木賞をとったから文士！」みたいな話ではないはずです。

そういう意味において、道造はどうしたって文士である！とわたしは思うし、できれば皆さまにもそう思っていただきたーい！　そして、どういう文士であるかとなると「ロマンチック系」といいたいわけですが、そのことは道造が詩情たっぷりな屋根裏部屋[★6]に住んでいたという

事実からも、伝わるのではないかしらん☆

ただし、道造の部屋を訪れた犀星の感想となるとまた別で、犀星ならではの着眼点もありながら、都会っ子である道造と、野《の》のひとである犀星との感性の違いも興味深い箇所をどうぞ！

私は滅多に人を訪ねることをしないが、立原の家をたずねたことが一度あった。何でも屋根裏のような書斎でよく覚えていないが、帆柱に部屋を取りつけたような構造で、窓が二つくらいあったが、陰鬱な書斎だった。どこにも変った処《ところ》はない。ただ、その書斎までに若さが装飾され、一つの物でも、生かして眺めるという好奇の風景があった。

立原は自分の部屋の構造を家の娘に画《か》いて来た手紙には、椅子は緑色に、卓《テエブル》はココア色に、窓はセピア色にというふうに、色鉛筆をさまざまにつかい分けて、子供の鉛筆画のように描き上げてあった。〔…〕だから、建築家と色鉛筆という言葉が、立原には相応《ふさわ》しい象徴語であったかも判らぬ。併《しか》し私の見た彼の書斎はごちゃごちゃしていて、整理もなかったし、すぐれた装飾も見られなかった。ただ、此の不思議な色鉛筆の蒐集品だけが、テエブルの上で彼の頭と心にある色彩を見せていたようである。

——室生犀星「立原道造」『我が愛する詩人の伝記』

ふたりの感性の違いもわかれば、詩人かつ建築家である立原道造について、改めて考えたく

なる、犀星の言《げん》でした☆★☆

建築と文学

　ところでアマチュアでありたい道造が職業として選んだのは建築家でした。彼は東大で建築を学び、在学中には卒業設計も含めると三年連続で辰野金吾《たつのきんご》賞（銅牌）を受賞！　卒業後には教授の紹介で石本喜久治《きくじ》の建築事務所に入ることができたほど、建築家としての将来もまた、詩人としての将来同様に嘱望されていました。

　ここで、「住むひとを想像して図面を引くこと」と「詩を書くこと」とは、実は無理なく結びつくのだということがよくわかる、道造の草稿を挙げてみます！

★6　「詩情たっぷりな屋根裏部屋」…「部屋の隅々まで立原君の屋根裏の美学によって設計されてあった」十二畳ほどの部屋で「表に面した窓の擦り硝子に堀さんの『硝子の破れている窓　僕の蝕歯よ……』の詩が落書きのように斜めに書いてあった」（高橋幸一「屋根裏の立原君」）という。

あの家では★7

あの家では
子供が七歳と四歳だつたから
ブランコやスベリ臺《だい》もいるだらう
それから親たちには快いあかりと窓と
僕はすばらしい食堂を作つて上げよう
彼たちは毎日《まいにち》あつまつてたのしい日暮れを
すごすやうに
あゝ誰もがよくなるやうに
僕はすばらしい家を作つて上げよう

〔…〕

——立原道造「あの家では」

☆

ひとつの家があるとして、暮らすひとたちが住みよいようにとその暮らしを想像し、それを図にすれば家の設計図ができあがり、言葉にすればある家族がモチーフの詩ができあがるんではないかーい！

また、道造には「住宅・エッセイ」という文章があり、そこでは「建築」というものを「住居建築」、「公共建築或《あるい》は記念建築」、「産業建築」の三つに分けて考えるのですが、要約すると次のようになります☆

ここにいう「産業建築」とは「全く機械それ自身」であるところの建築である。本来の意味での建築は、「産業建築」のみにとどめられるものではない。

次に、「住居建築」に比べ、「公共建築或は記念建築」は人間の生活に切実に密着することよりも美学的要求のほうが強く主張されるので、建築美学においていちばん興味もありかつ実も多い研究をすることであろう。

しかし僕は、より多く「人生」と触れる立場にいて、建築を考えたい。それゆえ「住居建築」について、主に考える。

ここで方面を変えて、エッセイについて考えると、それは家常茶飯の人生に触れ、その持

★7　「あの家では」…このタイトルは、内容に鑑み全集の編集サイドがつけた「仮題」。立原道造によるこの詩のタイトルの原記は、なんとまさかの「☆」ジルシ！

ち味を極めて生かしていくことを本領とするものなので、人間でさえあれば、人生に真摯に生きさえすれば、よきエッセイは彼から生まれる。

「人生」をひとつのボールと考えてみると、住宅する精神はボールの外側を包み、エッセイする精神は、ボールの内側を包もうとすると想像すれば、住宅とエッセイが目指す精神は一致する。

この「住宅・エッセイ」という文章で本当に語りたかったことは、高邁な美しい精神を本質とすることは建築のなかでもとくに「住居建築」、つまり住宅に必要だということだ。

「本当に語りたかったことは」って本人もいうてもうとる上に、この要約では省いた続く一文は、「前置きや長い言い回しや仮託の外に、これだけがいつわりのない感想である」なので、「高邁な美しい精神を本質とすることは建築のなかでもとくに『住居建築』、つまり住宅に必要だ」の言葉だけで、道造の考えを伝えるには事足りたのやもしれません。が、さらに続く文章で「いつわりのない感想だけを書かない。余分なことを書いていて、ひとも自分も楽しいとおもう、これが僕の性分である」、とも書いています！

道造曰く「余分なこと」が「ひと」、つまり読者が読んでいて楽しい箇所だということなので、ちょっと長めの要約にしてみましたが、結局のところ道造がいっているのは、「住居」というものは、「高邁な美しい精神を本質とする」ものであり、そこにおいて、真摯に生きさえすればよきエッセイは己から生まれ、それらによって「人生」がかたちづくられるのだ、ということです。

このことは、なんならアマチュアのままでいたい、と願うほどにひたむきに言葉と向き合いながら美しい詩を生み出すことと非常に似通った行いであり、考えかただと感じます。

かの神西清も建築には並々ならぬ関心がありましたが、やはり道造と似通った考えを持っていたのではないでしょうか。そこに在る人びとの美しい暮らしを想像し、想いを寄せることが始まりで、その出発点から立体で考えると建築に、平面で考えると詩に辿り着くという、もしかしたらただそれだけの違いなのではないか！　建築と詩との関連性について、神西や道造からそう教えてもらった気がします☆

話を戻すと「住宅・エッセイ」は実に素敵な文章で、先ほど要約したことの他にも、文学を解す建築家・堀口捨己《すてみ》の言と、建築や庭についてを解す文学者・室生犀星の言とが引用されて、そして「結び」へと進むのですが、「結び」といいながらもそれが決して結末ではないところ（「読者諸氏よ、この夢の上に、あなただちの夢を架け、その夢の上に、ふたたびこのエッセイを組み立てなおされよ」）もあわせて読むと、「理系と文系」や「建築と詩」、といった「あるふたつの物事」のみにとどまらず、物事というものはあまねくどこかで意識さえすればなにかしら繫がっている！と感じます。たとえば、現実を生きるためにはそんなに必要とも思われないような「文士が、好きだ！」という気持ちだって、単にそこのみにはとどまらず、その気持ちこそが日々の生活を彩り豊かなものにしてくれることもきっとあるだろう、あるに違いない‼

と思えてくるのです☆

……と、『文士が、好きだーっ!!』も終わりに近づいてきたので、急にハンドルを切りまくってしまいましたが、この文章以外にも道造が大学の卒業論文「方法論」のなかに書いた

芸術のための芸術はどこにもあり得ず、許されず、又、存《そん》すべきではないであろう。

という一文には、わたしが考える文士の姿勢そのものが表れています！

文士が文士たるためには、文章のための文章はどこにもあり得ず、許されず、又、存すべきではないのです。書きたいことをただ書くのであれば、それは文士とはいえません。書くべきことを真実伝わるように、日々言葉と向き合って切磋琢磨する。それでこそ文士だと感じます。

そして、このような言葉を遺した道造ってやっぱり文士！と思うのでした☆

詩人とは何たるか、プラスα

ところで「方法論」を読んでいると、ミチゾーってほんとに、なんて頭がいいんだろ！（てか、頭よすぎてたまにわからん！）となるのですが、しかし彼の詩を読んでいて「難しい！」

と思ったことなどありません。それは、

僕は詩なんてやさしい言葉でなくちゃ歌えぬものとおもっています。やさしくわかりやすくとおもいながらつい飾ってむずかしくわかりにくくなってしまうのでしょう。それを、はじめから、作ったり企んだりしてむずかしくなっていたのでは、詩が生れて来る筈ないとおもうのです。

――立原道造から酒井章一宛、一九三六（昭和十一）年六月二十二日

と、道造が自分で記した通りのことを実践していたからだと考えられます。

道造の詩におけるモチーフは、ごくごく身近なものばかり。大概において、「花」とか「空」とか「星」とかで、それが「美しく」って「よい」のです。表現も全然ひねりません。

しかしそのひねらない素直さこそが、頭上に広がる空の、ただただ青いばかりの美しさに純粋に感動するときと同じような気持ちを、道造の詩から感じさせてくれるのです。素直であることが、あるいは道造の詩や文の持つ大きな強みとなっているのではないかしらん！

加えてここまでに述べてきたような感受性を持つ道造が、ひねることなくストレートな表現で綴った言葉が、結果として今なお斬新だと捉えられることもあれば、ときに大変ロマンチックだと解されているのではないかと思われます。

そんなこんなで「ロマンチック系文士・立原道造」について語ってまいりましたが、彼が考えていた詩人とは何たるかと、プラスαのあれこれについてお伝えし、この章を終わりにしたいと思います☆★☆（この後の抜粋はすべて書簡からですが、字体・仮名遣いも原文のままでどうぞ！）

詩人とは、自ら感じ、あらがひ、祈《いの》る人たちだつた。自ら感じ、あらがひ、祈ることが詩であつた。それが、單純で、力強く純粋となることであつた。

——立原道造から生田勉宛、一九三五（昭和十）年七月二十六日

僕が詩人でありたいとねがふ日に　僕は詩人だと信じます　いかなる意味ででも　この志向が決める世界こそ詩人の場所だと信じます　戰ひは勝つためにではなかつた日はまだ過ぎ去らない　僕はその場所で　詩人でなしに死ぬ日にさへ　詩人であつたと信じ得ます

——立原道造から神保光太郎宛、一九三七（昭和十二）年四月二日

ロマンチストで力強い道造の姿、そして詩人とは何たるか、が書簡からもしっかと感じられるのでした☆

それではここからプラスαの余談にいってみたいと思います！　というのも道造の考える「詩

人が詩人たる所以」を伝えたその相手こそ、徴用中にシンガポールで井伏鱒二と親しくなった、神保光太郎そのひとだからでございます。

辰雄と鱒二同様に、これまた一見結びつかなさそうな道造と鱒二なのですが、鱒二は「詩人」といわれることを最も嬉しいと思うひとだったので、いい感じに出会うタイミングさえあれば、きっときっと鱒二と神保のように、鱒二と道造も年の離れたよき友人関係を築けていたのではないかと思うのです。友達の友達はみな友達!なのでございます☆

……と、ここで終わるかのように見せかけながら、あともう一つ、いってみよー!

鱒二（の文学）を嫌う、友人の高尾亮一に宛てた道造の書簡からの抜粋です!

井伏鱒二の〈聖家族〉の批評、その他の感想、（たとへば〈風貌・姿勢〉のやうな……）は、すてきぢやないかしら? と感じます。ほんとに、口籠《くちごも》りながら語る、うつくしい言葉——なつかしい現實《げんじつ》の型錄《カタログ》、なぜ、あれがいけないのかしら? と思ひます。（ここらで例のお叱言《こごと》、《テオリイがない》が出ますか——でも、仕方がない、「したれども、何ぼうにつらいでがす」……）

——立原道造から高尾亮一宛、一九三二（昭和七）年八月二十四日

「口籠りながら語る、うつくしい言葉」。詩人・道造から詩人・鱒二への素晴らしい賛辞です!

そしてまさかの「何ぼうに〜でがす」、道造からも、いただきましたーっ！

というわけで、鰤二で始まり道造に終わる『文士が、好きだーっ!!』、これにて閉幕でございます☆★☆

おわりに

読んでよかった本を伝えたくて本屋をはじめたのと同様に、知ればなんとも魅力的だった、主に大正・昭和の文士たちのその素敵なところを伝えたくてこの本を書きました。好きな文士は多かれど、鱒二・犀星・龍之介・辰雄・神西・そして道造の六人は、好き好き度でいえばミラクル級☆　もしも本書をきっかけに、「そんなにいうなら読んでみよかな」と彼らの文学を紐解いてくださるかたがいらっしゃるなら、これ以上の幸せはありません！

謝辞です！

まずはわたしの文士好きに拍車をかけまくってくださった、山田俊幸先生に感謝の気持ちを捧げます。なんだか好きっぽい気がしてきた頃に、ここに挙げた「ほぼ四季派」（龍之介をのぞく。しかし生きていたならきっと龍之介も辰雄の『四季』に寄稿したのではなかろうかー！）な文士たちそれぞれの文学世界への扉をひらいて手招いてくださったのは山田先生でした。道造が設計した「ヒアシンスハウス（風信子荘）」から名をとった出版社「風信社」を立ち上げて、儲けは度外視！　教職で稼いだお金をどしどしと読み継がれるべき本づくりに捧げられた先生は、「よいものでなければ作る意味はない」といつもおっしゃられていました。至言です！

　山田先生には辰雄・神西・道造の原稿チェックをしていただきました。しかし完成した本をお見せできないうちに、ご永眠されました。感謝してもしきれません。本当にありがとうございました。

　室生犀星記念館の嶋田亜砂子さん、田端文士村記念館の木口直子さんにも大変お世話になりました。本当にありがとうございました！　専門家の皆さまにご協力をいただきましたが、本書の文責はあくまで筆者のわたしにあることをお断りしておきます。

　文士について書くきっかけをくださった編集者の綾女欣伸さん、デザイナーの小川恵子さん、装画の伊野孝行さん、組版の髙井愛さん、その他お世話になった皆々さま、本当にありがとうございました！

　それから本書を担当してくださった編集者の竹田純さん、内容へのご指摘はもちろんのこと、「原稿が本になるまで」の一切合切、本当に本当にありがとうございました！　感謝です!!

　自分で本屋をはじめなければ、こんなに文士が好きにはなりませんでした。店で出会ったたくさんのかたとのさまざまなおしゃべりがいろいろに繋がっていき、結果として一冊の本になったと感じています。お客様にも感謝です！　そしてまだ見ぬ読者様にも感謝です！　本当にありがとうございました!!

いまでも時間があれば、大好きな文士たちの生誕地や住居跡、文学館に作品の舞台へと、ひとり「聖地巡礼」に赴いては嬉しがっています。好きな文士がいるだけで、毎日がなんだか楽しいです。文士ってやっぱり、ＳＡＩＫＯ！

そんなこんなで今日も明日も明後日もずっと、兵庫県の真ん中らへんで叫び続けていきたいです！

文士が、好きだーっ☆★☆

二〇二四年十一月八日　坂上友紀

参考文献

◉第1章　かわいい系文士・ひとりめ　井伏鱒二

飯田龍太他『尊魚堂主人　井伏さんを偲ぶ』筑摩書房、二〇〇〇年。

石井桃子「井伏さんとドリトル先生」『プーと私』河出文庫、二〇一八年。

『井伏鱒二全詩集』岩波文庫、二〇〇四年。

『井伏鱒二全集』（全二十八巻＋別巻二冊）、筑摩書房、一九九六～二〇〇〇年。

『井伏鱒二対談集』新潮社、一九九三年。

井伏鱒二『川釣り』岩波文庫、一九九〇年。

井伏鱒二『山椒魚』新潮文庫、一九四八年。

井伏鱒二『文士の風貌』福武書店、一九九一年。

井伏鱒二『厄除け詩集』講談社文芸文庫、一九九四年。

井伏鱒二他『ものがたりのお菓子箱――日本の作家15人による』飛鳥新社、二〇〇八年。

小沼丹『清水町先生　井伏鱒二氏のこと』ちくま文庫、一九九七年。

神奈川文学振興会編『没後30年　井伏鱒二展　アチラコチラデブンガクカタル』県立神奈川近代文学館、二〇二三年。

川島勝『井伏鱒二　サヨナラダケガ人生ダ』文春文庫、一九九七年。

河盛好蔵『井伏鱒二随聞』新潮社、一九八六年。

河盛好蔵編『井伏さんの横顔』彌生書房、一九九三年。

庄野潤三『文学交友録』新潮社、一九九五年。

神保光太郎「井伏鱒二と中島健蔵―マライの或る夜―」『文學界』一九五五年九月号。

田沼武能『作家の風貌』ちくま文庫、二〇〇〇年。

田沼武能『文士の肖像』新潮社、一九九一年。

ヒュー・ロフティング『ドリトル先生物語全集1　ドリトル先生アフリカゆき』井伏鱒二訳、岩波書店、一九六一年。

林忠彦『文士の時代』、中公文庫、二〇一四年。

矢口純『酒を愛する男の酒』新潮文庫、一九八一年。

◉第2章　かわいい系文士・ふたりめ　室生犀星

伊藤人譽『馬込の家　室生犀星断章』龜鳴屋、二〇〇五年。

井上芳子他編『月映　ＴＳＵＫＵＨＡÉ』ＮＨＫプラネット近畿、二〇一四年。

大田区立郷土博物館編『馬込文士村ガイドブック』大田区立郷土博物館、一九八九年。

軽井沢高原文庫編『開館三〇周年記念特別展　室生犀星　金沢と軽井沢』軽井沢高原文庫、二〇一五年。

河盛好蔵「犀星と朔太郎」『作家の友情』新潮社、一九八四年。

近藤富枝『田端文士村』中公文庫、二〇〇三年。

近藤富枝『馬込文学地図』中公文庫、二〇一四年。

『犀星～室生犀星記念館～』金沢市・室生犀星記念館、二〇〇二年。

『萩原朔太郎と室生犀星　出会い百年　前橋学ブックレット4』上毛新聞社、二〇一六年。

宮城まり子『淳之介さんのこと』文春文庫、二〇〇三年。

室生朝子『父犀星の秘密』毎日新聞社、一九八〇年。

室生犀星『愛の詩集』日本図書センター、一九九九年。

室生犀星『杏っ子』新潮文庫、一九六二年。

室生犀星「雅号の由来」、朝日新聞、一九三九年七月三〇日夕刊。

室生犀星『犀星発句集』桜井書店、一九四三年。

室生犀星『随筆　女ひと』新潮文庫、一九五八年。

『室生犀星全集』（全十二巻＋別巻二冊）、新潮社、一九六四～六八年。

室生犀星文学アルバム刊行会編『室生犀星文学アルバム　切なき思ひを愛す』菁柿堂、二〇一二年

◉第3章　かっこいい系文士　芥川龍之介

青木正美『作家の手紙は秘話の森　古書市場発掘の肉筆37通』日本古書通信社、二〇二〇年。

芥川比呂志・大岡昇平「芥川龍之介を語る」中央公論新社編『対談　日本の文学　素顔の文豪たち』中公文庫、二〇二三年。

芥川文（述）、中野妙子（記）『追想　芥川龍之介』筑摩書房、一九七五年。

『芥川龍之介全集』（全七巻＋別冊一巻）岩波書店、一九二七～二九年。

『芥川龍之介全集』（全二十四巻）、岩波書店、一九九五～九八年。

芥川龍之介『羅生門・鼻・芋粥』角川文庫、一九五〇年。

芥川龍之介、葛巻義敏編『芥川龍之介未定稿集』岩波書店、一九六八年。

芥川龍之介、佐藤春夫編『澄江堂遺珠』岩波書店、一九三三年。

芥川龍之介・谷崎潤一郎、千葉俊二編『文芸的な、余りに文芸的な／饒舌論ほか』講談社文芸文庫、二〇一七年。

植村鞆音『直木三十五伝』文春文庫、二〇〇八年。

内田百閒『百鬼園随筆』新潮文庫、二〇〇二年。

内田百閒『私の「漱石」と「龍之介」』ちくま文庫、一九九三年
小穴隆一「龍之介先生」、「芥川龍之介全集のこと」『鯨のお詣り』中央公論社、一九四〇年。

河盛好蔵「菊池・久米・芥川」『作家の友情』新潮社、一九八四年。

菊池寛『半自叙伝　無名作家の日記　他四篇』岩波文庫、二〇〇八年。

菊地弘・久保田芳太郎・関口安義編『芥川龍之介事典〔増訂版〕』明治書院、二〇〇一年。

小島政二郎『眼中の人』岩波文庫、一九九五年。

永井ふさ子『斎藤茂吉・愛の手紙によせて』求龍堂、一九八一年。

萩原朔太郎「芥川龍之介の死」『萩原朔太郎全集第九巻』筑摩書房、一九七六年。

広津和郎『年月のあしおと（上・下）』講談社文芸文庫、一九九八年。

福永武彦「芥川龍之介小論」『意中の文士たち（上）』人文書院、一九七三年。

室生犀星「文学の秘密　芥川龍之介回想」『随筆泥孔雀』沙羅書房、一九四九年。

渡辺淳一『キッスキッスキッス』小学館、二〇〇二年。

◉第4章　ギャップ系文士　堀辰雄

大森郁之助『堀辰雄・菜穂子の涯』風信社、一九七九年。

加藤周一・中村真一郎・福永武彦『1946・文学的考察』講談社文芸文庫、二〇〇六年。

川端康成「文藝時評　堀辰雄氏の「燃ゆる頬」」『新潮』一九三二年二月号。

菅野昭正「作品論」堀辰雄『堀辰雄作品集　第四巻』筑摩書房、一九八二年。

小久保実編『論集　堀辰雄』風信社、一九八五年。

佐々木基一編『現代のエスプリ　堀辰雄』至文堂、一九六六年。

神西清『堀辰雄文学の魅力』踏青社、一九八六年。

菅谷規矩雄「堀辰雄　婚約――《風立ちぬ》の空間」池内輝雄編『鑑賞　日本現代文学第18巻　堀辰雄』角川書店、一九八一年。

中村真一郎「堀辰雄」『近代文学への疑問』勁草書房、一九七〇年。

中村真一郎・小久保実『名作の旅5　堀辰雄』保育社、一九七二年。

長山靖生編『羽ばたき　堀辰雄初期ファンタジー傑作集』彩流社、二〇一七年。

『堀辰雄全集』（全八巻九冊＋別巻二冊）、筑摩書房、一九七七〜八〇年。

堀多恵子『来し方の記　辰雄の思い出』花曜社、一九八五年。

堀多恵子『堀辰雄の周辺』角川書店、一九九六年。

正岡子規『行(臥)漫録』岩波文庫、一九八三年。

室生犀星「堀辰雄」『我が愛する詩人の伝記』講談社文芸文庫、二〇一六年。

◉第5章　やさしい系文士　神西清ってどんな人？

◉第6章　やさしい系文士　神西清の小説を読む☆

石内徹『神西清文藝譜』港の人、一九九八年。

岡野弘彦『折口信夫の晩年』中央公論社、一九六九年。

神西敦子「神西清　遠い日々への回想」野々上慶一・伊藤玄二郎編『父の肖像Ⅱ』かまくら春秋社、二〇〇四年。

神西清『恢復期』角川書店、一九五六年。

神西清「恢復期」『窓　百年文庫26』ポプラ社、二〇一〇年。

『神西清詩集』東京創元社、一九五八年。

『神西清全集』（全六巻）、文治堂書店、一九六一～七六年。

神西清『灰色の眼の女　神西清作品集』中央公論社、一九五七年。

神西清『水を聴きつつ　堀辰雄・立原道造・辻野久憲・竹中郁』風信社、一九七八年。

神西清、石内徹編『神西清日記昭和十八、十九年・Ⅱ』クレス出版、二〇〇〇年・〇五年。

チェーホフ『カシタンカ・ねむい他七篇』神西清訳、岩波文庫、二〇〇八年。

チェーホフ『かもめ・ワーニャ伯父さん』神西清訳、新潮文庫、一九六七年。

チェーホフ『ワーニャ伯父さん』神西清訳、河出書房、一九五二年。

チェーホフ『可愛い女・犬を連れた奥さん他一篇』神西清訳、岩波文庫、一九四〇年。

ツルゲーネフ『はつ恋』神西清訳、新潮文庫、一九五二年。

ツルゲーネフ『初恋』米川正夫訳、岩波文庫、一九六〇年。

中村真一郎「三人の特異な作家」『近代文学への疑問』勁草書房、一九七〇年。

中村真一郎「神西清の翻訳について」バルザック『おどけ草紙』神西清訳、国書刊行会、一九八七年。

福永武彦・中村真一郎・遠藤周作「文学的出発のころ」『小説の愉しみ　福永武彦対談集』、講談社、一九八一年。

◉第7章　ロマンチック系文士　立原道造

田代俊一郎『立原道造への旅　夢はそのさきにはもうゆかない』書肆侃侃房、二〇〇八年。

『立原道造全集』（全六巻）、角川書店、一九七一〜七三年。

『立原道造・堀辰雄翻訳集　林檎みのる頃・窓』立原道造・堀辰雄訳、岩波文庫、二〇〇八年。

中村真一郎「立原道造　人と作品」『近代文学への疑問』勁草書房、一九七〇年。

松永茂雄、山田俊幸編『流れるいのち』風信社、一九七二年。

室生犀星「立原道造」『我が愛する詩人の伝記』講談社文芸文庫、二〇一六年。

山田俊幸編『論集　立原道造』風信社、一九八三年。

若林つや「野花を捧ぐ」『四季　立原道造追悼号』近代文芸復刻叢刊、冬至書房、一九六八年。

＊第1章〜第3章は朝日出版社のウェブマガジン「あさひてらす」に連載された「文士が、好きだーっ!!」（二〇二〇年五月〜二一年十月）に加筆・修正をおこないました。その他は書き下ろしです。

坂上友紀（さかうえ・ゆき）

一九七九年兵庫県生まれ。同志社大学文学部文化学科美学及び芸術学専攻卒業。書店勤務を経て、二〇一〇年大阪市内で書籍と雑貨の店「本は人生のおやつです!!」を開く。新刊と古本を併売。二〇二二年に兵庫県朝来市に移転し現在にいたる。共著に『本屋、ひらく』、『まだまだ知らない夢の本屋ガイド』他。

《本人のことば》「☆」ジルシを、「！」マークの倍ほどびっくりした気持ちを表す記号として使っています。好きな文士エピソードをひとつ挙げるなら、若かりし日の井伏鱒二の話です☆ 自作品の「方言チェックをしてほしい！」けれど「読まれるのは恥ずかしい！」な鱒二は、原稿用紙に両手を置いて右手と左手の間から一行だけ見えるようにし、該当部分を友人にチェックしてもらったそうです。かーわーいーっ☆★☆

文《ぶん》士《し》が、好《す》きだーっ!!
或《あ》る書店主《しょてんしゅ》の文学偏愛《ぶんがくへんあい》ノオト

二〇二五年二月五日　初版

著　者　坂上友紀
発行者　株式会社晶文社
東京都千代田区神田神保町一-一一
〒一〇一-〇〇五一
電話〇三-三五一八-四九四〇（代表）・四九四二（編集）
URL https://www.shobunsha.co.jp
装　丁　小川恵子（瀬戸内デザイン）
装　画　伊野孝行
組　版　髙井愛
印刷・製本　ベクトル印刷株式会社

ISBN978-4-7949-7455-6 Printed in Japan